蘇州經典美食傳說

白樵書

潘君明 ◆ 编著

古吴轩出版社

中国 · 苏州

图书在版编目（CIP）数据

苏州经典美食传说 / 潘君明编著. — 苏州：古吴轩出版社，2018.6
（苏州民间传说丛书）
ISBN 978-7-5546-1163-0

Ⅰ. ①苏… Ⅱ. ①潘… Ⅲ. ①民间故事—作品集—苏州 Ⅳ. ①I277.3

中国版本图书馆CIP数据核字(2018)第131263号

扉页题签：白　榆
责任编辑：俞　都
见习编辑：王　芳
装帧设计：唐　朝
责任校对：徐小良　黄川川
责任照排：刘　浩

书　　名：苏州经典美食传说
编 著 者：潘君明
出版发行：古吴轩出版社
地址：苏州市十梓街458号　邮编：215006
Http://www.guwuxuancbs.com　E-mail:gwxcbs@126.com
电话：0512-65233679　传真：0512-65220750
出 版 人：钱经纬
印　　刷：苏州市越洋印刷有限公司
开　　本：880×1230　1/32
印　　张：10
版　　次：2018年6月第1版
印　　次：2018年6月第1次印刷
书　　号：ISBN 978-7-5546-1163-0
定　　价：36.00元

总　序

潘君明

据考古发现，苏州地区在6000年前就有人类居住，男耕女织，繁衍生息；自春秋时代建造阖闾城至今，也有2500多年历史了。苏州这个地方，属江南水乡，历来是风水宝地，物产丰富，人口众多，代有发展。千百年来，虽有风云变幻，朝代更迭，但社会在变革中前进，事物在循序中发展，山水更为秀丽，城乡更为美观，庭园更为典雅，寺庙更为庄严，用品更为讲究，食品更为丰富。不仅如此，还出现了一代一代的名人，无论是政治领域、经济领域，还是文学领域、书画领域、工艺领域等，均有出类拔萃的代表人物，促进了苏州的繁荣，丰富了苏州的文化。

正因为如此，在历代古籍上，记载苏州方面的事迹很多，为我们留下了一笔非常宝贵的文化遗产，供我们后人享用。但，古籍的记载毕竟是有限的。尤其是发生在民间的传说，即所谓的“乡村野史”，在正史上基本见不到。有的由于政见不同，对某些名人的记载，也只寥寥几笔，如明代吴门画派领袖唐伯虎之类，而在民间，却流传着他们许多生动有趣的传说。这些民间传说，虽不能与正史相比，但从某种意义上来说，它可补正史之不足，对于研究社会沿革、民俗风情、自然科学是不可缺少的资料，同样是一笔非物质文化遗产，同样十分珍贵。

《中国民间文学大辞典》云：民间传说是“民间文学体裁之一。它是关于事物命名、起源、性质、功用等的传奇性民间创作，有的含有一定的历史因素，有的纯属不自觉的附会。但都采用历史的表述方式”。民间传说，“是自然科学和社会科学研究的参考资料”。但在民间，也将民间传说称为民间故事。

苏州是民间传说的故乡。

在苏州地区，无论是城市集镇，还是偏僻乡村，其间流传的民间传说，涉及面非常广泛，几乎无所不包，诸如山峰峻岭、江河湖泊、园林桥梁、寺庙宝塔、动物植物、菜肴食品、手工艺品以及历史名人等，都有故事流传，内容丰富，种类繁多，好似苏州地方的一部百科全书。

民间传说自古流传至今，口口相传，长盛不衰，受到广大民众的欢迎。究其原因，有它自身的特点：一是群众性的口头创作，故事性强；二是代代相传，传播面广；三是情节夸张，充满幻想；四是语言通俗，易记易懂；五是贴近生活，趣味浓郁。阅读民间传说故事，可丰富知识，提高聪明才智，获得意想不到的收获。

民间传说的种类很多，如“人物传说”“风物传说”“动物、植物传说”“工匠传说”“食品传说”等。十多年前，笔者与高福民先生主编《苏州民间故事大全》系列丛书，共计12册，收录了1650余篇民间传说故事，发行后，受到读者的青睐。为满足读者的需求，古吴轩出版社决定出一套“苏州民间传说丛书”，今选择4个门类，辑成4册。

一、《苏州历代名人传说》，收录54位历史名人的110篇民间传说。

二、《苏州历代工匠传说》，分为“工匠传说”“手工艺品传说”“丝绸传说”3个部分，收录71篇民间传说，附有“苏州历代工匠名录”。

三、《苏州风景名胜传说》，分为“古城篇”“山水篇”“园林篇”“寺庙篇”“宝塔篇”“桥梁篇”6个部分，收录93篇民间传说。

四、《苏州经典美食传说》，分为“水产类”“家禽类”“飞禽类”“蔬菜类”“瓜果类”“糕饼类”“茶酒类”“饭粥类”“百年老店传说”9个部分，收录125篇民间传说。附有苏州四季风俗、节令食品名录。

四册书，合计收录399篇民间传说。

阅读民间传说，如何与正史结合起来，以更好地理解民间传说故事的意义和价值。同时，又如何读懂地方性语言？为解决这一问题，本书在篇章中涉及有关历史名人时，在传说之前或在附记中列有名人的简介，可以参阅。对地方性语言，也做了简要注释，有助于读者阅读。

为做到图文并茂，特邀著名画家梅云、劳思、张晓飞、顾曾平、姚苏、夏维淳、李昉等绘制精美插图，著名民间文艺家冯骥才，著名书画家马伯乐、周矩敏、白榆题签书名，著名篆刻家张寒月刻制“乐在民间掘珍宝”印章，奉献给读者。

愿苏州的民间传说故事走进千家万户，一代一代传承下去！

2018年3月2日

戊戌元宵之夜

序

叶正亭

“民以食为天”。人们的生活一天也离不开食品，因而，一代代人的延续，一代代人的创造，食品越来越多，越来越丰富。田里、山上、河里、海里……都出产丰富的食材，人们又将其演化成美食，在这个过程中，往往伴随着一个个民间传说。

潘君明主编的《苏州经典美食传说》，不仅反映了苏州传统食品在民间的影响，也反映了苏州食品文化的广泛丰厚。这本《苏州经典美食传说》，有这样几个特点：

一是资料丰富，涉及面广。这些民间故事，在城镇乡村采录而得，涉及面非常广泛，既有水产类的故事，也有家禽类的故事；既有蔬菜、瓜果类的故事，也有糕饼、饭粥类的故事，等等，所有食品方面的故事，几乎都涉及了。有些食品，源于古代，如“太湖银鱼”“西施糕”“红烧狮子头”等；有些食品出自百年老店，享誉海内外，都有数百年的历史了。

二是情节生动，趣味浓郁。食品故事，顾名思义，与我们的日常食品有关。当你与亲友聚餐时，常常会吃到一些苏州名菜，如“松鼠鳜鱼”“天下第一汤”“常熟叫花鸡”等，这些菜名是如何得来的？又为什么要起这个名字呢？书中的故事自会一一地告诉你。故事情节十分生动，结果出人意外，会让你增长许多烹饪方面的知识。

三是语言通俗，可读性强。民间故事，都是由老百姓讲述的。书中的民间传说，采集于民间，是依据口述人的记录整理的，所以，读起来朗朗上口。其中，还用到一些苏州方言，仿佛说书人一般娓娓道来。这也是民间传说的特色吧！为了方便外地读者阅读此书，主编潘君明对方言做了注释。从这个意义上说，本书也是一本很好的乡土读物。

君明是采集整理民间故事的老法师，本书是他与文友数十年来采风的成果，保存至今，十分不易。民间传说是口头文学，属于非物质文化遗产。食品民间传说，是食品文化的一个组成部分。这本《苏州经典美食传说》的出版，为保存非物质文化遗产，为苏州的食品文化，丰富了资料，增加了光彩，可喜可贺！

2018年3月30日

目　录

二、家禽类故事

三、飞禽类故事

四、蔬菜类故事

五、瓜果类故事

六、糕饼类故事

七、茶酒类故事

八、饭粥类故事

九、百年老店传说

一、水产类故事

松鼠鳜鱼

松鼠鳜鱼是苏州松鹤楼菜馆的名菜，也是苏式菜肴中的珍品。松鼠鳜鱼因其菜形酷似松鼠而得名。菜盘上桌，鱼首微昂，鱼尾高翘，浇上卤汁，立即发出“吱吱吱”的声音，犹如松鼠在鸣叫一般。

松鼠鳜鱼是由古代的“炙鱼”演变而来，传到清朝，才声名大震。

说起来还是乾隆下江南时的事情。乾隆又一次来到苏州，他听人们都称赞松鹤楼的菜做得不错，心里一动，便带了两个内侍和一班护卫，乔装打扮，直奔观前街而来。乾隆远远望见松鹤楼，便想起当年曾在此为了一道“全家福”的菜而遭受奚落并大闹松鹤楼的事，心里不免有些酸溜溜的。于是，他盘算着这次一定要抖抖威风，消消当年的那口恶气。他迈步走进店堂，一眼看见案桌上满身斑点的鳜鱼活蹦乱跳，便向内侍示意要这道菜。内侍立即向跑堂的交代了一番，跑堂的忙找店老板嘀咕了一阵。店老板见进来的这位贵客举止非同一般，说话是北方口音，身旁有人服侍，周围更有便衣护着，便料到此人绝非寻常人物。他忙向厨师发话：“有贵人来吃饭，一定要把看家的本领拿出来。”这样一来，楼上楼下一阵忙乱。

不一会儿，一盘热气腾腾、色鲜油亮的松鼠鳜鱼摆在了乾隆的面前。店老板亲自上菜把盏，站立一旁伺候。乾隆也不举筷，用手一指，问道：“此鱼何名？”店老板答道：“此乃鳜鱼。”又问：“此菜何名？”答道：“此乃小店名菜‘松鼠鳜鱼’。因其形状像松鼠，故而得名。请贵客品尝。”

乾隆仔细一看，果然有点意思，便举筷尝了一口，说道：“嗯，味道不错！”店老板忙又赔笑说：“这道菜还有一段来由哩！”乾隆问：“什么来由，你且慢慢讲来。”店老板上前一打躬，说道：“请贵客听小人细细道来。”接着店老板讲了一个传说：

春秋时期，吴王僚专横无道，举国臣民非常痛恨他。他的堂兄公子光便有意要除掉吴王僚。这时，伍子胥便将名士专诸推荐给公子光。公子光深知吴王僚爱食炙鱼，就派专诸到太湖边向名厨专门求教制作炙鱼的技术。数月后，专诸学成回来，公子光便设计宴请吴王僚，命专诸想办法在宴会那天，将匕首藏在炙鱼腹中敬献，伺机刺杀吴王僚。专诸欣然

夏维淳 绘

领命。只是，在鱼腹中藏匕首，而又不能露出破绽，确实难度不小。为此，专诸着实动了一番脑筋。他先将鱼背上的肉剞出花纹，入油锅一炸，鱼肉便松胀竖立起来，再用佐料一炙，浇上辅料，鱼的外形就模糊不清了，端上桌来，很难看出其中暗藏的匕首。这就是后人所谓的“鱼藏剑”。果然，公子光刺杀吴王僚取得成功，自立为王，独霸一方，即历史上的吴王阖闾。于是，炙鱼也随之出了名。

此后，只要吴王阖闾高兴，便叫厨师做这道菜。有一次，厨师刚把这道菜端上来，一个侍从突然大声叫道：“大王，请看这炙鱼可像松鼠？鱼肉多么像蓬松的松鼠毛……”经他这么一说，大家都觉得像。于是，“松鼠鳜鱼”的名字就这样被叫开了。

乾隆听完店老板讲的这段故事，非常满意，便赞赏地说：“这故事很有趣，这鱼也很有味。”从此，“松鼠鳜鱼”也就名扬四方了。

这道菜除了色、香、味、形俱佳之外，在浇上辅料时，还会发出“吱吱”的响声，好像松鼠在叫呢。所以，有人作诗道：

“头昂尾巴翘，色泽逗人笑。形态似松鼠，挂卤吱吱叫。”

翁洋洋　采录整理

附记：

鳜鱼，也作“桂鱼”“鳌花鱼”。体形侧扁，背部隆起，长达六十厘米；青黄色，具不规则黑色斑纹；鳞细小，圆形；肉质鲜嫩，生长较快，是我国名贵食用鱼类之一。

乾隆大闹松鹤楼，见“百年老店传说”。

虾籽鲞鱼

苏州名吃虾籽鲞鱼，香味扑鼻，鲜美可口，是夏令季节的佐餐佳品。但它一不上菜市场水产柜经销，二不在熟食店出售，而是专在苏式茶食店供应，由此可知，这种食品的名贵。

旧时，苏州阊门外上塘街是腌腊咸鱼店集中的地方。有家兴隆咸鱼店，由于底子薄，生意做不过大店，年年蚀本。老板王小毛整日垂头丧气，经常到皮市街鲞王庙去烧香拜佛，祈求菩萨保佑，图个利市。虽说他香火钱花了不少，可生意并不见好转。隔了两年，眼看鱼店快要倒闭，老板又气又急，病倒在床。这天，有个客人来探望他，送他两瓶虾籽酱油，对他说："这是我用伏油加虾籽熬制的，味道鲜美，送给你开开胃。"

王小毛心想：伏油是酱油中的上品，虾籽的美味更不必说了，这两样东西合在一起，自然能生津开胃。他打开瓶子尝了尝，味道鲜美，连连赞叹客人在制作这种调味品上动的好脑筋。这时，客人就劝他说："你卖的咸鱼，年年都是老样子，难怪不受顾客欢迎。我看你呀，求神不如求己，何不动动脑筋，翻翻花样，做活生意？"王小毛叹口气说："唉，这个我也想过，不过，你用虾籽熬酱油，可我总不能用虾籽熬鲞鱼呀！"客人说："怎么不可以啊？虾籽酱油味道鲜，虾籽鲞鱼一定不会差。如果你高兴试试，我愿帮你出把力。"于是，两人就商量起合做虾籽鲞鱼的生意来。

王小毛病好后，拣上好的鲞鱼，用姜、糖、伏油熬制，又在表面涂上黄灿灿的虾籽，一尝，果然咸淡适口，别有风味。可是一上柜台，还是顾客寥寥，生意仍无起色。王小毛心里直纳闷，捉摸不透到底是啥原因。他想：莫非由于这是新产品，顾客还不知道？要死货活做，只有广为招揽。他忽然想起，鲞王菩萨生日快到了，苏州人都喜欢到鲞王庙去赶庙会，何不趁此机会，想个办法做活生意呢？只要能赚钱，何乐而不为呢？如此这般，他就打定了主意。等到鲞王菩萨生日那天，王小毛精心烹制了不少虾籽鲞鱼，盛在一只大木盘里，叠成一座"鲞山"，上面挂着一张大红纸条，写着"上塘街兴隆咸鱼店精制虾籽鲞鱼，敬献鲞王老爷"。这盘虾籽鲞鱼的鲜香超过了庙里的檀香味，一上供桌，立即吸引了很多香客。人们议论纷纷，垂涎都挂到了脚面上。

第二天，王小毛的咸鱼店一开门，立即挤满了顾客，争着要买虾籽鲞鱼。你一斤，我一斤，当天的备货很快就卖个精光。从此，王小毛咸鱼店的名声就像春风一样吹开了。慕名前来尝鲜的人越来越多，鱼店的生意越做越兴隆，王小毛不但很快还清了债务，还赚了一大笔钱。王小毛死后，他店里的一个师傅被观前街叶受和茶食店的老板聘了去。从此，这种美味鲞鱼就开始转移到茶食糖果店供应了。经过不断改进技艺，虾籽鲞鱼越做越好，成为苏州一种独特的传统食品。

杨彦衡　采录整理

附记：

鲞鱼，即鳓鱼。我国北方称"鲙鱼""白鳞鱼"，南方称"曹白鱼""鲞鱼"。体形侧扁，长约四十厘米，银白色。为近海中上层鱼类，春季至初夏，由外海至近海产卵。为重要食用鱼类，供鲜食或制鲞等。

太湖银鱼

(一)

太湖银鱼洁白如银，鲜嫩可口，名闻中外。传说银鱼是孟姜女变的，可是在太湖一带，老人们都说，是春秋战国时期美女西施遇害后，化成了条条银鱼，漫游在娘家（越国）与夫家（吴国）相邻的太湖中，一则对吴国有赎罪之意，二则对吴越父老有回报之心。

当年吴越争雄，夫椒山一战，越军几乎全军覆没，越王勾践被迫到吴国做了吴王夫差的马夫。后来勾践与范蠡巧施美人计，起用浣纱女子西施，将其献给吴王夫差。西施把吴王夫差迷得神魂颠倒，夫差终日寻欢行乐，不理朝政，最终吴国被恢复了元气的越国灭亡了。

勾践得志忘义，复国以后，不但杀了文种，逼走范蠡，还听信妻子的话，把灭吴有功的西施绑了治罪。西施气愤极了，责问勾践："我有何罪？我远离家乡，忍羞受辱，无时无刻不在想着复兴越国。现在吴国已亡，越国已兴，为何反要加害于我？"

勾践被西施责问得满脸通红，掩面进内宫去了。君夫人却气势汹汹地跑到西施面前，凶狠地说："嫁出去的女儿泼出去的水，你已嫁到吴国，就是吴国人，不再是我们越国人了。吴越两国势不两立，吴国之亡，你也同样有罪。"西施气得骂口不绝。

勾践听西施骂得句句有理，动了恻隐之心，想把西施放走，让她回家同父母团聚。君夫人却把眼睛一瞪，问道："前些年是吴国强大，还是越国强大？"勾践答道："吴国强大。"君夫人话锋一转说："吴国这样强大，却亡在一个美人身上。西施若是要想变心，亡我越国，还不是易如反掌么！”

俗语说，锣鼓听声，说话听音。勾践听罢君夫人之话，知道了这言外之意，心中明白，君夫人嘴上说杀西施是为了越国的安危，实质是怕自己看中西施，夺去她王后的宝座，只是不好明说。勾践无可奈何地说了句：“那就随你处置吧。”

君夫人立即命令武士把西施捆绑押解到船上，船到湖心，君夫人命武士把西施抬到舱面上，用铁丝扫帚在西施身上不停地扫刮，用这样的酷刑处死她，最后将她推入湖中。从西施身上扫刮下来的一丝丝白肉，化成了一条条洁白如银的小鱼，向四面游去。太湖中的银鱼就是这么来的。

薛利华　采录整理

（二）

太湖银鱼形美肉嫩，产量丰富，人人见了欢喜，因此，在民间的传说也多。有的说，太湖银鱼是孟姜女变的。

孟姜女万里寻夫，从松江一路向北。那一天，日头热得像火烤。孟姜女走到北望亭桥，身上被汗水湿透，嘴里干得冒烟，实在走不动了，就到桥下运河边去喝水，一不小心脚下一滑，“嗵”的一声，掉到水里去了。这时，正巧有一只小网船从望亭由南向北过来，船上母女二人见前面有人落水，快橹急摇，把不省人事的孟姜女救上了船。

母女俩见她面黄肌瘦，神色不好，叫了几次也没有醒来，料定她是饥渴不过，想去烧点东西给她吃。烧啥呢？网船上没啥吃的东西，上街去买又不方便。母女俩正在为难，见船艄上有只小竹丝篮，还有卖剩的一点虾，于是她们一人先在镬子里烧虾汤，另一人拿面粉打了两寸来长的面条。面条打好，下了满满一碗虾汤面。雪白的面条加上火红的鲜虾，别说味道香，看了也眼馋哩。母女俩将孟姜女叫醒，捧出面来给她吃。孟姜女实在饿透了，她狼吞虎咽，一口气吃了个碗底朝天。吃了面，她精神也好起来了。

船上母女俩看她眼睛有神了，就和她攀谈起来，知道了她的身世，十分同情，便对她说："等你寻到丈夫回来，再来看我们。我们一直在这里，不是在太湖边捉鱼，就是在望亭镇上卖鱼。"

孟姜女走后，母女俩就等呀等，过了很长时间也没有她的消息，非常心焦。

后来，噩讯传来，说孟姜女到长城后，晓得丈夫已死，她因为哭坍长城，也被处死在长城脚下。母女俩听得这样的好人受害，怪老天爷瞎了眼睛。母女俩想祭祭这位好人、苦人，用啥祭呢？母女俩想，孟姜女喜欢吃虾汤面，于是，特地烧了一碗面供在船头上，香烛点完，把这碗面倒在了太湖里。事情很稀奇，面倒在水里，原来平静的水面顿时起了风浪，等风浪小了，两寸来长的雪白的面条竟会在水面上泅动，再细细一看，面条变成了细长银白的鱼，围着船头转。女儿就问娘："这是怎么回事？"娘说："这是孟姜女显灵啊。她也牵记我们，来看我伲①娘俩了。"

这些鱼后来在太湖里有了子孙，越来越多，有人叫它"银鱼"，也有人叫它"面条鱼"。

袁震　采录整理

注解：

①我伲：苏州方言，即我们。

附记：

西施，春秋末越国人，施姓，因家住苎萝（今浙江诸暨南）浣纱村西而得名。吴越相争，越国败于夫椒。勾践求和不得，从范蠡计，把西施献于吴王夫差，西施受到吴王的特殊宠爱。相传吴亡后，西施与范蠡驾着扁舟，偕入五湖，不知所终。

孟姜女，春秋时齐国大夫杞梁之妻，姜姓。公元前550年，齐庄公袭莒（今山东莒县），杞梁奋勇作战，不幸被俘而死。庄公遣人往郊吊，她拒不接受，于是庄公亲自往吊其家。相传她哭夫尽哀，十日不绝声，城墙为之崩塌。后世以讹传讹，误认她是秦朝时人，遂编造出一套"哭长城"的故事。

银鱼，古称"脍残鱼"，上海人俗称"面丈鱼""面条鱼"，三四月间在长江口区产卵，鱼汛颇大。太湖新银鱼简称"银鱼"，与"太湖白鱼""太湖白虾"合称为"太湖三白"。产量颇多，供鲜食或制作鱼干。

太湖白鱼

（一）

每年到了黄梅天发大水的季节，从西太湖经漕湖到昆山去的一路水面上，半夜三更会响起如同风雨雷电一样的声音，几里外都能听得见，真有点吓人。其实，这声音不是雷响，而是白鱼阵来了。

白鱼阵来的时候，湖水高涨，水声哗哗，浪头涌着浪头，波涛连着波涛，一大批一大批的白鱼就趁着这股浪潮从西向东游。只见满湖亮闪闪，满河白煞煞，赛过天上的银河，望不到边，见不到底。

为啥白鱼阵要向东去呢？据说是太湖君主欠了东海龙王的债，还不清，年年要送白鱼去抵利息。送白鱼去的时候，前面有虾兵蟹将开路，后面有田螺将军压阵，还要准备一班鼓乐，吹吹打打，所以格外闹猛[①]。

白鱼非但肉细味鲜，长相也很漂亮，身子洁白，尾巴火红，排起队来往前游，就像红头绳系着银条，一串串，一排排，着实好看。东海龙王看见了，心里一欢喜，就答应太湖君主把债往后推一年再还。因为太湖君主借的债实在多，东海龙王的利息又实在高，到了第二年，太湖君主仍旧还不起，只好再送一批白鱼去抵利息。东海龙王的债年年还不清，所以年年就有白鱼阵。老一辈人讲：不要说凡人怕高利贷，就是神仙也吃不消啊！

袁震　采录整理

（二）

白鱼为“太湖三白”之一，浑身雪白，肉嫩味美，为肴中佳品。为此，关于白鱼的民间故事也多。除上面一则外，也有的说白鱼是“官刀”变的，由此有个“官刀鱼”的故事。

官刀鱼这个名称是怎么来的呢？还得从三百多年前，太湖渔民“赤脚张三”领导的抗清起义军说起。

据说，“赤脚张三”的本领了得。他那一双脚在岸上一蹬，脚底下的石头就会粉碎；他的轻功也了得，能在水面上奔跑。张三的老婆也本领高强，她善使流星锤，几丈之外就能把人的脑袋敲碎。

清兵入关以后，一路烧杀抢掠直到江南，谁知在八百里太湖边上，被号称“赤脚张三”的渔民起义军打得焦头烂额。清军官兵一听见“赤脚张三”的名字，就吓得手发抖，心发慌。

有一回，张三夫妻俩摇着一只小渔船，在无锡太湖边上过夜。张三带领的一批抗清义军也跟随他们，将船停在张三的小船附近。这一行动，被清兵探子探到了。一眨眼工夫，湖边各处的水卡上，清兵兵船一齐出动。那天晚上，正是月半，月亮非常明亮。张三夫妻俩刚好在船艄上吃夜饭，哪料到已被清兵层层围住了。张三见此情景，叫义军们不要妄动，看他的眼色行事。张三夫妻俩坐在船头，只当没事，张三捧着酒杯，只管“咕咕咕”喝着土烧酒，他老婆“霍落落”喝着薄汤粥。

清兵的船只靠近过来，冲在最前头的一只大船船头上，站着一个手执大刀的总兵。他直着喉咙大喊：“活捉张三，赏银一万……”话声没完，只听见“啪”的一声，他的脑袋就开了花，人也跌进太湖里去了。原来，张三老婆手里的饭钵头，是一只铁碗，对准总兵掷过去，不偏不倚，敲碎了总兵的脑壳。清兵们眼看主将完蛋，个个吓得魂飞魄散。蛇无头不行。主帅完蛋了，清兵无人指挥，乱成一团糟。张三叫义军们迅速出击，大家舞动手中的大刀，直向清军杀去。张三高举起手中的大刀，跳上清军的兵船，杀得清兵喊爷喊娘，狼狈地逃窜了。清兵无力抵抗，手中的大刀一把把全都落进太湖里去了。

那些逃回去的清兵，报告了水战的情况。将领问："现在情况怎么样呢？"小兵说："张三的渔船还在湖边，还没开走呢！"将领一听，随即下令，要清军水师立刻备足火器，派大批船舰出动。他们害怕张三的大刀，不敢靠近张三的小船，就在湖面上远远地把渔船包围住了，然后对准目标，发射硫黄火箭。霎时间，张三的小船着火了，义军的船只也着火了，不一会儿工夫，就被烧得一干二净。水军将领满以为已将"赤脚张三"烧死了，赶忙回去论功请赏。

他们做梦也没有想到，张三和他的义军们，在马迹山上睡得正香呢。原来，张三料定清兵必然再来，所以把渔船留在湖边，夫妻俩及义军们则潜水到了马迹山。这个行动，清兵哪里知道呢！

老渔民讲，这一仗，清兵落到太湖里面的大刀，不计其数，都变成了白鱼，狭长的条子，鳞光闪闪，所以，渔民们就把白鱼叫作"官刀鱼"。从此，太湖中的白鱼，银光闪亮，一群一群的，在太湖里悠游。

秦寿容　采录整理

注解：

①闹猛：苏州方言，热闹的意思。

附记：

太湖白鱼，又称"鲦"，"头尾俱向上"而得名。鱼体狭长侧扁，鳞片小而白，细骨细鳞，银光闪烁。白鱼肉质细嫩，鳞下脂肪多，酷似鲥鱼，为食肉性经济鱼类之一。白鱼是太湖名贵鱼类，与银鱼、白虾并称"太湖三白"。

石首鱼

石首鱼，就是黄鱼，是苏州人喜欢吃的鱼。黄鱼有大小之分，大的叫大黄鱼，小的叫小黄鱼。每年清明前后，黄鱼上市，苏州人家几乎家家要吃黄鱼。黄鱼的吃法很多，有清蒸、红烧、油氽，做鱼羹、鱼丸等，吃起来味道非常鲜美。

石首鱼是黄鱼的别名，这别名的来历，据说与吴王阖闾有关哩！

传说，在春秋时期，靠近东海边的夷人，经常来侵犯吴国。夷人聚居在东海，是东方的原始部落，当时被称为“外国”。他们经常来抢夺吴国百姓的财物，弄得吴国百姓鸡犬不宁，很不安定。有一年，夷人又来侵犯了。吴王阖闾听到这个消息，立即带了军队，亲自出征。军队来到东海边，与夷人打了几个回合，夷人吃了败仗，逃到东海里去了。阖闾领兵追到海里，找不到夷人，就临时驻扎在东海的一个小岛上。

驻扎了一段时间，仍然找不到夷人。这时，军队的粮食快吃光了，而海面上又刮起了风暴，海浪有几丈高，船只不能起航，岸上的粮食无法送来，怎么办？若粮食无法送来，士兵就要饿肚子，甚至被困死在小岛上。

阖闾心中非常着急，叫士兵拿来香烛，焚香祷告，祈求上天赐福，希望风平浪静，好将粮食送来。谁知，海上的风浪非但不停，反而刮得更凶了。就在这时，海面上突然浮起一片金黄色，随着风浪，直向岛上扑来，然后在岛的周围回旋。众人仔细一看，这一片金黄色的海浪却是一大群鱼，鱼身金黄，在海面上呈现一片金黄色。阖闾非常惊讶，忙叫士兵将鱼捞起来，在锅内煮熟后分给大家吃。士兵们吃了，都说味道很鲜美，肚子也饱了，身体也有力气了。

大家一阵狂喜，都说全靠大王之福，天赐鱼群，但不知这鱼叫什么名字。有人说，鱼的身体金黄，就叫黄鱼吧；有人说，这名字太普通，请大王赐个名字吧。阖闾想起吃鱼的辰光①，鱼脑中的骨头如白石，就赐名叫“石首鱼”。

后来，人们知道东海内有石首鱼，每到清明前后，就开船到东海去捕捞，送上市场，成为餐桌上的一道时令菜肴。因为鱼身呈黄色，百姓俗称其为“黄鱼”。

潘君明　采录整理

注解：

①辰光：苏州方言，即时候。

附记：

石首鱼，即黄鱼，古称“鯮”“鮻”，耳石特别发达，故名。它是我国最主要的一种海产经济鱼类。小者长仅十余厘米，大者长可达二米。鳔可制工业用胶或晒干制成鱼胶，鱼胶为名贵食品。

福山鲥鱼

鲥鱼是苏南一带的名贵海鲜，无论是清蒸或是红烧，那肥膏美味均令人久久难忘。

鲥鱼的产地只限于常熟福山、江阴一带的江面，而且捕捞季节很短，只在端午前后的一段时间，才能见到它的影踪。所以，美味奇货，更显得身价百倍。

为啥鲥鱼只认定一个地点、确定一个时间呢？民间有这样的传说。

相传，鲥鱼原来的名字叫"鲃鱼"。本是西天王母娘娘瑶池中的一对仙童仙女，因为触犯了天规，被罚入到东海，变成了一对鲃鱼。东海龙王看它们长得漂亮，就吩咐它们一个差使，给三太子当侍从。

这年五月初，龙王三太子带了大批挑盘顶担的水族，去鄱阳湖相亲，鲃鱼也跟了过去。它们路经常熟福山港时，正撞上张天师在福山大慈寺披发舞剑做法事。龙王三太子的队伍浩浩荡荡，福山江面上顿时波浪翻腾，打扰了张天师的功德道场。张天师当即抛开一张法符，化成巨网，把三太子率领的这支相亲队伍全部扣留，只等午时三刻，就要开刀祭坛。

亏得大慈寺烧饭的王三师傅，这天带了他的女儿来看张天师做法事。小姑娘看了一阵觉得乏味，就在寺前寺后独自探胜寻险玩耍。忽然发现了龙王三太子与鲃鱼们，询问之后，才知道是被张天师所扣押。小姑娘同情它们的遭遇，就偷偷打开水牢大门，放它们回了东海。

午时三刻一到，张天师去水牢提犯开斩，岂料走近一看，牢门大开，鱼鳞也不见一片。一气之下，他追究到王三师傅的女儿，一把抓起小姑娘往西一掷，便成了一座小孤（姑）山。

龙王三太子为报答福山王姑娘的救命之恩，每年五月初，都要派鲥鱼到福山一带朝拜谢恩。从此以后，鲥鱼的子子孙孙也就形成了习惯，每年端午节前后，总忘不了完成主人的这一使命。由于它们年年按时来临，人们就把它们叫作“时（鲥）鱼”。

莫渔　采录整理

附记：

古籍记载：鲥，古名“鰣”。海鱼也，似鳊鱼而大鳞。因其出有时，故谓之“时鱼”。鲥鱼做菜肴，在斩杀时一般不去鱼鳞，因鱼鳞富有脂肪，含脂量高。在煮鱼时，多为带鱼鳞清蒸；吃鱼时，一般先吃鳞片，然后再吃肉。但也有将鲥鱼鳞刮下而蒸煮的，其中有个奥妙。你若不信，下有“蒸鲥鱼”的故事。

蒸鲥鱼

从前，在浙江富阳，有一个靠近富春江边的村子，村里有一户姓张的乡绅人家。这家老夫妻俩有三个儿子。这对夫妻，生平爱吃鲥鱼，因此在长子、次子择婚时，总要预先打听好哪家姑娘是烹调鲥鱼的好手，方才上门求亲。所以，两个儿媳妇烧鲥鱼的手艺，是一个胜过一个。

过了几年，三儿子也成了亲，娶的媳妇是位渔家之女。婚后，小夫妻十分恩爱。到了三朝，按照风俗旧例，新媳妇在这一天要“三朝入厨下，洗手做羹汤”，烧一样拿手好菜孝敬公婆。

当时，一般人家做羹汤都用鱼，“鱼”和“余”谐音，所谓“吃剩有余”，讨一个吉利的口彩。张家当然也是老规矩，买好一条大鲥鱼，要试试新媳妇的手艺。

大媳妇和二媳妇早已听说新弟媳妇是烧鲥鱼的巧手，但心里总不大相信，一个渔家之女，能烧出什么高明的菜来。为了探出个究竟，两人藏在暗处偷看。只见新媳妇一到厨房，将一块绣花围裙往腰上一束，麻利地取过鲥鱼，用水冲洗干净，取过菜刀“嚓！嚓！嚓”，三下五除二，把鲥鱼身上的鳞片刮了个干干净净。大媳妇、二媳妇看到这里，忍不住用手捂住嘴，幸灾乐祸地走了。

原来，鲥鱼与别种鱼不同，它的油质都依附在鱼鳞上面，若是将鱼鳞刮去，那烧出来的鱼肉就会粗糙、不肥嫩。所以，两位嫂嫂一见新弟媳把鱼鳞刮去，都感到好笑，各自回房等着看笑话了。

过了不到半个时辰，一阵扑鼻的鱼香，从厨房里飘出来，闻得两位嫂嫂馋出了口水。两人快步走出房门一看，只见新弟媳妇手托一只红漆木盘，盘里端端正正地放着一只青瓷海碗，碗里盛着一尾热气腾腾的鲥鱼。乳白色的鱼汤上，浮着一层淡黄色的鱼油；鱼背上均匀地撒着殷红的火腿丁、紫色的嫩姜芽、碧绿的香葱，衬着那雪白肥嫩的鱼身，不

夏维淳　绘

要说吃，就是看一眼，闻一闻，也够美的了。三媳妇把蒸好的鲥鱼端到堂前，公婆一尝果然好吃，赞不绝口地说道："我们可从来没有吃过这么又嫩、又香、又肥、又鲜的鲥鱼。"说得两个嫂嫂直纳闷儿。

事后，妯娌们在闲谈中，问到那次烧鱼的诀窍。三媳妇抿嘴笑道："也没什么诀窍，我在娘家时，父母也喜欢吃鲥鱼，只是年岁大了，嫌鱼鳞废口。我细细寻思，得了一法，缝就纱囊一个，剖鲥鱼时先将鱼鳞刮下，漂一漂装入纱囊扎牢，再在蒸笼盖顶上钉一个钩钉，把纱囊挂在钩钉上，盖笼盖时，对准下面放的鱼碗，再用文火蒸透。这样，鱼鳞中的油汁滴进鱼碗里，鱼肉也就更肥嫩可口了。"两位嫂嫂听罢，不由得心里暗暗钦佩。

韩德珠　采录整理

箬鳎鱼

东太湖地区有一种鱼，只生半爿，扁塌塌，形状活像裹粽子的箬叶，大家叫它“箬鳎鱼”。这鱼为啥生得这样怪相呢？其中有个故事。

很久以前，太湖边有母子两个，娘种菜，儿砍柴，相依为命，苦度光阴。一年冬天，老娘突然病倒，病势一天比一天厉害，儿子急得心都要碎了，家里没有钱，只得瞒着娘把贴身的皮褡送进当铺，用当回的碎银请医生给娘看病。医生搭过脉以后，说：“你娘的病，是常受饥饿引起的虚症，只要好好调理，定能转安。”接着就提笔开了一张药方，又补充说道：“此方需用一条活鲤鱼，先煎药汤，用药汤烧鱼汤服用即可。”

那时，正在隆冬季节，冰天雪地，河面全封冻了，哪里来的活鲤鱼呢？儿子沿着河岸走来走去，实在想不出办法，一咬牙，想用体温化冰，以便打捞。他脱光衣裳，躺在河面的冰块上，顿时，全身冻得像筛糠，嘴唇发紫，四肢僵硬，话也说不出来了。他想：只要能治好娘的病，冻死也甘心！儿子的一片孝心，终于感动了东海龙王，东海龙王立即差虾兵蟹将，取来一条鲜蹦活跳的大鲤鱼，从儿子用体温焐出的冰窟里送了上去。

儿子提了大鲤鱼，高高兴兴地回到家里，一剖为二，半条煎药熬鱼汤，半条用纸贴紧，挂在梁上，以备再用。娘吃了鱼汤，病真的好啦，说：“儿啊，难得你有这样一片孝心，为娘的病全好了，剩下的半条鱼，娘不吃了，快放回湖里去吧。”儿子听了娘的话，点头答应：“娘说得对，我这就去放生。”

半条鲤鱼被放回了湖里，说来真怪，那半条鱼沾水就活啦，它眨眨眼睛，扇扇尾巴，游进了鱼群。

从此，这里就添了一种怪鱼，形状像粽箬的样子。人们依照它的形状，取了个名字，叫“箬鳎鱼”。

徐文初　采录整理

附记：

箬鳎鱼，亦称“舌鳎鱼”“牛舌鱼”。形体侧扁，不对称，两眼均在左侧。背鳍和臀鳍完全与尾鳍相连，无胸鳍。我国沿海均产，种类繁多，常见的有宽体舌鳎、斑头舌鳎和半滑舌鳎，供鲜食或做罐头制品。

鲃鱼与河豚

凡是初次见到鲃鱼的人，都会好奇地问："鲃鱼的肚子为什么是气鼓鼓的？还会咕咕叫？"更有趣的是，吃过鲃鱼肺的人，都会赞不绝口地说："吃了鲃鱼肺，百样无味！"那么，鲃鱼是从哪里来的呢？这里头有一个故事。

传说太湖边住着一个渔民，叫谭老三，捕了二十多年鱼，很有点家当。45岁时，家主婆①何氏生了个女娃娃，奶名叫小花。小花长到5岁，谭老三想最好有个老来子，日后接嗣香火好有依靠。于是，托人做媒讨了个小老婆。小老婆巴氏，生得有一些姿色，人也贤惠，体贴丈夫，把小花看成亲生的，十分宝贝。偏偏何氏气量小，开口一声"狐狸精"，闭口一句"活妖怪"，骂声不绝；与人攀谈，三句不离"小"字，还小拇指一翘，做起手势。巴氏受足了气，闷闷不乐，终于得了鼓胀病。何氏以为巴氏怀了孕，越发妒忌，胡言乱语，总是说："谭老三时来运来推不开，讨个小老婆带胎来！"冷粥冷饭好下肚，冷言冷语难下喉。日子一长，巴氏皮里、骨里充满了气，瘦得像只螳螂，身体一天不如一天了。

何氏并不善罢甘休，她想：如果巴氏生个女孩，家当夺走一半，养个男孩，家当就全部被夺走啦！她越想越恨巴氏，怒从胸中起，恶向胆边生，立即煮了一碗鱼头汤，调进毒药，送到巴氏房里，说是可以补补身体。何氏走后不久，小花来到巴氏房里，看见桌上热腾腾、香喷喷的鱼汤，不管三七二十一，端起碗来就喝，不多时毒性发作，疼痛难忍，七窍流血身亡。巴氏看到出了人命，直奔过去，拔下系发银簪，往鱼汤里一放，颜色变黑，才明白原是何氏下的毒手，害人未成，反害了亲生女儿。巴氏眼看小花死在自己房里，全身长满嘴也讲不清，不如一死了事。巴氏含冤忍泪，冲出房门，跳入了门前的湖中。

何氏做了亏心事，心神不定，当她看到小花躺在血泊之中，不见了巴氏，知道自作孽自受过，她觉得无脸向丈夫交代，也跟巴氏一样，跳到湖中去了。

巴氏、何氏两具尸体随波逐流，被浪头打得粉碎，巴氏的骨肉变成了无数鲃鱼，何氏的骨肉也变成无数的鱼，称为“河豚鱼”。从外形看，鲃鱼与河豚鱼长得一模一样，其实它俩并不相同。河豚鱼血毒、肉毒、骨毒，五脏俱毒，会毒死人。鲃鱼肉肥、味鲜、营养价值高，是上等菜肴。

巴氏受尽了何氏的怨气，变成鲃鱼后肚子里还鼓囊囊的；肚里总有咕咕的叫声，像是整日在咒骂何氏是个毒女人。何氏本是个毒女人，浑身是毒。所以，吃了河豚鱼会死人的。

邱山民　采录整理

注解：

①家主婆：苏州方言，即妻子。

附记：

鲃鱼，为淡水鱼中的小型鱼类。体侧扁或亚圆筒形，常具口须。种类繁多，具有一定的经济价值。

河豚，古称“鯢”或“鯸鲐”，俗称“西施乳”。体呈圆筒形，背鳍一个，无腹鳍，无鳞或有刺鳞。有气囊，能吸气膨胀。河豚种类很多，生活于海中，有些也进入淡水。肉质十分鲜美，唯肝脏、生殖腺及血液含有毒素，经处理后方可食用。如处置不好，食之有生命危险。腌制后俗称“乌狼鲞”，卵巢可制成豚毒，供医药用。皮可制鱼皮胶，肝可提取河豚肝油，精巢可制成鱼精蛋白，骨可制鱼粉。

西施乳

张家港有座香山，位于江尾海头，战国时期，属吴国的边境。吴王夫差最喜欢到这里来看花品鱼，踏春避暑。因此，夫差在香山北峰造了一座高楼，名叫“望海楼”。此楼雄伟壮观，一面连山，三面环水，确是观景佳地。

有一年春夏之交，吴王带了爱妃西施，又到望海楼来观赏景色了。

望海楼的西边，有条山道，曲曲弯弯，沿着山峦，直到香山边。这一带茶树茂盛，树间山花争艳，故名香湾。每天，西施带了一群宫女，提了竹篮，沿途采茶摘花。

在初夏时节，这里有种江鲜，名叫河豚，鱼肉十分鲜美。南风一吹，河豚随着潮水，顺流进江。河豚在《吴都赋》里称“鯸鲐”，土名“青儿”。河豚背部青灰色，腹部乳白色，外形如蝌蚪，长一尺余，成群结队，从下游上来，沿着浪潮路过香山脚畔。这鱼生性懒散，不肯出力游泳，而是腹中吸足空气，把肚子鼓得大大的，超过自己身体的两倍，反转身来，背部在水下，腹部朝了天，把又白又圆的大肚皮露出水面，远远望去，好似妇女的乳房。

有一天傍晚，吴王夫差在望海楼上吃酒观潮，一群河豚鼓着肚皮，顺流漂来，浮在水面上。这时，正巧西施从香湾采花回来，提着一篮刚采到的鲜花，走上楼来，她白皙的瓜子脸上沁出点点汗珠，两颊飘着红云，煞是美丽。

吴王正在观赏江面上的河豚，看见西施进来，他望着西施美丽的身影，说道：“爱妃，你快来看……”说着，他指指江面上漂来的河豚。

西施笑着问：“这是啥东西呀？”

吴王一时回答不上来，他看看西施的乳房，圆鼓鼓的，像河豚鱼的肚皮，就脱口而出：“西施乳。”

西施听罢，面颊一红，腼腆地说：“君王又戏言了。”

吴王却哈哈大笑，说：“爱妃你看，这不很像么！”

西施看看河豚在水面上鼓起的肚皮，也不由得笑了。

就此，河豚有了一个美名，即“西施乳”。

包文灿　采录整理

烤鳗鱼

烤鳗鱼是常熟的特色名菜，烧法别致，味道鲜美，同“叫花鸡”一样闻名，也属“叫花菜”之一。那么，烤鳗鱼是怎样被发现的呢？其中有一个传说。

清朝光绪初年，昭文县东乡的一位名厨师叫高桂司，连续几次被县令征召去为考生当大菜师。当时，省试的考场就设在南京夫子庙里。常、昭两县的考生就食宿在考场附近的“三元”客栈。吃过晚饭，高桂司时常到夫子庙周围去转转。

一天夜晚，高桂司走近夫子庙，从上风头飘来一股沁人肺腑的香味，他情不自禁地称赞道：“好香啊！”他随香迎风前行，来到夫子庙外的围墙脚下，只见几个叫花子在墙根下用砖搭成临时的土灶，席地而坐煨晚饭，刚才的香味就是从这里散发出来的。他想，这些叫花子在烧啥个好菜？我倒要去看看。一看，不觉好笑起来。原来叫花子正在烧鳗鱼。因为没有锅子，就用铺地的大方砖代替，叫花子们正在砖锅上烤鳗鱼。高桂司立在旁边饶有兴趣地观看，只见叫花子熟练地把鳗鱼段不停地翻动，烤熟后趁热将葱、姜、酒、酱油等佐料放上去，随着“吱”的一声，热气上升，浓郁的香味飘散开来。高桂司以他厨师特有的敏感，意识到这种不用锅子，别出心裁的烤鳗鱼的方法大有讲究，于是他不怕脏、不怕有失身份，跟叫花子们讨来一段一尝，觉得非常鲜嫩，味道确实不错，不由大喜。他心想，这种烧法如再改进一下，佐料再讲究一点，烧出来肯定很好吃，也许能成为一道名菜。

高桂司回家后，就进行精心研究、改进。他先把一块新的大方砖锯成两半，洗净磨光，放在烈日下晒干，然后浸入事先煎透的自制的香油内，让砖吸足香油而成油砖，用时才把香油砖从油缸里取出来，再选用半斤以上的淡水鳗，拣净晾干，用木炭火烤煮。当搁在炭火盆上的油砖被烧得慢慢冒油，“吱吱”发响时，就将切好的鳗鱼段放到油砖上烤，并不断地翻动，直烤得鳗鱼段两面黄而无盖（痂），先倒少量黄酒，撒上些姜末以解腥味，再放上些酱油、葱之类的佐料，再翻几次身，让其入味后，即可食之。鳗鱼段烤熟后，外黄内白，肉嫩而肥，色香味俱佳。高桂司在家里试烤了几次，请人尝鲜，一致称好。

此后，有人家请高桂司去办喜庆筵席，他就上烤鳗鱼这道菜，吃得客人满嘴称好，喜笑连连。进而其他厨师也仿制此菜，传遍常熟，竟成为常熟的一道名菜。

潘君明　李炎明　采录整理

附记：

鳗鱼，俗称“鳗鲡”，简称“鳗”，体呈圆筒形，长达六十余厘米。背侧灰褐色，下方白色，故亦称“白鳝”。鳞细小，埋没在皮肤下。成年鱼于秋季降入深海产卵；幼鱼呈柳叶状，透明，变态后进入淡水中，生活成长。鳗鱼肉质细嫩，富含脂肪，为上等食用鱼类之一。

羊方藏鱼

“羊方藏鱼”是我国古代的一道名菜，就是将鱼和羊肉一起煮，其味鲜美无比。而且，这道菜还带有一个造字的故事。

古时候，我国有一位著名的厨师，名叫彭铿，他不但烧得一手好菜，而且还会造字。我们现在用的“鲜”字，就是彭铿造的哩。

传说，彭铿到四十多岁的时候，才生了一个儿子。夫妻俩高兴万分。因为晚年得子，就取名叫夕丁。

夕丁从小爱吃水产，到十来岁的时候，常常和村里的小孩子一起到河里去捉鱼摸蟹。彭铿爱子如命，唯恐儿子溺死，就不准他去捉鱼，但是，夕丁还是常常偷偷地去捉鱼。

一天傍晚，夕丁在河里捉到了一条鱼，高高兴兴地拿回家来，要母亲烧来吃。母亲先是不肯，怕彭铿知道后要责怪，但经不住儿子的再三恳求，也就同意了。

这个时候，锅里正在烧羊肉。夕丁母亲看看屋外，太阳快要落山了，彭铿马上要回来吃晚饭了。她想：现在烧鱼，时间也来不及，老头子看见了也不好。怎么办呢？不如把鱼放在羊肉内一起烧吧。她想好以后，就掀开锅盖，用刀割开羊肉，把鱼藏在羊肉内一起烧。

不一会儿，彭铿回来吃饭，吃着羊肉，喝着羊汤，感到味道与往日不同，格外好吃，就问妻子：“今天的羊肉是怎么烧的？味道特别美呀！”

妻子道：“只要你勿打骂夕丁，我就告诉你。”

彭铿道：“能吃到这样的好菜，我打骂他干啥？你快告诉我吧！”

妻子就把夕丁偷偷抓鱼、请求她烧鱼的过程说了一遍，并把羊肉内的鱼拿给彭铿看。

彭铿真的不怪夕丁，还连声称赞说:“这种烧法好，羊肉和鱼一起烧，两种美味合在一起，所以特别好吃。我自做菜以来，还没有尝过这种味道呢！”

因为这种味道特别美，彭铿想用文字来表达，却找不到一个现成的字。他想造一个字来说明，就在桌子上写着“鱼”“羊”两字，因为字写得太靠拢，看上去就像一个字了，彭铿高兴地说:“对！这种美味，就用这个字来表达——鲜。”

后来，彭铿外出烧菜，就把鱼藏在羊肉内一起烧，菜名就叫“羊方藏鱼”。这种美味，就称为“鲜”。再以后，凡是菜的味道特别好吃，就称为“鲜”了。

潘君明　采录整理

附记：

彭铿，即彭祖。本姓篯名铿，神话人物。《列仙传》称：彭祖者，殷大夫也。常食桂芝，年八百余岁。

鱼头豆腐

我国有一道名菜，叫“鱼头豆腐”。这菜名的来历，据说与清朝的乾隆皇帝有关。

有一年，乾隆皇帝南巡到杭州，穿着便衣私游吴山，巧遇大雨，被困在山腰人家的屋檐下。乾隆皇帝又冷又饿，便进屋求主人弄些热饭热汤。这家主人名叫王润兴，是个经营小饭食的摊贩。王润兴见来人被淋得狼狈不堪，十分同情，便将仅剩的一个鱼头和一块豆腐装入砂锅内烧煮，给乾隆充饥暖身。乾隆吃后，觉得比皇宫内的任何珍肴都鲜美可口，便问道：“这叫什么菜，怎么这样鲜美？”王润兴想，什么菜，不过是鱼头和豆腐一起烧罢了，就说：“这叫鱼头豆腐。”乾隆回到京城后，时常思念杭州的“鱼头豆腐”，但御厨怎么也做不出这道鲜嫩美味的菜来。

后来，乾隆皇帝再次南巡，来到杭州，念及王润兴的一餐之馈，派人传来相见。因乾隆仍然没有暴露身份，所以两人交谈起来无拘无束。乾隆问及王润兴的生计，王润兴据实回答：“一年不如一年。”乾隆听后，便说：“你很会烧菜，何不自家开个像样的饭铺，烧制你的拿手好菜‘鱼头豆腐’。”王润兴很为难地说：“这道菜本是家常菜，怕有钱人不会食用，也挣不了钱。”乾隆听了觉得有理，略作思考后便提笔写了一幅字，说：“你的名字叫王润兴，饭铺的字号就叫‘王润兴饭铺’吧，你将我写的这幅字张贴在店堂中，保证你生意兴隆。”说着便将写好的字幅交给王润兴。王润兴展开一看，不由大惊失色，吓出一身冷汗，纸上写的是“皇儿饭”三个字，落款为“乾隆”。王润兴慌忙双膝跪地，口呼：“万岁恕罪，谢主隆恩！”

此后，王润兴在吴山脚下开了一家“王润兴饭铺”，专门经营“鱼头豆腐”，并将乾隆皇帝的题词“皇儿饭”精裱后高悬在店堂的正中。王润兴除经营鱼头豆腐外，还设计出几道名菜来：用豆芽烧豆腐，名曰“金镶白玉”；以菠菜煎豆腐炖汤，名曰“红嘴绿鹦哥”。因为他所经营的饭菜物美价廉，又因当今皇帝御赐他的饭菜为“皇儿饭”，很多人慕名前来，所以生意极其兴隆。

后来，王润兴的砂锅鱼头豆腐也越做越精，其他人的饭铺争相仿制。时隔不久，这道菜传到了苏州，配料、做法不断得到改进，味道也越来越鲜美，以至流传至今，成为菜系中的一道名菜。

冯学敏　采录整理

鲜鱼蚌肉汤

媳妇打阿婆，人人都会说媳妇忤逆不道。可西山禹王山下发生的“媳妇打婆婆”，并非忤逆，却是另外一回事。有这么一个故事。

有一天，知县到西山禹王山去巡视，看见一位四十多岁的妇女，手拿一根长木棒，气呼呼地在追打一位六十多岁、老态龙钟的婆婆。知县想：年轻妇女打一个老太，这不是忤逆不孝吗！他马上喊停轿，对手下人说：“快去问问，这是怎么回事？”手下人一看，一个年轻，一个年老，那还用说，不是媳妇打婆婆，就是女儿打老娘。因此，自作聪明地说：“回老爷，大约是媳妇在打阿婆吧。”知县一听，心想：这里的人不得了，不讲道理，不懂孝道，赶快回去。就冲着随从大喊道：“回去，回去。”手下人没弄清楚是怎么一回事，但又不敢多问，转身抬起轿子就走。

到了衙门，手下人小心翼翼地问道：“老爷，为什么不作停留就回来了？”知县捋着山羊胡须，说道：“你们想想看，媳妇可以打婆婆，女儿可以打老娘，这个地方可想而知是个十分野蛮的地方。我们再往那里去，说不定碰上一群野蛮的人，把我们打得鼻青眼肿，性命或许也不保了。”手下人听了，深以为知县言之有理。

一年后，禹王山桂花盛开，风景优美，知县又想去那里走走，但害怕那里的人，于是派了两个精悍的手下先去摸摸情况。这两个手下到了禹王山，很快弄清了那里的风土人情，也弄清了“媳妇”打“阿婆”的原委。

原来，这里的村民，为了强壮身体，以太湖银鱼和蚌肉，加上本地出产的五味子混在一起做饭，吃这样的饭当然有异味，便配了一道特殊的菜肴，就是烧上一锅白开水，然后把新鲜的鱼和蚌肉切成一段段放进去，既不放油也不放酒、葱、姜，半生不熟时就用筷子夹了吃。这是当地的家常菜，俗名“鲜鱼蚌肉汤”。这道菜有着丰富的营养，人常年吃了，自然显得年轻，不容易老，但外地人怎么吃得惯呢？那天，县官看到的一幕是，看上去四十多岁的“媳妇”，却是六十多岁的婆婆；看上去六十多岁的“婆婆”，反而是四十多岁的媳妇。“媳妇”是外乡人，嫁到这儿后，一直不肯吃这里的菜，所以就显得苍老。那天婆婆为了要媳妇强壮身体，又逼着她吃，媳妇不肯，就往外逃，婆婆就拿起木棒追了出来。

知县听了手下人的汇报，恍然大悟。第二天，他就带着手下的人，高高兴兴地去那儿游玩了。

金培德　采录整理

苏东坡藏鱼

宋代辰光，苏东坡、佛印和王阁老是好朋友。他们三个人经常在一起喝酒对诗，佛印虽是和尚，但酒量很大，桌上的菜差不多都是他吃的，尤其是鱼，佛印最喜欢吃，苏、王两人吃勿着多少。

有一次，苏、王两人买了一条大鱼，吩咐手下人烧了，两人准备对吃，勿去喊佛印了。苏、王两人十分高兴，坐到凳上，桌上杯、筷、菜肴摆好，鱼烧好，刚要动筷，谁知门人来报："佛印来了！"他们两人马上收好碗筷，把鱼放在篮里，挂在屋梁上藏了起来。佛印进门，觉得两人神色有点异样，鼻子一闻，有一股鱼的鲜香味。佛印眼睛骨碌碌一转，看到挂起来的那只篮子还在荡发荡发，正好在苏东坡的头顶上。佛印只当勿看见，坐下来一起谈天。隔了一会儿，佛印问："东坡兄啊，你那个'穌'字里面的'魚'字，人家都放在左边，你怎么可以放在右边？"

"当然可以。"苏东坡说，"古辰光由于习惯，把'魚'写在左边，其实'魚'和'禾'两字，随便放在左边或右边，都是可以的。"

佛印又问："那么，'魚'放到'苏'的上面呢，可以不可以？"

苏东坡答："那倒不可以。"

"哈哈，"佛印笑着说，"那就把'魚'拿下来吧。"说罢，就立起身来，伸手上去把篮子取了下来。苏东坡、王阁老两人，你看看我，我看看你，无话好讲。

张觉民　陈众亮　采录整理

附记：

苏东坡（1037—1101），名轼，字子瞻，自号东坡居士。眉州眉山（今四川眉山市）人。他知识渊博、才华横溢，是著名的文学家、画家和书法家。关于苏东坡吃鱼的故事很多，还有一个也十分有趣。

一次，苏东坡与佛印对酌，叫店家烧了一盆西湖醋鱼。苏东坡喜欢吃鱼，将鱼盆放在自己的前面，吃起来方便些。佛印也喜欢吃鱼，见苏东坡将鱼盆放在自己面前，有点不高兴，想：你喜欢吃鱼，我也喜欢吃鱼呀，我得想办法将鱼盆拖过来。佛印脑子一动，随即说道："老苏呀，你姓那个'蘇'字，是由'艹''魚''禾'三个字组成，常规的写法，把'魚'写在左边，但也有的写在右边，你说呢？"苏东坡道："写在左边可以，写在右边也可以。"佛印道："既是这样，那么，把'魚'移到这边来不也可以吗！"说罢，佛印将苏东坡面前的一盆鱼，搬到了自己的面前。两人望着鱼盆，相视而笑。

大蚌炖珍珠

相传，曹雪芹的舅舅是苏州城里的一家富户，住在葑门内带城桥一带，吃穿用相当讲究。曹雪芹19岁时，曾来舅舅家小住。由于他聪敏过人，舅父喜欢得不得了，样样满足他的要求。

曹雪芹住了两个月光景，感到厌烦了，就到街上去白相[①]。有一天，曹雪芹来到葑门外的鱼市场，看到有名的苏州乌背鲫鱼活蹦乱跳；转过身来又看到小贩在卖“荡里鸡头米[②]”。他便联想到：花木经过嫁接，会开出不同的花，结出不同的果；如果把乌背鲫鱼和鸡头米配起来烧一道菜，岂不美哉！

于是，他就买了两条乌背鲫鱼，又称了点新鲜鸡头米，回到家里命厨师刮去鱼鳞，取出内脏，挖去鱼鳃；从鲫鱼背上开个口子，然后把雪白滚圆的鸡头米一粒一粒地塞进鱼腹，调好佐料，上火清炖。炖熟后一尝，鱼肉鲜嫩，鸡头米香糯，两者的味道融合在一起，香气袭人，别有风味。

为什么会别有风味呢？鲫鱼和鸡头米都是动植物中含有蛋白质成分较高的营养品，又很鲜美，当然好吃。曹雪芹边吃边想，菜肴既然好吃，总得给它起个好听的名字。他觉得鲫鱼像河蚌，鸡头米像珍珠，这道菜恰如蚌含珍珠。想到这里，他筷子一放，自言自语地说道：“这个菜名很好，就叫‘大蚌炖珍珠’。”后来，这道菜流传开来，连普通家庭妇女也会做，并且流传至今，闻名遐迩了。

振鹰　长润　采录整理

注解：

①白相：苏州方言，即游玩。

②鸡头米：苏州方言，即芡实，为“苏州水八仙”之一，著名土特产。

附记：

曹雪芹（约1715—约1763），名霑，字梦阮，号雪芹、芹圃、芹溪。中国古典名著《红楼梦》作者，籍贯沈阳（一说辽阳），生于南京，约十三岁时迁回北京。曹雪芹出身清代内务府正白旗包衣世家，是江宁织造曹寅之孙，曹頫之子（一说曹颙之子）。曹雪芹早年在南京江宁织造府亲历了一段锦衣纨绔、富贵风流的生活。至雍正六年（1728），曹家因亏空获罪被抄家，曹雪芹随家人迁回北京老宅，后又移居北京西郊，靠卖字画和朋友救济为生。

甲鱼与莼菜

“八仙”中有个吕纯阳，最喜欢到处游玩。一天，他从西瑶池赴会后驾云回归洞府，路过太湖，心想：早就听说“上有天堂，下有苏杭”，我虽已游遍三山五岳，琼岛仙府，但还没到过太湖这地方呢！今日何不顺便一游。想罢，他落下云头，变作一个游方郎中，手上“嚓啷啷”摇着铃串，沿湖岸边信步而行。

碧波粼粼的太湖，水天一色，几座远山若沉若浮，好似蓬莱仙岛一般，景色醉人。吕纯阳心旷神怡，手捋三绺青须，诗兴大发，正想吟上几句，忽然，随风传来一阵哭声。他心中纳闷：住在这山清水秀的地方，神仙也不过如此，怎么还要悲伤？循声望去，只见岸边芦苇丛中停着一只小船，又旧又破，芦蓬别说遮不了风雨，连树叶也落得进去。吕纯阳上船一看，舱内躺着一个面色焦黄的男孩，只盖着半张渔网，旁边一个黑瘦老汉愁眉不展，老泪纵横。吕纯阳是个热心人，忙问：“老伯伯，这孩子病得很重，我来医治吧！”

老汉哽咽着说：“我孙子阿毛饿急了，吃错了野菜，发烧已有十来天了，我们没有钱求医买药，如今只好……”吕纯阳宽慰道：“别急，别急，我给人治病分文不取，连药也是奉送的。”

吕纯阳搭过脉，从葫芦中倒出一粒药丸给阿毛吃了。哈，真是妙手回春，阿毛一骨碌就起身了。祖孙两个正要跪下叩头，吕纯阳急忙双手拦住，要老汉坐下细说。

原来，虽说太湖这一带是鱼米之乡，但是全都被老财主毕耀甲霸占，毕老财又蠢又贪心，规定湖中打到的鱼虾要交租九成。阿毛的爹娘交不起租，就被拉到毕家做工抵债。“唉！”老汉深深叹了口气，接着说，“现在野菜吃尽，两手空空，日子真难熬呀！”吕纯阳想了一想，张嘴吐出一口仙水，正好吐在水面漂来的一丛水草上。他手指水草说：“这种水草，你们可以充饥。”说完，起身上岸，化作一阵清风不见了。老汉顺手捞起水草，细细一看，它开着暗红色的小花，茎叶上满是亮晶晶的黏液。烧好后一尝，味道真不错。阿毛爷爷碰到仙人的事，很快在乡亲们中间传开了，大家也去捞这种水草来吃，果然能够充饥。后来，这里家家户户都去捞这种水草，用来充饥度日。

这件事传到了毕财主耳中，他派出家丁把“仙草”抢来抵租。毕财主嘴馋，一口气吃了一大碗。说也怪，别人吃都没事，唯独他吃下去就肚膨气胀，软瘫在床上。毕老财急傻了眼，连着几天访医求药，总不见效。

吕纯阳在洞府掐算出这事，就依然变作游方郎中，驾云重来太湖，直往毕老财家走去。进门见了毕老财那副怪模样，不觉暗暗好笑，便说：“我这儿有仙丹妙药，服下就有奇效。”说完，从背后的大葫芦中倒出一粒金丹，递了过去。毕老财一见这金丹紫光闪闪，不由口水直淌，不管三七二十一，接过就吞。谁知道一眨眼工夫，他就趴在地上，变成一只像乌龟一样的东西，一伸一缩地往太湖里爬去。

乡亲们看见这副情状，都哈哈大笑起来。村里人知道这是吕纯阳下凡来帮他们的忙，为了感谢他，就把他指点的水草叫作“莼菜”。而毕老财变的怪东西呢，乡亲们顺口叫他老毕（鳖），也有人叫他甲鱼。不过，毕老财即使变作了鳖也改不了贪吃紫金丹的食性，一发现紫红色的东西，就要咬住。太湖一带的老乡们往往在钓钩上挂一点儿猪肝，那鳖准会上钩。甲鱼烧熟了下酒，滋味可美极了！

俞涌　采录整理

响油鳝糊

鳝糊本是一种家常菜，冠以“响油”做菜名，就成为常熟的一种特色名菜。这道名菜的形成，可说是错中出巧，有个有趣的故事。

常熟有家百年老店，叫鸿云楼。一天，店里来了几位上海吃客，点名要吃红烧鳝糊。不多时，当班厨师便将香喷喷的鳝糊烹制好了。跑堂小二端了菜盆，刚要跨出厨房门口，突然被厨师叫住，说：“慢！让我在鳝糊上浇上些明油，有点光亮，既好吃又好看，让顾客满意。”说罢，师傅就用铁勺舀了一勺滚烫的油，朝鳝糊上一浇，只听到盘里发出“哔哔啪啪”的一阵响。厨师一愣，自知浇错了油，该浇冷油的而浇了沸烫的热油，但油已浇上，也只好将错就错了。

跑堂小二问：“这叫啥菜，客人吃了不要有意见吗！”厨师急中生智，来了个非常形象的回答：“你听到没有，刚才浇油时盘里发出的响声，这叫‘响油鳝糊’。”

跑堂小二脸上一笑，将菜端上桌面，客人听见盆里有响声，也觉得有趣，搛一筷放到嘴里一尝，相当好吃，并称赞说：“真是稀奇，鳝糊里居然会发出响声。”就这样阴差阳错，在食客的赞同之下，出了一道名菜，即“响油鳝糊”。

后来经过研究，此法确是高明，鳝糊经热油一浇，可吊走鳝鱼里余下的土腥味，使鳝糊分外鲜美可口，最终成为常熟的一道特色名菜。

金军宽　采录整理

酒炝虾

常熟虞山镇西门外十八里处的大河街，有一种既鲜嫩好吃又营养丰富的“酒炝虾”。“炝”是一种烹饪方法。这方法是怎样产生的呢？有个故事。

相传，很早以前，大河街南边有条大河，西通无锡、江阴，东连常熟山前湖。后来，西面冲来一股大水，阻隔了大河一带，使东南角的河面扩大，成了一个大河荡。不久，河荡里浅水处芦苇林立，深水处水草丛生，因而，河荡里水产丰富，不少捕鱼的船只，都到河荡里去捕捉。

清朝光绪年间，官军在河荡边设立了“大河汛”，专门检查荡面上的来往船只，因此得名叫“官荡”。由于“官荡”水清、草肥，饵食丰富，各种鱼虾都游来安家、养生。一代又一代，河荡里的虾养得格外灵秀，外壳透明，像水晶一般，虾肉肥大，头壳里的脑髓多得要泛出来似的。当地人称之为“官荡水晶大虾”，远近闻名。逢年过节，渔船都开到河荡里来捉鱼捕虾。

大河街虽然小，但居民也有三百来户。一遇风浪天气，凡来往的船家、巡荡的兵丁，都到街上茶馆、酒肆来歇息消遣。街梢靠河岸有爿裕隆酒店，特别讲究鱼虾风味的烹制，进店的人常拷上二三两“老烧[①]”，在此小吃为乐。

一天下午，夕阳西下。有个捉鱼人拎了小半篮水晶大虾，踏进店堂说：“晚了晚了，虾没人买了！拷三两‘老烧’、六两‘绍黄[②]’来吧。”另外又要了一杯调料，两只酒杯。但他不点酒菜。不一会，老烧、绍黄都端上了桌面。

店老板看着捉鱼人，心里直纳闷没有菜怎么吃酒？这一杯调料派啥用场？但见捉鱼人将老烧倒在酒杯中，把虾篓拎到桌面上，在篓内抓出大虾，把一只只大虾头尾一挤，挤出雪白的虾肉，丢在老烧酒杯中。接着用筷子夹出面上初露红色的虾仁，蘸上调料，送进嘴里，然后喝一口酒，还自言自语地说："虾卖不掉，还是自己吃吧。"一边说，一边用筷子夹虾肉、喝酒，十分惬意。捉鱼人自得其乐，看看店主，又夹上几只虾肉，笑嘻嘻地送到店老板嘴边，要他尝个鲜。店老板边吃边品味，脸露喜色道："噢，好吃！"并问："这叫什么虾呀，不烧也能吃？"

捉鱼人说："这叫'酒炝虾'。将虾肉放在'老烧'里一炝，既生嫩，又鲜美，好吃得很呢！"

当天晚上，店老板就琢磨起"酒炝虾"来了。经过多次试制、改进，一种别致的"酒炝虾"做出来了：先用冷开水将活虾漂净，放在"老烧"里炝，然后再用好酱油、葱姜末调好佐料，再淋点麻油，一道色香味齐全的"酒炝虾"就成功了。给客人一尝，都说鲜美好吃、别有风味。店老板喜出望外，马上挂出这道新创菜肴的牌子——酒炝虾。

从此，大河街"酒炝虾"就闻名遐迩，无锡、江阴、常熟地界的客人都来店里吃酒，点名要吃这道菜，吃后均拍手称赞。裕隆酒店的生意，也做得更加兴隆丰裕了。

朱大男　沈学民　采录整理

注解：

①老烧：白酒。

②绍黄：绍兴黄酒的简称。

红壳虾

元朝末年，施耐庵来到河阳山上的永庆寺，隐居在寺院东边的文昌阁，安心地写他的《水浒传》。

有一年夏天，天气酷热，施先生著书倦了，走下楼来散步。他看见三潭边有一群小和尚，在驳岸上用网兜捕虾。施先生款步来到三潭边，大概是天气闷热的缘故吧，虾都浮到水面上来了，有的还趴在驳岸上，一动也不动。小和尚一下网，就有十来只的虾跳进网内。他们将捕到的虾全倒在篮中。

施先生饶有兴味地看着。不一会儿，小和尚们已捕到满满一大篮虾。施先生问小和尚："这虾拿到镇上去卖吗？"

"不，我们自己吃。"

"别瞎说，不怕方丈罚跪吗？"

"方丈前天到常熟兴福寺去了，明天才回来。施先生，你要给我们瞒着呀，别让方丈知道了，他会罚我们的。"

施耐庵哈哈大笑，一口答应。

小和尚们高高兴兴地将虾煮了，一只只红通通、香喷喷、鲜嫩嫩，看了叫人直流口水。小和尚每人盛了一碗，正要尝时，山门外有人高喊："方丈回来了。"小和尚们吓得魂不附体，慌忙藏虾，可是，已经来不及了。方丈早已看见了，走过来怒不可遏，喝道："怎能如此违反戒律？每人打三百板子，撵出去！"

施耐庵闻声赶来，向方丈赔礼道：

“这都是我的错，是我叫他们捕的。”

“是你？”方丈将信将疑，“果真如此，那你给我走。”

“方丈息怒，世间万物都是周而复始的，何处来就向何处去。”施耐庵说着，将一碗碗虾收起来，抛入河中，奇怪的是，这些煮熟的虾进入河中，竟一只只自由自在地游开了。虾煮熟后壳是红的，这些虾就成了红壳虾。此后，永庆寺三潭内的虾都是红的，成为一怪，并且名扬江南。

秦树毫　采录整理

附记：

施耐庵（约1296—约1370），原名彦瑞，号子安，别号耐庵。祖籍姑苏（今江苏苏州），生于兴化（今江苏兴化）。元至顺年间中进士。曾出仕钱塘（今浙江杭州），以不合当朝权贵，弃官归故里。著有我国古代四大名著之一的《水浒传》。

平底螺

苏州西山缥缈峰北麓，在唐代有一座寺庙，称西湖寺。寺里有一口池，池水清澈，叫小西湖。当年，西湖寺香火十分兴旺，唐代大诗人白居易曾在那里读书半个多月，许多文人骚客也纷纷前来以文会友。小西湖内出产的螺蛳与众不同，大家知道，螺蛳皆为尖底，但小西湖的螺蛳是平底的，人称“平底螺”。

那么，这里的螺蛳为啥是平底的呢？有一个传说。

唐朝乾符年间，有一天，在太湖水面上，忽然漂来一尊沉香木制成的观音菩萨像，西山十八座寺庙的和尚们个个感到十分惊奇，方丈们都在湖边烧香祈告，希望能得到这尊从天而降的观音菩萨像。佛教是讲随缘的，因此，他们不能派船只去抢，只能让菩萨自己做出选择。那尊沉香木菩萨就在太湖里漂呀漂呀，十八座寺庙的方丈们率领着众位弟子立在太湖边，抻长了脖子，盼望着菩萨会朝自己寺庙的方向漂来。

说来也怪，那天，太湖刮的本是东南风，那尊观音菩萨像出现在湖面上后，竟然变成了西北风，湖上的风浪朝着西湖寺方向冲去，那沉香木像也就随着波浪漂来，停在西湖寺旁边。西湖寺的和尚得到了这尊佛像，高兴得在湖边念了三天三夜的佛经。

西湖寺和尚在请起那尊佛像时，发现观音菩萨的脚上裹有一株小小的莲花。菩萨身上的每一样东西都是宝贝，和尚们觉得这是观音菩萨赐给他们的仙草，于是，小心地把它栽进了池内。那株莲花一入池内，不几天就开出了洁白耀眼的荷花来，清香扑鼻，久久不会散去。

西湖寺得到了观音菩萨像，池内又栽有如此清香扑鼻的荷花，声誉大大增加，每天来观看佛像和荷花的香客络绎不绝，摩肩接踵，寺庙的门槛也被踏坏了。有些远道而来的人要求住在庙里，希望得到一点灵气，因此寺庙需要扩建方能容纳四方来客。那天，方丈下山去了，找一些地方上的富商们商量扩建寺庙一事。

方丈前脚刚走，几个调皮的小和尚见他不在，便放肆起来，去湖边摸螺蛳，准备开开小荤。湖边的螺蛳很多，小半个小时，就已经摸了满满的一桶。他们高高兴兴地来到厨房间，开始剪螺蛳，“咔嚓”“咔嚓”，小和尚们刚把螺蛳屁股全部剪完，想要烧时，一个在外面望风的小和尚脸色发白，急急匆匆地撞了进来，说：“不好了，坏事了，师父回来了。”

原来，方丈走访了几个富商，他们都十分赞同扩建寺庙，事情办得很顺利，所以提前回来了。小和尚们万万没有料到方丈会这么快就回来，紧张得手足无措。怎么办？怎么办？要是被方丈知道了，那可不得了，不是面壁一星期，就是罚扫两个月的地，甚至逐出山门。一时间人人像热锅上的蚂蚁团团转。把螺蛳藏起来吧，给师父闻到了气味仍然要暴露；丢在院内角落里吧，将来查出来更不好。有个聪明的小和尚说：“把它倒进池里算了。”大家想这倒是个好办法，于是，就拿起刚剪好的螺蛳，不管三七二十一，往后面的池内一倒了事。

螺蛳被剪去了尾部，一般都不会活了。小和尚们想螺蛳倒在池底，死了就陷在泥里了，方丈就什么也不会知道了。谁知第二天，有个细心的小和尚来到池边，竟发现石块上爬着好多螺蛳。他感到惊奇得很，就悄悄地告诉给其他几位同伴，同伴们也装作若无其事的样子来到池旁观看，果然如此。原来，那池内种植的莲花沾了菩萨的仙气，池水沾了莲花的仙气，剪掉尾部的螺蛳一入池，也沾上仙气，自然能起死回生了。

从此，这小西湖内就有了世界上独一无二的平底螺蛳。

金培德　采录整理

无尾螺

不知什么年代，常熟兴福寺有个小和尚耐不得常食素斋，就去河浜里摸些螺蛳，偷偷地煮了吃。

小和尚是农村出身，懂得摸螺蛳的方法。他在一只破草包上系上绳子，再塞进几块石头后抛下河去，然后把绳子的另一头拴在河边的杨树上。第二天一早，他把草包慢慢地拉上岸来，草包上已爬满了螺蛳，一捋一大把，真是得来全不费功夫。

小和尚偷吃螺蛳，不久就被发觉了。佛门规矩，和尚不能吃荤。螺蛳是水产，属于荤腥，和尚是不能吃的，吃了就是破戒。小和尚受到老方丈的训斥，但恶习不改，依然偷偷摸摸地吃螺蛳。老方丈就训斥小和尚：和尚是不能吃螺蛳的，要小和尚做出选择，不吃螺蛳就留在庙里，要吃螺蛳还是还俗去吧。小和尚为了吃螺蛳，毅然选择了还俗。

小和尚被逐出寺门时，还留下一些已经被剪去螺尾的螺蛳，未曾死绝，尚在活动。老和尚喃喃地念“罪过、罪过”，把这些残余螺蛳放在寺里的空心潭内。螺蛳的生命力很强，虽然没有螺尾，竟在潭内活下来了，不过，螺蛳的尾巴没有了，成了无尾螺，而且代代相传。这就是兴福寺空心潭无尾螺的来历。

兴福寺螺蛳需要在清水里饿过几日后才洁净，烹煮时要多放老姜和黄酒，以便除去土腥。煮得不透或煮得太过，会使螺肉难以吸出螺壳。

佚名　采录整理

阳澄湖大闸蟹

（一）

苏州阳澄湖边上住着一个捉鱼人，叫李盘根。一天，李盘根没有捉到鱼，在收网时心里想：“今天天气蛮好，人反而倒霉，一天都没有捉到鱼，怎么办呢？”可是当网起水面时，网里有一条鲤鱼，鲤鱼很大，李盘根将这条鲤鱼捉在手里时，只见鱼的两只眼睛里流着眼泪，使人感到奇怪。

李盘根心地善良，把鲤鱼放回到湖里去了。这鲤鱼一到湖里呀，湖水起了三个浪头。原来这鲤鱼是东海龙王，东海龙王到了阳澄湖，所有的鱼都躲起来了，才使得李盘根一天都没打到鱼。现在这条鲤鱼起了三个浪头，是东海龙王在向李盘根道谢。

东海龙王一回到龙宫，就把刚才的事讲给妻子听，说要好好报答李盘根。正说着，龙女三公主听见了，说一定要见见父王的救命恩人。

龙王答应了女儿的要求，派虾公公陪公主一起去。他们扮成父女俩，来到李盘根家里。李盘根捕了一天鱼回到家里，看见两个陌生人，心里十分不解。虾公公告诉他说：“我们父女俩投亲未遇，没处过夜，想在这里借宿一夜。”李盘根就让他们住了下来。到了晚上，李盘根说：“你们在我屋里休息，我到亲戚家屋里去住。”其实李盘根是在芦柴堆里钻了一夜。这父女俩一连住了三天，李盘根三天钻在芦柴堆里。他自以为别人不晓得，其实龙三公主都看在眼里。龙女感到李盘根实在忠厚老实，就想托付终身给李盘根，叫虾公公去说媒。虾公公对李盘根说：“我们父女俩已经无家可归了，你娶了我家小女做媳妇吧。”

李盘根答应后，虾公公就告辞而去。

李盘根和龙女结婚后，日子过得很美满。一天，龙女嫌房子太小，对李盘根说：“最好把房子翻一翻。”李盘根说：“哪来的钱呀？”龙女说：“我有一家亲戚，让我到亲戚家里去一趟，借点银子、买点材料回来就是了。”龙女出去了一天，第二天天刚亮，嗨，房子已经翻造一新哉。

李盘根翻新房的事传说开去，大家都知道了。当地有个仙姑，姓解，

夏维淳　绘

人称解仙姑。解仙姑心肠毒，专门设法诈骗别人的钱财。她想：李盘根这个穷小子，怎么与一个富贵小姐结婚了，内中定有蹊跷。这个富贵小姐是哪里的呢？不如我去恐吓他俩一下，弄点钱财。解仙姑找到李盘根说："你是个穷小子，怎么能同富贵小姐结婚，是你骗来的吧。"李盘根讲了父女俩借宿的事，解仙姑不信。又找到龙女说："你这个女人从哪里来的，是个妖怪吧。"龙女如实讲了自己是东海龙王的女儿，解仙姑也不信，并说："你若能在阳澄湖里抓一条大家都没有见过的鱼，那我就相信了。"龙女答应了解仙姑的要求，但要解仙姑也下湖抓一条大鱼。龙女一下水就抓起了一条古古怪怪的大鱼，就是现在的鳜鱼。可解仙姑一下水，就没有再冒出水面。为什么呢？原来龙女将事情告诉了龙王，龙王很生气，让解仙姑变成了一个怪物，八只脚，扁身体，没有肚肠，头上出角，嘴吐白沫。起初，大家叫不出这个怪物的名字，后来有个秀才看见了说："这东西是解仙姑变的，她不想做人要做虫，这样吧，就在她姓氏下面加个虫，叫作'蟹'。"这就是阳澄湖大闸蟹的来历。

王开澂　采录整理

（二）

"秋风起，蟹脚痒"，阳澄湖大闸蟹又多又肥，是出了名的。不过，听老辈人讲，过去这里并没有蟹，是后来阳澄湖边出了一桩事体后，湖里才有了大闸蟹的。

在老远老远的辰光，阳澄湖边上有个杨家庄，庄里有一个漂亮的后生[①]，名叫杨庆郎。他的父母原是裁缝，临死时只留下一间破茅屋，其他啥也没有留给他。庆郎就靠替东家放牛斫草，苦度时光。

庆郎的心地和父母一样善良，虽然他又穷又苦，但只要左邻右舍有啥困难，他总是尽力相帮，让大家渡过难关。

这样，他的名声一传十，十传百，阳澄湖边方圆几十里，没有谁不晓得杨家庄上有这样一个好后生。

杨家庄上还有一个绣得一手好花的巧姑娘，名叫凤妹。她从小和庆郎朝夕相处，人们都说他俩是地上的牛郎织女。凤妹也暗地里对天起誓："不是庆郎，凤妹终身不嫁。"

一天，庆郎放牧的牛与邻村的水牛发生了角斗，东家不问青红皂白，将他一顿鞭打，他一气之下，走出牛棚不干了。凤妹同情庆郎的遭遇，放下绣花针，拿起竹梭子，为他编织了一张渔网。从此，庆郎早出晚归，在阳澄湖边捕点鱼虾，日脚勉强能支持过去。

阳澄湖方圆十里，连杨家庄在内都归一个姓王的财主。那天，他闲来无事到阳澄湖边上去白相，正巧撞见了凤妹，他一看这小姑娘漂亮非凡，竟然想入非非，上去想要调戏。凤妹面孔一板，对他抢白[②]了一顿。但王财主贼心不死，还是死乞白赖地缠着凤妹。正在这时，庆郎来了，他看见王财主这副腔调，心里火啊，就奔过去想教训教训他。王财主一看苗头[③]勿对，赶紧溜之大吉。后来，他打听到，原来庆郎和凤妹相好。老贼便恶狠狠地上县衙门告了庆郎一状，说杨庆郎笼络民心，图谋不轨。县官听说有人想造反，这还了得，马上点派官兵，在王财主带领下，前去捉拿庆郎。

那天，杨庆郎正要下湖捕鱼，忽然发现村外尘土飞扬，人声嘈杂，不晓得出了啥事体。一歇歇，只看见凤妹急急匆匆奔过来对他讲：

"庆郎，王财主领了官兵要来抓你，快点逃吧！"

"为啥事体要抓我？！"庆郎觉得事情来得勿明勿白，正想要问问清楚，王财主已经领了官兵进村了。他看见凤妹和庆郎在一起，便扯直了喉咙喊：

"杨庆郎就在前面，快抓住他！"

眼看官兵来了，凤妹晓得现在勿是讲清楚的辰光，赶紧拉了庆郎就跑。两个人刚刚逃到湖边，还来勿及上船，就已经被王财主领来的官兵团团包围了。凤妹看看前面是滔滔湖水，背后是一群官兵，晓得庆郎是难以脱身了，就对庆郎说：

“庆郎，王财主为了霸占我，有意要陷害你，现在我死也要和你死在一起！”

庆郎此时心里全明白了，他眼看着越逼越近的王财主和官兵，就恶狠狠地丢下一句：“王财主，我死了也要找你算账！”说完，就跟凤妹双双跳进了阳澄湖。

王财主眼看凤妹和庆郎一起跳到了湖里，急得双脚直跳，赶紧喊：“快把那个女的捞起来！”可是他的话还没有讲完，突然“轰隆”一声，湖边上的那块陆地坍了下去。王财主和那些穿着铁衣铁甲的官兵，都掉到了湖里。虽然他们在水里喊啊，爬啊，可是一个都没有活着上来，全都慢慢地沉到了湖底。

第二天，王财主和那些官兵，全都变成了一种在湖底专门横行，离水会吐白沫的硬壳动物，人们称之为“蟹”。这就是阳澄湖里的大闸蟹。

张钟麟　采录整理

注解：

①后生：苏州方言，青年。

②抢白：苏州方言，当面责备。

③苗头：苏州方言，刚显露出来的趋势。

附记：

阳澄湖大闸蟹，产于苏州阳澄湖。蟹身不沾泥，俗称“清水大闸蟹”。有四大特点：青背，白肚，黄毛，金爪。蟹爪坚挺有力，放在玻璃上能八足挺立，双螯腾空。体大膘肥，肉质膏腻，清蒸而食，鲜美异常。为苏州名特产。

吃蟹的传说

从前，人是不敢吃蟹的，见了蟹非常害怕，为啥呢？从前的蟹大得很，最大的有面盆大，最小的也有饭碗大，从海里爬出来的时候，数量多，爬得快，举起两只大螯，横冲直撞，什么也勿怕，看见人就要蜇，被它蜇着的，痛得吃不消，也有被蜇死的。所以老早辰光勿叫蟹，叫“蜇人虫”。大家恨死它了，但也没有办法制服它。

蟹一般是在晚上出来的，喜欢亮光，看见哪里有灯光，就往哪里爬。人家的门开在那里，里面点着灯，它就爬进去蜇人。所以人人害怕，一到傍晚，家家都要关起门来。

后来，人们终于想出了一个办法来制服蟹。村里有个叫屈四的，聪明能干，会动脑子。他看到蟹到处蜇人，觉得是个祸害，就想办法来制服它。一天，他做了一个木榔头，拿在手里，守候在门口，屋里点着灯，等到蟹爬进来的时候，一榔头敲下去，“嘭”的一声，蟹壳粉碎，把蟹打死了。屈四把蟹拾起来，剥掉外壳，看见里面的肉又白又嫩，觉得丢掉了可惜，就放到锅里去烧。烧着烧着，味道出来了，屈四闻闻好香，一尝味道特别鲜美，怪好吃哩！

第二天，屈四将自己头天晚上打蟹煮蟹的事告诉了村里人，叫大家每人做个木榔头，准备一同打蟹。到了晚上，村里专门点起了灯光，不一会儿，蟹成群结队地爬进门来，屈四带领大家像迎战似的，举起木榔头，看见一只打一只，不知打死了多少。没有打死的乖乖地逃跑了。大家把蟹壳剥去，蟹肉放在锅里烧来吃，美美地饱餐了一顿。

从此，人就开始吃蟹了，并且再也不怕蟹了。因为蟹的味道特别鲜美，人们特别爱吃，所以渐渐地养成了吃蟹的习惯。后来，不是等蟹爬起来时打来吃，而是主动到海边去打来吃。因为经常用榔头打蟹，有的蟹被打伤后逃跑了。现在蟹壳上的凹纹，就是用榔头打出来的。

人们喜欢吃大蟹，打大蟹。蟹就变得越来越小了，小到像今天这个样子，所以，现在不用打了，可以用手捉了。据说，最早的蟹是直着走的。因为被榔头打怕了，就此不敢直走，而变成横爬了。

潘君明　采录整理

二、家禽类故事

常熟叫花鸡

（一）

传说，明末崇祯年间，常熟有个叫花子。有一次，他整整一天没有讨到饭，黄昏时天上又飘起鹅毛大雪。这个叫花子又冷又饿，便跑到一个大户人家屋后的草垛里去避雪过夜。当他扒开草垛正想钻进去的时候，意外地发现草垛里偎缩着一只老母鸡。他顺手把鸡抓住，朝四下望望，街上大雪茫茫，连一个人影也看不见。他本想等着主人来认领，可又怕被人发现反而怀疑自己是偷鸡贼，到那时，想说也说不清。眼看天色渐渐黑下来了，漫天的飞雪越来越大。

这时，叫花子更是饥寒交迫，不由得闪出了想吃那只老母鸡的念头。可叫花子一无炊具，二无调料，要怎么个吃法呢？他躲在草垛里想了又想，终于想出一个办法。他跑到虞山北麓山脚下，弄了些枯枝和泥巴回来，将鸡宰杀后用泥巴糊上，糊得像个泥团团，这样一来，谁也不会知道里面包着东西。然后，他把泥团团放在火堆上煨烤。待泥巴被烤得发黄，掼碎泥壳，鸡毛也随泥壳脱落，顿时，一股异香扑鼻而来。这股异香不仅使叫花子喜出望外，同时，也诱来了附近张大户家的两个仆从。他们见叫花子把鸡这样烧着吃，觉得十分稀奇，便夺下一块尝了尝。果然，鸡酥味香，鲜嫩无比。两个仆从便带了一块回去告诉主人，主人尝了也赞叹不已，就吩咐仆从把叫花子召进家来，将这种制作方法教给家厨。谁知这叫花子怎么也不肯教，连连说："我没有什么可教的！"张大户怎能体谅到叫花子煨鸡，实在是出于无奈呢！他霍地面孔

顾曾平　绘

一板说："哼！你这刁叫花子，偷了我的鸡，还敢顶撞。如不教来，我送你去衙门问罪！"

叫花子生怕自己被押到衙门里去，便无可奈何地将这只鸡的做法教给了张大户的家厨。张大户的家厨按照叫花子教给的方法，又配上各种上好的佐料，做出来的鸡，味道非常鲜美。张大户高兴极了，便约了亲友来品尝。大家吃了，都称赞不已。可是，这种吃法的鸡叫什么名字呢？又是从哪位名师那里学来的呢？大家纷纷向张大户请教。

这时，张大户已经喝得面红耳赤，头昏脑热。他举起一只鸡大腿说："咳，什么名师，是个叫花子，这是叫花子鸡！"

从此以后，"叫花鸡"便流传开来，成为官宦、绅士办家宴的上等菜肴。为维护士绅的体面，厨师根据鸡的制作方法，改名叫"煨鸡"。

到了清朝同治年间，常熟长华菜馆开张，著名厨师黄培璋——又名大坤师，将民间流传的叫花鸡引进了菜馆。他选用常熟著名的三黄鸡，加入笋片、蘑菇、火腿等辅料，用文火煨烤，精心制作，并正式取名为"常熟叫花鸡"，一直沿袭至今。

翁洋洋　采录整理

（二）

虞山脚下有家酒店，店主人排行老四，大家都叫他王四，酒店也就被人顺口叫作"王四酒家"，店里做的"油泼童鸡"十分有名。

虽然，这酒店生意兴隆，每天都要杀很多的鸡，但店主人王四算来算去总觉得不对，不知怎么的，每次杀六只鸡就会少掉一只，厨房里总是配不全菜料。王四就盘问店小二："有没有偷吃鸡？"店小二回答说，是黄鼠狼叼去了。这一下，王四几个晚上没睡觉，夜夜守在鸡窝旁。

这天，天刚蒙蒙亮，只见鸡窝旁一个人影一闪，伸手捏住鸡脖一拧，塞进怀里就逃。王四连忙跟在后面，大步追赶。只见此人左一跳，右一闪，直窜进山脚下的树林里边，坐在地上呼呼直喘气。王四躲在松树后一看，原来这偷鸡贼不是别人，正是经常到店里来要饭的叫花子赵五。只见赵五三扒两扒，把鸡肚肠扒干净，撒上盐，用荷叶把鸡包好，又用草绳一道道扎紧，并从水沟里捞起一团团泥巴，把包好的鸡涂成泥团，放在火堆上煨烤。烤了半天，煨鸡透过泥巴散发出阵阵香味，诱得王四直咽口水。

赵五敲掉裹在鸡外面的荷叶和泥巴，狼吞虎咽地吃了起来。不大一会儿，大半只鸡已经下了肚。这时天已经大亮，王四箭步上前，一把抓住赵五。赵五扑通一声跪在地上求饶，半只鸡腿咬在嘴里，吞不进去吐不出来。谁知店主人王四非但没有责罚赵五，反而给了他很多银子，叫他在酒店里照此方法做起煨鸡来。煨鸡又香又酥又好吃，方圆百里颇有名气。因为这煨鸡是叫花子赵五做的，用的又是叫花子的吃法，人们就称这道菜为“叫花鸡”。至今，凡是到王四酒家品菜喝酒的人，总是喜欢点上这道菜，品味一下叫花鸡的特色风味。

刘建生　采录整理

鹿苑叫花鸡

传说清朝同治年间，在江阴横塘镇上有个张氏绸布庄，生意兴隆，是江南有名的布庄。布庄雇了个伙计姓王，是常熟西乡鹿苑镇人（鹿苑现划归张家港市），人称“王先生”。有一年冬天，王先生去常熟城里讨账，顺路回鹿苑去看看老娘。王先生来到镇头，看见许多农民集在一处，闹闹嚷嚷。王先生就问旁边的人怎么回事，得知是捉牢了一个偷鸡的叫花子，正吊在树上被打。这辰光，王先生动了恻隐之心，就上前劝解，众人于是放走了这个乞丐。王先生还给了他一点钱，叮嘱他今后不能再偷鸡了。那叫花子感激万分，连连叩头道谢。

又过了三年，王先生春节回家过年，走到离鹿苑镇五六里远的龙潭村，天已晚了，他突然发现有五六个叫花子，蹲在路旁，其中一个叫花子走上来拦住王先生的去路，说：“先生回家吗？”

王先生十分害怕，战战兢兢地对叫花子说：“我一共只带了三十两银子，就全送给你们吧。”

那位叫花子笑道：“先生你怎么这样说呢！你以为我是强盗吗？哈哈，错了。”王先生定神一看，这叫花子不正是自己三年前救过的偷鸡贼吗？原来，那叫花子为报三年前的救命之恩，特在此等候先生并恳请先生到他家去做客。

王先生高高兴兴地跟着他们去了。那叫花子的家只是一个破窑，几个叫花子席地而坐，从灰烬中取出一个泥团，热气腾腾，用拳头一击，泥团散开，露出碧绿的荷叶包，剥开荷叶，是一只腊赤金黄的大鸡。顿时鸡香扑鼻，使人不由垂涎欲滴，胃口上来。搛一筷尝尝，只觉得鸡肉香酥细嫩，肥美而不腻。王先生在主人的款待下，喝得酩酊大醉，当夜就住在破窑里。

第二天清早，王先生上路回家，一路上想着昨晚吃的鸡肉，好像鲜味仍留在牙隙中一般。那鸡为啥是腊赤金黄的呢？原来这鸡是用鹿苑四黄鸡做原料的，它黄嘴、黄皮、黄脚、黄毛，长得又大又肥，顶大的要七八斤以上，俗称"鹿苑九斤黄"。从中，王先生也想出一个道理来，为什么那些叫花子要到鹿苑来偷鸡。

后来，王先生常对人讲叫花鸡的美味，一次，被一位常熟的食客听到了，把这种烧法传到常熟，从此，常熟城里开起了烧叫花鸡的菜馆。慢慢地此菜传遍了大江南北，成了名菜。但有个条件，只有用标准的鹿苑四黄鸡烧烘出来的叫花鸡，才算是正宗。

包文灿　采录整理

贵妃鸡

唐玄宗李隆基登基后，治理国家还算有所建树。在开元期间，经济文化发展到高峰，史称“开元之治”。但到晚期，他宠爱杨贵妃，生活骄奢淫逸，整日寻欢作乐，笙歌达旦。

有一天，他与杨贵妃饮酒对歌，弄得神魂颠倒，飘飘然了，最后，醉倒在地时还连声喊：“好酒呀，好酒！”而杨贵妃呢，也在胡言乱语地嚷叫：“我要飞上天！”唐玄宗酒痴糊涂，听错了，以为贵妃要吃什么“飞上天”这道菜，就马上令太监关照厨师烧一盘“飞上天”的菜来。皇帝的话是金口玉言，必须照办，这可弄得厨师们伤透了脑筋。什么是“飞上天”呢？有个厨师想，老鹰飞得顶高，大概就是“飞上天”吧！于是，赶紧去弄来两只老鹰，洗净一烧，发觉老鹰肉是酸的，当然不行。几个厨师急得团团转，想不出什么好法子。

厨师中有个苏州人，头脑灵活，他转了两圈，把大腿一拍说：“有哉，鸡的肉最嫩，弄几只童子鸡来，把斩下的翅膀配上香菇、淡菜、嫩笋、青椒，一起焖烧。这岂不叫‘飞上天’吗？”于是，他便试着干了起来。待菜烧成，果然色香味俱佳。此刻，杨贵妃酒醉初醒，“飞上天”已摆在她面前。她先闻到了香味，尝了尝，连声称赞：“好吃，好吃！”唐玄宗一听，随即问太监：“这叫什么菜？”端菜的太监是个活络人，忙答道：“这就是陛下刚才所说的‘飞上天’呐。”唐玄宗一听，也似有所悟，心想：“啊，什么‘飞上天’，大概是我刚才吃醉说的话……”他转脸一看，只见杨贵妃吃得非常高兴，心想：“这道菜是专门烧给贵妃吃的，就叫‘贵妃鸡’吧！”

后来，这位苏州厨师告老回家，把烧制“贵妃鸡”的技艺传了出去，成为苏帮一道名菜，一直传至今天。

赵长润　采录整理

附记：

唐玄宗（685—762），即李隆基，唐睿宗之子。唐隆元年（710），李隆基与太平公主合谋发动政变，诛杀韦后及其亲党，拥睿宗即位，被立为太子。延和元年（712）受禅即位，改元先天。晚期，宠爱杨贵妃，生活骄奢淫逸，信任宦官。天宝十四载（755），爆发安史之乱。次年，逃往蜀中，太子亨（肃宗）即位灵武（治今宁夏灵武西南），他被尊为太上皇。至德二载（757）末回长安。后抑郁而死。

杨贵妃（719—756），即杨太真，小字玉环，晓音律。始为玄宗子寿王李瑁妃，召入宫中，深得玄宗宠爱。天宝四载（745）被玄宗封为贵妃。天宝十五载（756）随玄宗逃往四川，至马嵬驿（今陕西兴平西），玄宗命缢杀于佛堂。

龙凤腿

慈禧太后对饮食十分讲究，要是吃得不称心，就要发脾气。有一天，小太监端上几道京帮大菜，她扫了一眼，鼻孔里“唔”了一声，手一摆说道：“又是老一套！”一句话，吓得厨师心里直哆嗦，连忙重新做了几道湖广名菜端上去，可她又一甩袖子说：“端下去！”这可难煞了御膳房的一班厨师们，大家商量来商量去，也想不出什么好名堂来。

这时，御厨房里有一位苏帮厨师，姓王名阿坤。他想，“鲜”字拆开是“鱼”和“羊”，何不用鱼和羊来试做一道新鲜菜呢？于是，他就以鱼肉、羊肉为主，配上虾仁、香菇、冬笋和各种佐料，拌和在一起，放在笼屉里蒸熟；然后用网油包成一只一只的鸡腿形状，再滚上一层蛋粉，下油锅里一汆，捞起来后，乍一看，简直像鸡腿一样，鸡皮油光铿亮，连毛孔都隐约可见。

慈禧觉得这道菜的样子很新鲜，便夹起一只尝了尝。顿时，脸上露出了几条笑纹。她认为这道菜不仅味道鲜美，而且干中有卤，脆中有柔，便亲自赐名“龙凤腿”。为啥叫“龙凤腿”？慈禧称太后，是“凤”，但她现在实则为皇帝，是龙，所以叫“龙凤腿”。

后来，王阿坤告老回乡，把这道菜的烹调技艺带回苏州，传给了一家菜馆。这家菜馆的老板为招徕顾客，挂起了“慈禧赐名龙凤腿”的牌子，“龙凤腿”就此风行开来，成为名菜。

赵新斌　赵长润　采录整理

附记：

慈禧太后（1835—1908），清咸丰帝妃。同治、光绪两朝实际统治者。叶赫那拉氏，满族。1852年被选入宫。1861年咸丰帝驾崩后，与孝贞显皇后两宫并尊，称圣母皇太后，上徽号慈禧；后联合慈安太后（即孝贞）、恭亲王奕䜣发动“北京政变”（亦称“祺祥政变”），杀死顾命八大臣，垂帘听政，统治中国四十七年。

“白玉藏珍”和“翠衣匿凤”

从前，苏州有个知县，平时很讲究口福。他家有个厨师，投其所好，总是别出心裁地做些时令菜肴，来讨主人的欢心。

这位厨师有一道拿手[①]的夏令菜，就是把一只冬瓜挖空，在瓜皮上刻出各种精致的花纹，然后把火腿丁、精肉丁、干贝、冬菇、鸭丁等塞入瓜内，上笼蒸熟后，就能上席。这就是所谓的“冬瓜盅”。这道菜，外形碧绿，瓜白如玉，透过瓜皮花纹，隐隐约约地可以看见里面五颜六色的辅料。它不仅好看，吃起来鲜香，而且，有清热解暑之效。因此，知县把它当作家筵中的珍品，给它取名叫“白玉藏珍”。

有一年夏天，知县邀请三朋四友来赴冬瓜筵。这天，知县夫人怕厨师一个人忙不过来，关照一个贴身丫鬟梅香去给厨师当下手。厨师见梅香年轻，快嘴利舌，便有些瞧不起，对她说话也就有些粗声粗气，这样一来，惹得梅香很生气，手脚也不听使唤了。当她捧起冬瓜盅上笼屉时，手里一滑，“哐啷”一声，冬瓜盅被摔得粉碎。厨师望着摔烂的冬瓜盅，火冒三丈，冲着梅香喝道：“你真是六个指头帮忙，越帮越忙啦！筵席上没有冬瓜盅，叫我怎样向老爷交账！”梅香见厨师这般奚落她，心里很不服气，嘀咕道：“这个瓜弄坏了，重做一个就是了，用得着发这么大的脾气嘛！”这时，知县夫人走进厨房。她问明白了事情的缘由，心想，事已如此，光埋怨也没有用，便对厨师说：“你就再另做一个吧。好在时间尚早，还来得及。”同时吩咐梅香：“还不快上街去买冬瓜来！”

梅香见知县夫人并不责怪自己，心里十分感激，连忙出去买冬瓜。可是她从东街跑到西街，南市闯到北市，连个冬瓜的影子也没有找见，只看到东一担、西一摊的西瓜。这可把梅香急坏了，她站在一个西瓜摊旁，死盯着一个大西瓜，恨不得把它变成一个冬瓜。忽然，她记起在乡下时，每到夏天，阿哥们常常把捉到的麻雀开膛、去毛，收拾干净后，放在挖空瓤的西瓜里蒸熟了吃。这样蒸，麻雀肉既嫩又鲜，还有西瓜的清香味。她想，如果把仔鸡宰杀后，装入西瓜里上笼蒸，味道一定不亚于冬瓜盅。县太爷爱尝鲜，何不试试。于是，梅香果断地买了一个花纹清晰、滴溜滚圆的大西瓜回来。梅香抱着西瓜跑回府内，把自己的打算告诉了知县夫人。知县夫人素知梅香心灵手巧，也就高兴地答应让她试一试。梅香把收拾干净的仔鸡装入西瓜内，盖上瓜皮盖，放上笼蒸。不一会，笼里透出阵阵鲜香，就连厨师闻得也垂涎欲滴，而且被弄得有些糊涂了。

席上已酒过三巡，这只西瓜鸡正好烧到了火候。梅香把西瓜鸡盛在一只白瓷盆里，只见那碧绿青翠的瓜皮上，露出淡淡的花纹，比冬瓜上刻的图案好看多了！梅香恭恭敬敬地把西瓜鸡端上筵席，揭开瓜盖，满室飘香。鸡肉肥嫩可口，咸淡适度。客人们从来没看见过这种菜，更没尝过这种美味，一下子连鸡带汤都吃了个精光。

刚端上来时，知县老爷见不是冬瓜盅而是一个西瓜，心里很不是滋味。后来，他亲自一品尝，觉得这西瓜鸡确实别有风味，不禁跟着客人一起连声称赞，并对梅香说："快叫厨师来，问问这菜叫什么名堂？"厨师急忙跑过来，涨红了脸，难为情地说："禀告老爷，梅香手艺高，这是她做的菜。"知县大人得知西瓜鸡是梅香的功劳，高兴万分，就想给这道菜取个文雅的名字。他想：既然冬瓜盅叫"白玉藏珍"，西瓜鸡何不叫它"翠衣匿凤"！从此之后，"白玉藏珍"的冬瓜盅和"翠衣匿凤"的西瓜鸡，很快就在民间流传开来，成为苏式菜肴中的夏令名菜。

杨彦衡　采录整理

注解：①拿手：苏州方言，内行、稳的意思。

卤鸭

金鸡湖边上有个地方叫鸭盛里，鸭盛里有座望鸭亭。鸭盛里的鸭特别有名气。

有个农民叫周阿根，因为娘生病，就提了十只鸭到城里去卖。走到察院场口，那里有爿熟肉店在收鸭，讲好勿秤斤两，十个铜钱一只，啥人晓得等到鸭在鸭笼里一放，那店主赵阿大只给周阿根五十个铜钱，两个人争了起来。因为那围鸭的网笼里有上百只鸭，根本无法分辨哪些是周阿根的，引起一批闲人都来看好看①。

正在这格辰光，有个读书人，是范庄前的老爷祝枝山来了。祝枝山这个人蛮厉害，人家背后喊他洞里赤练蛇，欢喜管闲事，打抱不平。

祝枝山听了两个人的争吵，一双近视眼转几转，就向周阿根说："你养鸭用啥来喂的？"周阿根讲："用金鸡湖里的小鱼小虾喂的。"再问赵阿大，赵阿大说："祝大爷，俗话说牛吃稻草鸭吃谷，我喂的是谷。"

祝枝山想了想，说："一个喂小鱼小虾，一个喂谷，为了弄清是非，拿一百只鸭杀开来看，看鸭肚里吃的是啥，如果有十只吃的是小鱼小虾，店主要付十只鸭钿给周阿根之外，死鸭自己负责；如果是五只，周阿根要赔还活鸭，死鸭归自己拿，你们同意不同意？"周阿根心里明白，大胆答应。店主虽然心虚，也只好同意。大家帮忙杀鸭，一歇歇辰光，网笼里上百只鸭全部杀光。仔细察看，有十只鸭肚里有小鱼小虾。店主除了赔钱以外，还受了一场谴责。

再说，赵阿大一下子杀了上百只鸭，天气炎热，烧好了鸭卖勿出去，只好做了不少架子，一只只挂在那里，然而还是卖勿出去。他只好每天在老卤子里回镬再烧，否则要变味。横烧竖烧，鸭被烧得油光锃亮，仍旧卖勿脱。赵阿大没有办法，只好带了两只熟鸭来拜访祝枝山，恳求祝枝山帮忙。祝枝山看看熟鸭，顺手撕一块尝尝，啊，味道好极了！就说："做生意要讲信用，要讲质量。这卤鸭味道蛮好，一定能卖出去。不过勿能骗人，要童叟无欺。"店主一口答应，祝枝山就提笔写了几个字："特制卤鸭，味美价廉。"由于祝枝山在老百姓中有好名声，字也写得好，卤鸭味道又好，加上交易公平，不多日卤鸭就卖光了，并成了名菜。

徐家新　采录整理

注解：

①看好看：苏州方言，看热闹。

光绪皇帝与香酥鸭

慈禧太后掌握朝政后，讲究吃喝玩乐，在吃的方面动了不少脑筋，小小的光绪皇帝由于受到慈禧的宠爱，在“吃”上也是特别讲究，烧菜时不能随意搭配，要一菜一烧。

有一天，厨师烧上一只白汤鸭，里面放了些冬笋、木耳、火腿等辅料。光绪帝筷子一伸，尝了一口，就大发脾气地说：“奴才，叫你们一菜一烧，现在这道菜是鸭子味还是火腿味？”并说：“明天朕亲自烧只鸭给你们看看。”话音一落他就怒气冲冲地将桌上的鸭盆推倒在地，甩着袖子走了，吓得众厨师的身体像筛糠一样抖个不停。

事后，光绪皇帝闷闷不乐，心里懊悔起来，我根本不会烧菜，而做皇帝的人，说话又得算数，怎么办呢？他先在书房里翻菜谱，翻了好半天，还是翻不出什么名堂①来。

光绪皇帝平时喜欢吃鸭，就决定在鸭子身上做文章。他一夜没睡好觉，直到天亮，还是想不出啥个花头②来。临下床时，他把大腿一拍说：“只要把生的烧熟，我说好吃，别人就不敢啰唆半句。”

早餐用毕，他走进厨房，把事先关照厨师杀好洗净的鸭放进蒸笼里蒸，因为光绪从来不进厨房，也不懂火候；一只鸭子要蒸多少辰光才会熟，他心里也没有半点数。他只有不时地把蒸笼打开来看看，左看右看，一连看了十几次，看来看去，好像熟了，就把鸭子从蒸笼里拿出来，撕开鸭腿一看，呀，骨子里还是生的，光绪皇帝急得无法收场，气得将半生不熟的鸭子顺手一甩，恰巧落在菱粉缸里。

停了一会，他觉得自己太粗鲁、太笨，连生的烧熟都不会，传到老百姓耳朵里，人家要说，当今的天子是个衣来伸手、饭来张口的小皇帝。他不管三七二十一，看见灶头上有只热油锅，拿起鸭子往油锅里一丢，过了一会，拿出来一尝，啊，又香又酥，脆而不肥，味道十分可口。

光绪皇帝凭着这一巧合，就大吹特吹，说自己如何会做菜，怎么会动脑子。手下的人，也只好跟着附和。光绪皇帝一时高兴，就把这道菜题名为“香酥鸭”。事后，厨师们又做了进一步的改进，配上辅料，更加美味无比，香酥鸭就此成为南北名菜。

赵长润　采录整理

注解：

①名堂：苏州方言，意谓花样或名目。

②花头：苏州方言，意谓办法或本领。

附记：

光绪皇帝（1871—1908），即载湉，清朝皇帝。爱新觉罗氏，满族。醇亲王奕譞之子，道光皇帝之孙。同治帝死，无嗣，遂入继为帝。因年幼，由慈禧太后“训政”，光绪十五年（1889）亲政。光绪二十四年（1898），慈禧发动政变，光绪帝被软禁于中南海瀛台，后病故。

周市爊[1]鸭

昆山北面有个小镇周市，地势低洼，苇蒿丛生，禽鸟獐狐经常在这里栖息出没。每当农闲，农民们带着火铳，驾着小船，出猎在芦塘深处。他们将猎获的禽兽宰剥洗净，放进一只叫“爊锅”的砂锅里烹煮，鲜美可口。其中邱永隆酒家的野味尤其延誉四方。

相传明朝初年，有一天早上，酒店老板邱永隆开门营业，发现门旁草棚里躺着一个蓬头垢面的老乞丐。老乞丐浑身发抖，呓语不断，一摸他的身体，正在发高烧。邱永隆生性慈善，忙将老乞丐扶到家里，请来郎中给他看病。几天后，老乞丐病愈。邱永隆烧了白米饭，切了一盘野味，请他食用，并问：“这野味可口吗？”谁知老乞丐品尝后却说：“邱老板，这野味不过如此。我有一点烹饪薄技，可以将野味烧得酥香鲜美，引人开胃。我想把这点绝技传授给你，以酬救命之恩。”

邱永隆非常高兴，当即取来了老乞丐所需要的东西。老乞丐又配制了几样中草药，加上食油、黄酒、姜葱等佐料，一起放进砂锅内急烧慢焖。不久，小屋子里飘出阵阵香味，弥漫全镇。人们闻到这股香味，引起食欲，纷纷来到邱永隆酒店，争相购买野味。

原来，这老乞丐名叫吕春良，原是皇宫里的御厨师。有一次，朱元璋下旨，要吕春良煮一只肥鸭，给魏国公徐达食用。吕春良暗吃一惊，他知道徐达生了个背疽，忌食鸡鸭荤腥。朱元璋这样做，是想害死功臣啊！徐达跟随朱元璋三十多年，身经百战，立下了许多汗马功劳，是开国元勋。如今朱元璋却要害死他，皇帝的心真狠毒啊！

吕春良心里愤愤不平，但圣命难违。终于他想出妙计，用自己精心配制的烧煮野味的秘方，烧出了一只爊鸭送给徐达。爊鸭含有清芬药香，肉酥骨软，肥而不腻。徐达吃了爊鸭，身体日见好转，竟能起床走动了。朱元璋大惑不解，暗命御医查访，方知是吃了爊鸭的缘故。朱元璋又下旨，要吕春良煮一只蒸鹅，除了加入调味料和食盐，不许另掺其他药物，由心腹太监监厨，烧熟后捧了就走。徐达含泪遵旨食用蒸鹅，当夜疽发痛死。吕春良知道朱元璋害死徐达后，肯定要将他杀死灭口。于是他便设法逃出皇宫，亡命江湖。

吕春良走后，邱永隆就照着他传授的秘方和技艺，经营野味生意，名声渐渐传播开来。到了近代，周市经过屯田开发，苇塘减少，野禽绝迹，就用家禽取代。他们用昆山大麻鸭煮成的爊鸭，可与野鸭媲美，成为周市著名的土产。

邱维俊　采录整理

注解：

①爊：音āo，同“幺”，古同“熬”，煮的意思。

陆家浜酱鸭

陆家浜酱鸭，具有野味特色，鲜嫩可口，价廉物美，是人们争相品尝的卤菜食品。

相传，宋朝辰光，陆家浜东弄里有一个姓蒋的神箭手，从小靠打猎为生，当地人都叫他“蒋野”。他亲眼看见抗金英雄韩世忠率领大军，奋勇杀敌，为民除害。

蒋野一心想打点野味慰劳韩将军。谁知，一天打猎返家途中，遇上金兵，几十只野鸡、野鸭、野兔，一齐被抄。蒋野怎舍得一番心血白白被金兵抢去，便与金兵扭吵起来，被金兵在肩上砍了一刀，鲜血直冒，痛苦难当。蒋野只得步步后退，突然，他发现地上有一支箭，就装作晕倒，持箭掷射出去，蒋野是神箭手，功底扎实，当场击中一个金兵脑瓜。被击中的金兵哇哇乱叫，其余金兵看到后，拼命涌上，终于将蒋野擒获。

就在这危急时刻，韩将军巡路经过，把金兵打退，救出了蒋野，可野味已不知去向。蒋野回到家中，顾不上治伤，连夜杀了五只心爱的生蛋鸭，放入桂皮、茴香等自己采集配制的特殊熏料，煮熟后亲自送到韩营。韩将军见蒋野一片真情，便收下了这些鸭，分赏给部下品尝，大家一致赞扬这“鸭味”之美，取名为“陆家浜酱鸭”。

从此，陆家浜酱鸭风靡四乡八村，盛传至今。

王道林　采录整理

甫里鸭和美味鸭羹

（一）

甪直有两道名肴：甫里鸭和美味鸭羹。这两道本地特色的鸭肴，其实是一菜两做，一鸭两吃。

甫里鸭用砂锅烧炖，鸭肚里塞上麻雀或鹌鹑或肉裹鸽蛋。烧炖后开锅喷香扑鼻，肉酥皮烂。在本来就鲜美的汤汁里加入肉丁、肉皮丁、鱼丸、白果、笋丁等，再行烧煮，就成了鸭羹，这个羹一喝呀，真如俗语所说“打耳光也不放”了。

甫里鸭和美味鸭羹，据说都是唐代诗人陆龟蒙的杰作。陆龟蒙好养鸭，越养越多，鸭养了就要吃，养多了天天吃，难免吃腻，他就琢磨起了怎样变着法儿吃。鸭的常规吃法不就是红烧、白斩、咖喱、八宝、老鸭煲……可是，这些饭桌上的常见鸭肴，吃法都是“老一套”，很难引起新鲜感了。那么，就得自己来创造一种新吃法了。

有一天，陆龟蒙吃中饭的时候，对着餐桌上一盘八宝鸭，久久没有动筷。他在想鸭肴如何翻新，想得食欲也退避三舍了。这时，窗外传来了争吵声，有两位邻居，不知为了一点什么芥末小事，唇枪舌战，嗓门都挺高的。

“你也配和我斗嘴，肚皮里只有空城计的货色！”

“啊唷唷，我肚皮里一把草，你肚皮里有学问？也只有你这样面皮比城墙厚的家伙，讲出这种话来不脸红！”

两人相互讥嘲的其他话，陆龟蒙不曾留意，这两句话却“嗖”地钻进了他耳中。对呀！一肚皮学问和腹中空空，是不可同日而语的，不过，学问也要看怎么往肚里装，可不能像面前这只八宝鸭一样，只管把东西往肚里填，不讲究个章法。哎，对了！八宝鸭肚里填的都是好东西，如果分分层次，会不会另有一番滋味呢？

陆龟蒙想好以后，饭也不吃了，筷子一丢，起身就下厨房，吩咐厨娘如此这般，按他的设想，另煮一只鸭来供他品尝。

厨娘忙活了半天，到吃晚饭的时候，餐桌上摆上了一只大脸盆，盆里趴着一只光溜溜煮熟了的全鸭。陆龟蒙用筷拨开鸭肚，鸭肚里有只鹌鹑，再把鹌鹑扯碎，露出了肉裹鸽蛋。陆龟蒙每样尝一筷，眉开眼笑，夸张地用手在脸上一抹，像孩子般调皮地问厨娘："我的眉毛还在么？"

厨娘莫名其妙，答道："先生眉毛好好地长在眼睛上边呀。"陆龟蒙摇摇头说："不对，你说得不对，我怎么觉得眉毛一根根掉下来了呢。"

厨娘撩起围裙角，拭拭眼睛，认认真真看了陆龟蒙一眼，说："先生，你的眉毛真的没有掉呀！"陆龟蒙哈哈大笑道："阿姨，你是苏州人，你们苏州人不是有这么一句话么，'鲜得眉毛都落脱哉'，今天你做出这么鲜美的鸭来，我应当掉眉毛啊！"

厨娘也被他逗得笑了。

一道甪直名菜"甫里鸭"就这样诞生了。在这个基础上，陆龟蒙又对鸭汤加以研究，经过多次试验，制成了独一无二的美味鸭羹。

娄一民　采录整理

（二）

陆龟蒙死后，镇上十多位老人来到陆先生寓所，见逗鸭池中还有一群鸭子，水面上浮有一只死鸭。老人们商议，将鸭子杀了，放在陆先生墓前进行鸭祭，祭后，将鸭子各人一只分了，免得鸭子一只只死去，污染了池水。

这消息一传十，十传百，鸭祭那天竟然来了上百号人，鸭少人多，分不均了，如何是好？十多位老人聚在一起商量，议出了一个办法，把这些祭后之鸭烧一大锅，大家分吃，天下太平。但，只有鸭，一是数量少，二是不会怎么鲜，要加些其他东西才好。

一位老人说："我开肉店，可以无偿提供鲜肉。"

另一位老人说："我家有很多油氽肉皮，同样无偿提供。"

第三位老人说："我家有许多鸡蛋和鸭蛋，也可无偿提供。"

在旁的一位年轻人说："旁边有一棵大银杏树，树上白果熟了，我叫几个弟兄上树打白果，小孩子在树下拾白果，剥出白果肉同鸭一起烧，不是很好吗？"最后大家一致决定：烧一锅有鸭丁、肉皮丁、白果、蛋丁、肉丁混合的汤，招待在场众乡亲。

鸭祭结束，众人忙碌了好一阵，终于煮成了一大锅什锦汤。有人最后放入一大把青蒜末，顿时，满场热气腾腾，香气四溢。大家一人一小碗什锦汤，吃得津津有味，都说从未吃过这样美味的菜肴。此时，有位老人开了口："陆先生来我甫里后，随我地名，自号'甫里先生'，足见先生对我故里的热爱。今日一举两得，此宴在我甫里，又为甫里先生而聚宴，我提议，此汤就叫'甫里鸭羹'可好？"在场乡亲们一齐拍手称好。

以后，每逢陆龟蒙忌日，镇上就自制甫里鸭羹以纪念。久而久之，镇上人家来了客人，也烧此菜招待。慢慢地，甫里鸭羹成为一道民间佳肴。

甫里镇上有句俗语："吃着甫里鸭羹汤，打耳光也不肯放。"

严焕文　采录整理

附记：

陆龟蒙（？—约881），字鲁望，吴郡（今苏州）人。唐末文学家，考进士不第，曾任苏、湖二郡从事。后退隐松江甫里，自号江湖散人、甫里先生、天随子。与皮日休为好友，互相唱和，同负盛名，时称"皮陆"。所作诗多写景咏物，著有《甫里先生集》。

云林鹅

元朝至正年间，无锡出了个大画师，叫倪云林。他不但能画一手出色的山水画，而且精于烹调，是个多才多艺的能人。

有一年，苏州菩提正宗禅寺的当家和尚要修葺寺里的一座废园，听说倪云林的山水画很有名，就请他来设计图样。老和尚陪着倪云林在寺园里到处转悠，猛然间传来一阵“嘎嘎”的声音。倪云林抬头望去，只见前面水波碧绿的池塘里浮着一只红嘴赤掌、羽毛如雪的大白鹅，便停住脚步，看得出了神。老和尚捻着佛珠哈哈大笑起来，说：“这鹅是从天上下凡到人间来的。我养着它，为的是给小寺看门哩。”倪云林说：“嗯，这白鹅确实气势不凡。我养了这么多年鹅，还从来没碰到过这样神气的鹅。方丈如能让我收入笔底，那就感激不尽了。”老和尚一听，求之不得，连忙命小和尚取来文房四宝，请倪云林作画。倪云林抓起大笔，唰唰几下，一只活灵活现的大白鹅便跃然纸上。接着，他又在画面上题了骆宾王的诗句：

鹅，鹅，鹅，曲项向天歌。

白毛浮绿水，红掌拨清波。

倪云林知道老和尚不是俗人，就把这幅画送到他的面前，风趣地说：“如果方丈见爱，就送给你吧。”老和尚喜极，感激地说：“贤士盛情，无以为报，你既喜欢鹅，就把这只大白鹅作为薄礼相赠。”

隔了一天，老和尚为建造假山之事来禅房见倪云林，闻见里面传出一股鹅肉香。老和尚掀开门帘一看，只见倪云林和一位工匠正在举杯对酌，两人手里各拿着一只鹅腿，正吃得开心。原来，倪云林嗜鹅成癖，早已把老和尚口头相赠的鹅捉来在禅房里斩杀，然后用蜜拌酒涂满鹅身，用葱盐等调料填实鹅腹，烧制成蒸鹅，又嫩又香。老和尚看见地上的鹅毛和血迹，不禁皱了皱眉头："佛门清地，戒杀众生。阿弥陀佛，你们怎么在此杀鹅吃呢！"倪云林尴尬地说："请方丈见谅，寒士不可一日无此物。鹅肉同龟肉一样，也是养生妙物，所以我们江南人称它为'白乌龟'。你不是说鹅是从天上下凡的吗？如今我吃了你的仙鹅肉，也沾了仙气啦！你看我画的假山图样如何？"老和尚无言答对，只好顺着倪云林的指点，去看墙上挂着的假山图。这一下，竟把老和尚吸引住了。他不禁拍手叫道："好，好，好极了！"后来，造园的工匠按倪云林的指点堆砌了一座假山花园，就是现在的苏州名园——狮子林。

倪云林烹调鹅肉的技术，后来被记载在他写的食谱里，誉为"云林鹅"。

杨彦衡　采录整理

附记：

倪云林（1301—1374），名瓒，字元镇，号云林子。无锡人，世为无锡富豪，他不善理财，以巨款广造园林，招徕宾客，购蓄书法名画，以致产业没落。他绘画以水墨居多，简淡幽雅，多是平远山林、枯木竹石，画面上常有很长的题跋。存世作品有《渔庄秋霁》《梧竹秀石》等图。诗文有《清閟阁全集》《倪玉林先生诗集》。

酱汁肉

苏州陆稿荐熟肉店制作的酱汁肉远近闻名。酱汁肉吃起来肥而不腻，入口即化，香味扑鼻，让人食欲大开。陆稿荐酱汁肉味道之所以与众不同，特别好吃，据说，是因为经八仙之一的吕纯阳点化而成。

旧时，相传每年农历四月十四是吕纯阳的生日。苏州有轧神仙的习俗，中市街下塘有一座福济观，供奉的就是八仙之一吕纯阳。四月十四这天，全城男女老少倾城出动，纷纷前去轧神仙。据说，轧到神仙就能消灾免难，延年益寿。所以，这一天从清晨到深夜，福济观里总是人山人海，拥挤万分。

再说，在神仙庙旁边有一爿肉铺，老板姓陆。这位陆老板心地宽厚，平时不虐待店里伙计，还肯接济穷人，远近有点好名声。有一年，轧神仙的前一天晚上，有个叫花子来到店门前求老板留宿。陆老板见这个叫花子年纪已大，可怜巴巴的，就收留了，还盛了一碗饭，浇了一勺肉汤给他吃。这叫花子一身破衣烂衫，身背一张破稿荐[①]，手捧两只破钵头，除此之外别无他物。当晚，他把稿荐铺在肉铺里的灶膛前，用两只破钵当枕头，一歪身子就睡了。老板见叫花子睡下，也就放心地回自家卧房去了。

第二天一早，天刚亮，老板到店里一看，睡在灶前的叫花子已不见踪影，只留下一张破稿荐。这时，伙计们正在灶前忙着烧肉，老板就吩咐大家把这稿荐烧掉算了。谁知，这稿荐一投入灶内，锅里的熟肉顿时异香扑鼻，久久不散。这天正值轧神仙的正日，香客似云，游人如海，

夏维淳　绘

热闹非凡。中市街上下塘都闻到了这股香味，令人垂涎欲滴。人们寻香而来，竞相购买熟肉品尝。果然，这熟肉色似桃红，其味鲜香，众人赞不绝口。可是，店里的伙计都傻呆呆地弄不清这是什么缘故。

后来，还是陆老板悟出了道理，这事与那个叫花子有关，这异香准是他留下的那稿荐发出的神效。可是，这个叫花子到底是什么人呢？陆老板忽然想到了那两个钵头，这不正是两个“口”的“吕”字吗？再联想到自己店铺旁边的吕祖庙，他肯定就是吕纯阳大仙下凡来了。于是，陆老板马上关照伙计，把已经剩下不多的一小片稿荐，像宝贝一样保存起来。每天烹肉时在锅里放几根从稿荐上扯下来的稻草，烹出的熟肉总是异香扑鼻。

从此，这家肉店的生意大大兴旺起来。由于稿荐，陆老板就给自己的店铺取名叫“陆稿荐”，一直保持至今。

翁洋洋　采录整理

注解：

①稿荐：稻草、麦秸等编成的垫子，用来铺床。

附记：

吕纯阳，字洞宾，原名吕岩，蒲州永乐县人。唐会昌年间，两举进士不第，时年六十四岁。游长安酒肆，见一羽士，传以上真秘诀，度为仙，为“八仙”之一，后称吕祖。

荷叶粉蒸肉

荷叶粉蒸肉是苏州佳肴，入口清香，油而不腻。要说这荷叶粉蒸肉的来历，还有一段浪子回头的故事呢。

从前，苏州乡下有一对夫妻，开一爿小饭店，生意虽清淡，可日子还过得下去。只是男人不争气，欢喜掷骰子，经常输得精光。女人说："你再赌下去，家当[①]都要输光啦！"男人答："今天再掷两把，明天勿去哉。"其实，今天推说明天，明天再推说后天，九九归一还是天天赌铜钿。

有一日，女人交给男人几个铜钿，关照他上街去买盐。男人拎着篮子，走到半路，手又发"痒"哉，转个弯，不去上街，钻到赌徒家里去了。"滴溜溜"几把骰子一掷，铜钿全部输光。他硬着头皮回到家里。女人问："怎么拎只空篮子回来，盐呢？"他只得直说："掷骰子输光了。"女人讲："没有盐怎样烧菜呢？"他接口说："家里还有几斤猪肉，切成块，用酱油拌一拌，我到门前池塘里采几张荷叶，包一包，放在饭镬[②]上蒸一蒸，说不定比放盐还好吃呢！"女人没法子，只得依照男人的主意去烧肉。嗨，想不到这主意还蛮灵呐！蒸了一阵，剥开荷叶，烧出来的肉又香又嫩又鲜，引得顾客"啧啧"称赞，都说味道好极了。

后来，夫妻两个又动脑筋，加佐料，块肉先用糯米粉滚一滚，再包荷叶。这样蒸出来的肉，荷叶碧绿，米粉雪白，熟肉鲜红，香糯可口，更加入味，慕名前来尝鲜的顾客越来越多，小饭店的名气也越来越响。再后来，其他饭店也都照此效仿，此菜一时成了苏州的热门名菜，大家把这只菜叫作“荷叶粉蒸肉”。从此男人整日登[3]在店里，帮女人一起张罗，不再掷骰子赌铜钿哉。

徐文初　采录整理

注解：

①家当：苏州方言，财产。

②饭镬：苏州方言，即饭锅。

③登：苏州方言，留的意思。

红烧狮子头

朱元璋做了皇帝后，要在南京建造紫禁城。他的儿子朱棣因讲了句反对的话，惹怒了朱元璋，朱元璋存心要杀掉儿子。这事被朱棣母亲碽妃知道了，碽妃去恳求马皇后帮忙救朱棣。马皇后指点朱棣离开南京前往北京，逃脱了杀身之祸。

朱棣来到北京，倒也感到清静安乐，经常带了一些近臣和妃子们到卢沟桥去游览。

卢沟桥是一座很长的石拱桥，两边的石栏杆上雕刻着几百只姿态各异的石狮子，有蹲的，有伏的，有跳的，有卧的，只只栩栩如生，活灵活现。特别是那些小石狮子，拳头般大小，钻在母狮的怀里，由母狮搂着亲着，更是十分可爱。朱棣看着这些充满母爱的石狮子，不禁触景生情，想起了自己的境况，与母亲遥遥分离，见不到母亲，得不到母爱，一阵心酸，不由得流下泪来。

原来，朱棣对母亲十分孝顺。近臣和妃子见朱棣在流泪，忙问是什么原因。朱棣把心事讲了出来，打算回南京去看看母亲，但没有父皇的诏书，回去后怕有杀身之祸；想把母亲接到北京来居住，若是父皇不同意，母亲也是不敢来的。左思右想，怎么也想不出一个两全其美的办法来。

这年，正逢碽妃五十大寿，朱棣很想回南京去为母亲庆寿，但未接到父皇的来诏，也不敢回去，因而心里老大不开心。他在宫里闷想，可以用什么方法来庆贺母亲的生日呢？他想到母亲最喜欢吃肉圆，就想让厨师做五十个肉圆，一来为母亲祝寿，二来预祝将来母子骨肉团圆。

朱棣想好以后，就吩咐厨师做肉圆。厨师可为难了，为啥？因为做肉圆是为了祝寿，要做多大呢？厨师拿不定主意，就去问朱棣。朱棣一听，认为厨师问得也对，大家在一起聚餐，做小了吃勿着，做大了吃勿掉，到底要做多大呢？他又想起了卢沟桥上的石狮子，就说："做得像卢沟桥上小石狮子的头一样大小吧！"所以，大肉圆就叫"狮子头"了。因为是祝寿，要讨个吉利，朱棣特意关照厨师说："一定要红烧！"于是，就有了"红烧狮子头"的名称。

从这以后，朱棣在每年母亲寿诞之日，都要吃"红烧狮子头"。他做了皇帝后，在母亲寿诞那天，还钦定要上此菜，表示庆祝团圆之意。

后来，那些御膳房里的厨师告老回乡，在为人家烧喜庆寿筵时，也要上"红烧狮子头"，这道菜就这样传到了民间，成为老少喜欢的佳肴。

潘君明　李炎明　采录整理

附记：

朱棣（1360—1424），明太祖朱元璋第四子，封燕王。洪武三十一年（1398），太祖死，皇太孙朱允炆即帝位。朱棣以"清君侧"为名，于建文元年（1399）起兵，经四年鏖战，攻入京师，即帝位，年号永乐，史称永乐皇帝。

蜜汁火方

蜜汁火方是常熟的一道名菜。“火方”就是火腿，蜜汁火方是用甜中之王的蜂蜜来烹饪火腿，确实是别出心裁。这道名菜的产生，不是挖空心思想出来的，而是厨师在做菜时，阴错阳差的“杰作”。

据常熟的老吃客说，这道名菜的产生年代并不久远，大约在民国初年。时值阳春三月，风和日丽，一天，山景园菜馆来了两位外地游客，穿着讲究，像是富家公子。他们一坐进店堂，就点菜沽酒。其中有道菜名叫“清汤火方”。但负责这档菜的掌勺厨师突然感到身体不适，腹痛难受，便让当班徒弟先上灶烹制火方。徒弟见师傅迟迟不来，眼看灶上烹制的火方汤汁快要烧干，急得没法，只好随手浇了些高汤进去。不料这一浇，却无意中创出了这道名菜。掌勺师傅腹痛渐止，回到厨房就闻到一股怪味，大叫不好，忙用铁勺铲汤品尝，一尝感到味道不对，一道鲜美可口的“清汤火方”，做成了蜜汁火腿。原来，徒弟刚才浇到锅里的不是鲜美可口的高汤，而是两勺蜂蜜。

如果重做“清汤火方”，时间已经来不及了，外头两位客人已在催个不停。出于无奈，师傅只好硬着头皮叫徒弟将这道“错菜”送上桌去。不料客人尝了之后，却赞不绝口，忙问菜名。师傅一听顿觉奇怪，立刻转忧为喜，马上将错就错，笑着回答：“此乃本店新创的名菜‘蜜汁火方’，今天特为客官定做品尝。”两位客人一听，直乐得连连点头称赞，拍手叫绝。真是阴差阳错，无意中创出了一道名菜。

从此，蜜汁火方就作为一只名菜，登上了常熟名菜的行列，闻名遐迩，蜚声海内外。

金军宽　采录整理

太仓肉松

太仓肉松美味可口，那么太仓肉松是由谁首创，又是怎样出名的呢？这里还有一段曲折的传说。

清朝乾隆年间，有一个名叫倪丁的京厨名师，因为在京中不肯巴结奉承权贵，加上同行的倾轧，始终不得志，便带着妻儿老娘辞职离京回到太仓谋生。这倪家祖上几代厨师，传有一本《倪氏菜谱》，到倪丁手里已有四百九十九道花色菜单，在太仓一带享有盛名。

有一年夏天，倪丁的老娘忽然疰夏，恶心呕吐，吃不进东西。倪丁是个孝子，请来当地名医为娘诊治，医生搭脉后开了几帖止吐药，临走时对倪丁说："服药是治人之标，饮食才是图强之本。光服药不一定能立时见效，还需劝你母亲吃点东西，标本同治才是道理。"

倪丁心想医生的话不错，于是精心为母亲烹制各种可口汤菜。可老娘尝了一勺半口总是摇摇头，说吃到嘴里没有味道，吃不进。倪丁感到惭愧，自家一个京厨名师，连一只老娘要吃的小菜也烧勿出来，连着好几夜困不着觉。这天，他在自家屋里烧肉，又想走了神，结果肉汤汁烧干了，等他闻到焦味，要紧[①]揭开锅盖一看，勿得了，锅里的壮肉精肉全分了家。他要紧拿铲刀将肉铲起，有一块精肉落在灶面上，他心急忙慌地用手去抓，咦，抓在手心里的精肉居然碎成木屑一样。他不舍得丢脱，顺手往嘴里一塞。嗨，又松又香，别有滋味，只是有点儿焦毛气。倪丁心里一动，连忙铲光焦巴，重新选精肉一块，切成小块，放进锅里，又加入黄酒、葱、生姜和水，用大火烧透，等肉稍微有点酥哉，再加入酱油、茴香、桂皮。倪丁想到母亲平时爱吃略带甜味的小菜，就又撒进少许白糖，用文火焖烧，同时用铲刀不断炒拌，防止肉烧焦结底。最后到肉汁全部烧干后，倪丁用双手去搓揉木屑样的肉，越搓越松。他捞了几根放在嘴里细细咀嚼，只觉得醇香扑鼻，味美可口。倪丁大喜，马上盛进盆子给母亲送去。倪母用筷子搛了一些放进嘴里后，胃口顿开，连喊："好吃，又酥、又香、又松、又鲜！"说完便向儿子问长问短。倪丁一五一十地讲给老母亲听，倪母一拍大腿说："这是伲倪家的第五百道菜，菜名叫——"倪丁要紧接嘴："以肉炒松，就叫'肉松'吧！""好，就叫肉松。"这辰光倪母高兴得连毛病也好了。母子俩要紧详细地把炒制肉松的方法、配料记录到祖传菜谱上。

倪丁和妻子商量，在外帮厨十分劳累，不如在家开爿熟肉店，专门经营肉松生意。

那时，太仓是一个直隶州，士绅来往很多，肉松慢慢地成了当地官礼物品。有一年过节，太仓知州老爷为了讨上司的欢心，在馈赠苏州府台老爷的礼品中，也放进了一包肉松。苏州府台老爷全家老少如获奇珍，吃了还要吃。于是派人来请倪丁去府衙当厨。倪丁哪里肯去，推托身体不好。隔了几天，府台老爷又派人带了一百两银子来要肉松菜谱，也遭到倪丁的拒绝。府台老爷于是怀恨在心，买通牢里一个海盗，诬告倪丁私通海盗，将倪丁捉去打入大牢。这事弄得倪母当场急死。倪妻当尽家当，四处托人也不曾能保出丈夫来。不满一月，倪丁屈死在监牢里。

那天，倪妻听说府台又要派人来逼取菜谱，一怒之下，找出丈夫珍藏的《倪氏菜谱》，一张一张投入灶膛的熊熊大火中。说也奇怪，当最后一张肉松菜谱刚刚投进灶膛的辰光，只见一阵清风吹进屋里，把肉松菜谱卷走，直向窗外飘去。倪妻急忙追出来，哪里还有踪影。

为了躲避官府的迫害，倪妻带着儿子逃到福建投靠阿姐去了。倪丁创制的太仓肉松，遭此大祸后绝迹了。

直到同治十三年（1874），倪丁的后代倪德才回到太仓，重操祖上旧业，炒制肉松。但由于失去祖传配方，炒来炒去味道总归不怎么鲜美，因此生意萧条，生活清苦。后来连本钿也差不多蚀光了，倪德才恨不得寻死。那夜，倪德才缩在被窝里昏沉沉地睡去，看见一位白胡子老人，笑眯眯地对他讲：“不用愁，祖传配方就在后院断墙下头。”倪德才醒来，原来是南柯一梦。他想：“阿会是祖先显灵指我一条生路？”天一亮，他要紧奔到后院，推倒断墙，掘地三尺，只见一个油纸小包，拆开一看，果然是一张祖传肉松配方，还有两锭银子。倪德才欣喜若狂，他以银子为本，修屋砌灶，开起倪记肉松店，按祖传配方炒制肉松，色、香、味俱佳，一下子又声誉大振，生意日渐兴隆。光绪十二年（1886），倪记肉松店扩大门面，改名倪鸿顺肉松店。

直到现在，太仓肉松还一直畅销国内外哩！

陈奎鹤　采录整理

注解：

①要紧：苏州方言，赶紧、快的意思。

黎里套肠

黎里套肠是黎里的一种传统特色小吃，用特殊的工艺配方烧煮而成，其特点是肥而不腻、营养丰富，深受大众的喜爱。

黎里套肠已有三百多年的历史，早在清朝乾隆年间，就已声名鹊起。乾隆末年，大文豪、美食家袁枚应黎里翰林院待诏徐达源的邀请，来到黎里游览。其间徐达源与夫人吴琼仙双双拜袁枚先生为师，为了款待这位美食家，夫妇俩着实花了不少心思，除了本地特产红菱和银鱼外，最好的款待就是黎里的套肠。

所谓套肠，就是用大肠套小肠，煮熟后肥而不腻，口感独特。袁枚品尝以后，觉得味道鲜美，赞不绝口。他想起日常吟咏唱和的诗写在诗笺上后，要放在一个圆形的容器中，这个容器被文人雅士称为“诗筒”。套肠的做法是将小肠切成一段一段，装进大肠内，形状极像诗筒，因此，袁枚还给套肠取了个别名，叫作“筒肠”。

徐达源夫妇一听连连称妙，并说：“品尝了筒肠，定是诗肠满腹，才高八斗。”此后，套肠也叫作“筒肠”。因为是一道美食，人人爱吃。传说小孩吃了筒肠，会聪明伶俐；妇女吃了筒肠，会年轻漂亮；老人吃了筒肠，会长命百岁。袁枚是个美食家，曾编过一部《随园食单》，他说：“我要是早几年来到黎里，一定会将这道美食编入其中。今后若再编书，一定要将这道美食编进去。”

套肠流传至今，仍然是黎里的一道特色小吃。许多游客来到黎里，都要品尝这道小吃。俗话说，不吃黎里套肠，好像未到黎里。

查文荣　采录整理

“门枪”和“摇笑”

元末，朱元璋攻破苏州，活捉了张士诚。有一天，他带着刘伯温等几人到酒店里喝酒，下酒菜是猪舌头、猪尾巴，味美可口，浓香扑鼻。大家吃得津津有味，朱元璋突然指着猪舌头和猪尾巴，问刘伯温道：“这是什么东西？”

刘伯温是个聪明人，心想：这猪舌头、猪尾巴是极普通的菜，你怎么会不知道，还要来问我？这时，朱元璋快要登基做皇帝了，朱与“猪”是谐音，如若直说猪舌头、猪尾巴，朱元璋一定不高兴，因此必须忌讳，以免惹他不快。刘伯温脑筋笃落一转，用筷子指着盆子里的猪舌头说：“这是门口里的一支枪，叫作‘门枪’。”

朱元璋听了，点点头表示满意。刘伯温接着又用筷子指着另一只盆里的猪尾巴说：“畜生在高兴时，就会摇摇这个，算是笑，这个就叫‘摇笑’。”朱元璋听罢，不觉哈哈大笑，说道：“你说得对，说得好，这两样东西，正是叫作‘门枪’和‘摇笑’。”

从此，“门枪”和“摇笑”，就成了猪舌头、猪尾巴的代称。

潘冠球　采录整理

附记：

朱元璋（1328—1398），字国瑞。幼名重八，后取名兴宗，濠州钟离（今安徽凤阳）人。入起义军后改名元璋。幼时贫穷，曾为地主放牛，1344年投皇觉寺为僧。元至正十二年（1352），投濠州郭子兴起义军，反抗元朝。1368年朱元璋在应天府称帝，国号大明，年号洪武。

藏书羊糕

清朝光绪年间，苏州阊门内皋桥头的街上，各种小吃琳琅满目，开猪头肉店的，开牛肉店的，开点心店的，把个皋桥一带弄得香喷喷的。藏书周家场有个农民叫周孝泉，原来在善人桥镇上开了爿羊肉店，生意“呱呱叫”。后来他听说苏州皋桥的小吃店十分兴旺，也想去轧一脚，但是跑了几天，店铺一家挨一家，门面租也租不到。于是，他在皋桥一带挑着羊肉、羊汤担子，走街串巷叫卖。

一天，天气寒冷，皋桥头却依然人山人海，周孝泉挑着羊肉担也来到了这里。周孝泉起得很早，鸡叫头遍就起床了，身体冻得瑟瑟发抖。他从善人桥出发，挑着担子，走了一个时辰，身体仍然蛮冷。前些天下了小雨，路面上结了冰，西北风呼呼叫着，吹得他的耳朵像刀割一般疼。今天皋桥那边有几家新店铺开张，十分闹猛，所以他一早来到这里，想找一个落脚的地方，把炉子升起来，把羊汤烧得热腾腾的，这样，说不定可以多卖出几碗羊汤。可是，他一到皋桥头，根本就找不到空隙的地方，连走路都很困难，不要说摆摊了。他看看锅里的羊汤已经冻成一块，心里有点着急。于是，他随着人群拼命地挤，不断地遭到路人的斥骂：“你这个人挑着副担在人堆里撞来撞去，寻死！”

周孝泉生意勿做到，还被人骂个半死。现在，他弄得进不去出不得，不知道怎么办才好。这时候只听见一阵锣声响起，一队当差拿了木棍，打开了一条通道，一个穿着官服的人在当差的保护下，准备上桥去剪彩。周孝泉灵机一动，赶紧跟在当差的后面，一个当差回头发现有副羊肉担跟着，飞起一脚，就把周孝泉的一副担子踢翻了。两旁的人幸灾乐祸，哈哈大笑，把那个当官的也逗乐了，他见地上散落着一块块东西，问周孝泉："这是什么东西？"

周孝泉结巴着说："藏书羊……""羊什么？""汤。""什么汤，分明是糕。"当官的说。因为羊汤凝冻成块，很像糕的样子。

周孝泉还不清楚"糕"的含义，认为当官的喜欢讲"高"，希望"高升"呀。他连忙附和，说："是高，是高，祝大老爷高升。"

果然，当官的露出了笑容，说："藏书羊糕好，让我来尝一尝。"

周孝泉忙从锅里残剩的凝冻羊汤里挖了一块，恭恭敬敬地捧给当官的。当官的一尝，连连称赞："味道不错，味道真美。"他立即吩咐大家腾块地方出来，让周孝泉卖这个"糕"。

周孝泉松了一口气，心里也在想，当官的说"糕"，冷冻的羊肉确实像块糕。于是，他嘴里拼命地喊："藏书羊糕，味道鲜美。"这一喊不打紧，旁边的人群开始学着他的话喊起来："藏书羊糕，味道鲜美，要买快来啊。"不一会儿工夫，凝冻的羊汤便卖光了。

藏书人本来是卖羊汤的，从此开始卖羊糕了。而"藏书羊糕"的名称，就是这样产生的。

此后，周孝泉开始在小巷里叫卖："要买藏书羊糕！"听见这喊声，人们都从家里跑出来，买回去一吃，味道果真不错。周孝泉在苏州的生意好起来了，他干脆在苏州城里开了第一家羊肉店，他想，当官的要高升，说味道鲜美，我做生意希望生意兴隆，店名就叫"升美斋"。

从此，藏书人纷纷仿照他的做法，在苏州城里开起藏书羊肉店，卖羊汤，也卖羊糕。几百年过去了，藏书羊肉成了一块金字招牌。现在苏州城里的大街小巷，几乎都有藏书羊肉店。

李祥伟　采录整理

东山羊肉

相传明朝正统年间，东山岛上施槃考中了头名状元。状元夫人姓张，东山本地人，是一个社会地位低下的小鱼商的女儿。施槃考取状元以后，正统皇帝招他做驸马，他宁死不答应，于是惹怒了皇帝，不给他封官，打发他回老家。施槃是条硬汉子，回家就回家吧，反正家里多少有点产业，不会饿死。他心里也很气愤，但是并不懊悔，反而感到心安理得。张氏呢？见丈夫宁愿丢掉乌纱帽，不学陈世美，更是高兴百倍。

夫妻俩恩恩爱爱，相敬如宾，可以说事情一百桩，有九十九桩如意。哪一桩不如意呢？这就是施状元好吃羊肉，不喜食鱼，闻得鱼腥就要反胃，而张氏恰恰相反，喜欢吃鱼，最讨厌吃羊肉，闻到羊膻气就要恶心。既然如此，只好各敲各的鼓，各打各的锣，分两只灶头开伙。逢年过节，按照老规矩，必须在同一个灶头上炒菜，同一张桌子吃饭，这时只好不买鲜鱼和羊肉。不知内情的朋友亲眷，背后说他们吝啬，他们不得不为此作一番解释。

施槃考中状元以后，这件生活琐事被张扬出去，一传十、十传百，很快便成了东山岛上家喻户晓的厨房新闻。东山岛人对施槃非常尊敬，把他当作做人的楷模，对他们的事情自然非常关心，好心肠的人就为他俩能够同灶吃饭，动起脑筋来了，想找出一个烧鱼没有鱼腥味，烧羊肉没有羊膻气的办法来。为此，东山岛上家家户户，几乎都在想办法。

东山岛的前山镇上，有一个名叫王小二的饭店老板，因为赚了点银子，不学好，厌旧喜新，经常在家里无理取闹，真是大吵三六九、小吵天天有，弄得左邻右舍鸡犬不宁。后来饭店关门，妻子带着孩子回了娘家，王小二也逐渐穷了。见施状元为了妻子弃官回乡，他也回心转意了，和妻子破镜重圆，重开饭店，一心一意扑在店里，日子又一天天好起来。因此，他们一家把施状元看作恩人。王小二夫妇听到了状元府的厨房新闻后，决心在烧鱼和煮羊肉这事上想出新办法。果然皇天不负有心人，经过千百次试验，王小二夫妇终于烧出了只有肉香没有膻味的羊肉，也烧出了只有鱼香没有腥气的鱼。他们把这两只菜的烹饪方法写成方子，送到状元府，从此，状元夫妇就不再分灶做菜，分桌吃饭了。

王小二夫妇烧煮鲜鱼和羊肉的方法真好，味道鲜美可口，慕名而来的吃客多得不得了，生意一天比一天兴隆，小饭店变成了大饭店。施状元为还他的情，送他一块亲手书写的金字招牌："两鲜斋"。这个"鲜"字，就是由"鱼"和"羊"两个字合成的，点明这爿饭店的特色。

六百多年来，"两鲜斋"几易其主，店名也被改了。但是烧煮鲜鱼和羊肉的技术还是传了下来，特别是东山羊肉没有羊膻气，成为东山菜馆的一大特色。

李洲芳　采录整理

附记：

施槃（1417—1440），字宗铭，吴县洞庭东山金塔村人。明正统四年（1439）状元，为明朝开国后苏州府出的第一名状元。

支塘羊肉

常熟支塘羊肉，始于清代咸丰年间，至今已有一百五十多年历史了，是苏、浙、沪一带传统的风味小吃。据传在清代中叶，距支塘镇约二里左右的沈家宅、苏家堰一带，有很多农家饲养肥羊，每到冬天，农户开刀宰杀，煮肉上市，以此种小本经营谋生。当时，支塘镇上羊庄林立，热闹非凡，其中以“祥泰”“祥兴”两家羊庄生意最好。后来，有个名叫沈采亮开的“物美羊庄”，经营最为得法，生意渐渐超过先前两家，被后人称为“支塘羊肉”的鼻祖。

物美羊庄并不大，伙计不过十来个，每天宰羊不过十几只。在当时支塘镇上羊庄林立、相互竞争十分激烈的情况下，沈采亮为了使自己烧煮的羊肉在同行中具有独特风味，创造了“久焖法”的烹饪新技术，烧煮出来的羊肉与众不同。白切羊肉用陈年老汤文火焖煮，具有酥而不烂、肥而不腻的特色。红烧羊肉连皮带骨切成小方块，用丝草扎成半斤或一斤入锅，用冰糖和上等酱油加五香佐料焖烧精制而成，趁热就食，肥甜鲜糯；冷冻入口，香酥滋醇，鲜嫩味美。由于羊肉焖的时间久，在质量上提高了，但在数量上却减少了。可沈采亮决不计较，只求薄利多销，顾客满意，故物美羊庄的知名度不断提高，生意越做越好，羊肉很快远销上海、杭州等大城市，贩运羊肉的小木船接踵而来，支塘羊肉一时间名扬四海。

为了把生意做得更大更活，沈采亮又想办法在包装上下了功夫。他针对羊肉远销外埠各地的形势，特请竹匠用篾片制作了黄篮头[①]，每只可装二斤左右的羊肉，上面贴上“支塘物美羊庄”的商标，雅观别致，携带方便，引得顾客竞相购买，作为馈送礼品，非常实惠。

同治年间，常熟地方官专程去支塘购买了一批装有羊肉的黄篮头，作为地方风味特产进奉南京总督大人。那位封疆大员对支塘羊肉的美名早有所闻，如今有人送货上门，十分高兴，立即吩咐摆宴，招呼同僚共进午餐，一起品尝支塘羊肉，席间，个个赞不绝口。由此，支塘羊肉更是闻名遐迩，身价倍增。

到光绪年间，沈采亮过世，煮羊肉的手艺由儿子沈康继承。不料，沈康不寿，不久就去世了。物美羊庄由伙计艾嘉主持，羊肉仍保持以往特色。“八·一三”抗日事变发生，战火蔓延支塘，日本鬼子奸淫烧杀，久负盛名的物美羊庄，也就此宣告关闭停业。幸好，当时与物美羊庄并存的由杜春祥主持的苏家堰的祥泰羊庄在战火中苦撑门面，学习继承了物美羊庄的烹饪技艺、制作方法、风味特色，并一直保持到现在。

现在，支塘羊肉仍保持着传统特色，有白切的、红焖的、冷冻的、热煮的，品种繁多，应有尽有，色香味美，生意越来越好。

曹正良　金正文　采录整理

注解：

①黄篮头：常熟地方的俗称，即竹篮。因竹片是黄色，故名。

羊炖鳖

常熟有道鲜为人知的名菜——羊炖鳖，色纯汤稠，香浓味美。只要你一见这道菜，保管叫你垂涎欲滴；这道菜不仅能让你胃口大开，还有滋阴壮阳的功效。特别难得的是，当你细细品尝这道菜的时候，还有一段十分有趣的陈年轶闻，为你助兴。

据传，在很久以前，虞山南边有个去处叫青州城，在城区最繁华的地段，住着两户人家。一家姓杨，主人名友甫，开着一爿“益友”绸缎庄；还有一家姓毕，开的是中药铺，金字招牌上标出大字“毕德堂”。

两位老板年龄相仿，志趣相投，来往十分亲密，如同一家。正巧又碰上两家妻室同时怀孕，于是，就指腹为婚，决计做个儿女亲家。说来也巧，待到十月满足，一朝分娩，居然天从人愿，先后生下一对金童玉女。

“毕德堂”生下的是个男孩，取名毕澄，是洁净无垢的意思；杨友甫生的是个姐儿，取名等壁，等同白壁，正好也是纯洁无瑕的意思。时光飞逝，一晃十六年过去了。毕公子与杨小姐青梅竹马，形影不离，两家大人看在眼里，喜在心头，商定秋后择吉完婚。

不料就在这年盛夏，“毕德堂”药铺遇到一桩飞来横祸。毕家为了给儿子结婚，在后院大兴土木，打算将媳妇娶进门后，来个“金屋藏娇”。这事自然瞒不过青州城里的一帮乞丐，今天一个由头，明天一个由头，乞丐们千方百计伸手向毕家“讨吉利”。毕老板被纠缠得实在无法，只好借口“出门”，回避不见，谁知这一来就惹恼了乞丐帮。三天后，有人到县衙告发，说“毕德堂”在龙骨上私刻皇上尊讳，犯上作乱。

县衙马上派公差前往封门查店，捉拿主犯毕老板归案。到了公堂，县官迫令毕老板供认中药龙骨上私刻皇上尊讳的事实。毕老板想：龙骨卖出去让人火烤汤煎，承认把皇帝名字刻到龙骨上，不是一个满门抄斩的罪名吗？所以，不管你用啥刑罚，他宁死也不肯招供。

消息传到杨家，杨友甫知道这桩公案一旦闹大，很难收场。赶紧叫来女婿毕澄，为他备好盘缠开支，让他连夜逃走。临别之时，未婚妻杨等壁出来相送，两人殷殷泣别，肝肠寸断。

毕澄走后，杨友甫又上下打点铺路，直到把自己的“益友”绸缎庄折当完结，才把那作为案据的几块龙骨赎了出来。其实，什么皇帝的名字呀，龙骨本来有纹路，明明是一场诈骗诬告。杨友甫把老友接出监来，跨出监牢还是活的，但一到家门就急怒攻心咽了气。

就在这个时候，偏偏又发生了水淹青州城的劫难，城门口那对石狮子突然从嘴里喷出水来，像决堤坍坝一样，一连喷了七天七夜，好好的一座城顷刻间成为一片水域。如今苏常公路上有两个站头，一个叫“莫城”，一个叫“辛庄”，就跟这场大水有关。莫城即“没剩”，是当年青州城被淹的残留；辛庄即“新庄”，是从大水中逃生出来的青州人相聚一起新造的家园。

杨等壁小姐当天被水一冲，晕头转向，顿时失去知觉，等到醒来时，发现自己被一对靠屠宰为生的老夫妻搭救，捶胸顿足，号啕痛哭一场。这对老夫妻俩虽然干的是杀牲营生，生的却是一副菩萨心肠。从大水中救起这位姑娘后，把她当作亲生女儿一样看待。见她伤心，就百般相劝，又从四面八方为她打听消息，找杨、毕两家人氏。找了好几个月，毫无消息。杨等壁知道洪水无情，看来想见亲人已无望了。但她想到毕澄是洪水之前就逃离青州的，他不会遇到这场劫难。只要他还在世上，那么，必定会来寻找自己。全靠了这一点精神力量，支撑着杨小姐。

后来，这对老夫妻在虞山脚下开了爿“杨记”羊庄，由于选择了高大的虞山肥羊，再加上加工手法独特，烧煮的羊肉风味无匹，远近闻名。经过几年苦心经营，手头自然也有了一点积蓄。以前常常为有钱无后而伤心，现在天开眼，青州大水，送上门来一个如玉似花的女儿。老夫妻俩看到杨等壁情绪逐渐稳定下来，就找了一个合适的机会，向她提出要为她招个顶门女婿。谁知提了好些门当户对人家，杨小姐总是把头摇得像拨浪鼓，最后斩钉截铁地说："女儿今生非毕澄一人不嫁！"

再说那毕澄当天连夜出走后，一口气跑到身体瘫倒为止。十六岁的年纪，尽管人情晓畅，然而，有这等杀身大祸临头，终究慌乱得不知所措，身边明明有杨老伯给的盘缠银子，却不敢进集镇去食宿，总好像背后有一对公差的眼睛在盯着不放。不久，他就病倒在荒郊的小路上。

古话讲，"吉人自有天相"，也是这毕澄合该有救。有个身背大鱼篓的捉鳖老人，正好从小路上走过，看见一个少年倒在路边，就动了恻隐之心，背起毕澄就往自己落脚的破庙里跑。经过老人的精心照顾，毕澄慢慢恢复了体力。一开始，他不敢说出身世，只道了一个姓毕，老人竟哈哈大笑。他笑什么？他家几代相传，抓鳖为生，人家也不问他姓甚名谁，只管喊他一声老鳖。老鳖一世潦倒，未曾婚娶，正愁到他手里会断了香烟，忽然半路上捡到一个小鳖，所以从心底里高兴起来。

毕澄调养一段时间以后，身体慢慢复原。要说好饭好菜老人管不起，可是这清蒸鳖、红烧鳖却是轮换着吃的。这东西滋阴降火，毕澄连夜出逃是急火攻心，又思劳过度，连续把这味大菜吃下去，自然是对症下药，药到病除。毕澄看这位抓鳖老人尽管身无长物，但是心肠特好，就把自家身世一五一十讲了个明白。老鳖果然仁至义尽，既然是人家患难中离散的骨肉，绝不强留，于是尽心尽力地一路护送着毕澄返回青州来打探消息。

谁知走到"没剩"地面，只见眼前一片混沌，哪里还有青州城的影子。找行人一问，才弄清原委。毕澄哭得死去活来，眼见得家园已为泽国，亲人无从寻觅，伤心过度，旧症复发，两眼一黑，晕倒在地上。

老鳖只得把毕澄背着，一步一拐地向着南边的一个村镇走去。才进小镇不远，老鳖忽然停住了脚步，他看到一家店铺门前贴出的一张告示，上书：“本店后院偶有妖孽作祟，来往客官，若能降服此妖，必将重金厚谢。”

老鳖“哈哈哈”发出一阵笑声，伸手去把它撕了下来，然后直往店铺里去。他这个举动，惊动了店里的主人，听说有人揭告示投店，马上恭恭敬敬地迎候上来。店家一见老鳖长相古怪，胸前挂个鱼篓，背上驮着个少年，心中又有几分诧异。老鳖却很爽快，先要了一个铺位，安排毕澄躺下，灌些开水让他清醒过来，静静养神。又自管要了些酒菜，吃了个畅快。酒足饭饱之后，倒下身子便鼾声大作起来。

老鳖既然揭告示进店，应该有所动作呀，怎么吃了人家一顿，就躺倒不干了呢？老鳖当然不是这种人，这里边还有个原委。按老鳖的个性，决不会如此落拓。不过今日来到的这店家，恰巧是“杨记”羊肉庄，刚才一盘酒菜，正是那极肥的红焖羊肉，老鳖以前鳖吃得多，肠胃变得阴盛阳衰了，现在猛然间吞下大量肥羊肉，有点阴阳失调，医书上有个说法，叫“肉醉”。这事若要搁在体弱者身上，也许要服三斗三升萝卜籽才能扳得“醒”，老鳖不怕，他天天野外作业，练就一身好体格，乘了酒兴打打盹，不影响他等会儿降妖捉怪。

那么，这“杨记”羊庄到底发生了什么事情呢？原来，在店铺的后院，有一爿千斤重的大石磨，兴许是祖上哪一代开过磨坊留下的，一向扔在一角，长年累月无人问津。在前两天一个月色朦胧之夜，这爿石磨忽然出怪了，颤颤悠悠像要从地里跳起来。这怪异先是等壁小姐看见了，慌张告诉老两口。老两口还以为女孩子怕夜眼花，立即奔过去亲眼看见之后，不由得倒吸一口冷气。心里想：乖乖，石磨会动，会不会是个报应啊！自家干的杀牲营生，常常怀有罪孽深重之感，所以也不敢追究根底，急忙托人写了个求贤捉怪的告示，还准备设台打醮，做七天七夜超度生灵的大法事。告示贴出不久，老鳖赶到，所以喜出望外，像接活菩萨一样把他接进内堂。不过看他一顿吃喝以后，倒头便睡，背着同来的年轻人，又是一副病恹恹的样子，未免就忧喜参半，又不安起来。

足足两个时辰过去，老鳖突然惊起，大声呼叫，主人何在？店主、伙计赶紧围上前去，只见他鱼跃而起，拎起那只特大竹篓招呼一声，随我来，说完就大步流星直奔后院。他此去干啥？当然是捉妖怪。他走进这羊庄大门，已经发现“妖怪”踪迹，不需旁人引路，就径直来到大磨旁，弯腰从鱼篓里拿出一节竹筒，火镰火石一打，竹筒的一头马上冒出滚滚浓烟来，他又将嘴凑到竹筒的另一端呼呼吹气。于是，磨爿底下立即腾起一阵呛人的烟味。奇迹很快出现了，那作怪的千斤大石磨底下，竟爬出一只又一只老鳖来，小的有三五斤，大的有十来斤。前前后后，整整抓到十八只。所谓石磨拱动，兴妖作怪，原来就是底下有千年鳖在拱动。

直到这时候，杨老板疑虑顿消，精气又十足，吩咐下去正式摆酒酬宾。一入席，才盘根究底问起老鳖行踪。老鳖是行不更名，坐不换姓的，三杯落肚，就把个身家八字，以及带着毕澄投青州遇变等所有情态一五一十地抖了出来。哪知道就在这时，惊动了里边的等壁小姐，立刻来到毕澄休息处，两下相见，抱头痛哭，互诉衷肠，最后是破涕为笑，相携着出来双双跪拜救命的义父义母。这羊、鳖两位老人，自然是喜从天降，干脆把宴席扩大，邀了村镇上所有庄户人等都来喝酒，同喜共贺。

在这个盛筵上，两样合煮的一只菜最为特色，即就地取材的“羊炖鳖”，味鲜肉美，吃得大家赞不绝口。众人了解杨、毕两家的情况后，风趣地说：“杨等壁小姐忠贞可嘉，总算把毕公子等来了。今日又烧‘羊炖鳖’这只菜，羊与鳖和合在一起，真是一只喜菜呀！”

此后，“羊炖鳖”这道菜就一直流传下来了。

刘锡兴　王建东　采录整理

皮蛋

皮蛋的发源地在吴江黎里镇。

相传在很久以前，黎里镇上有一爿茶馆店，店主姓林，一家六口，生活全靠茶馆店生意维持。林家茶馆紧靠市河，一开间门面，紧连小院，烧灶的柴灰和泡过的茶叶全倒在小院东墙角。为了增添收入，他们又在西墙角砌了一个鸭棚，饲养蛋鸭，白天赶下市河吞鱼啄虾，晚上关进鸭棚歇夜生蛋。

一天下午，林老板到小院清理柴灰，在灰堆里发现了几只鸭蛋。他当即拾起来，交给妻子，关照说："这些鸭蛋，恐怕埋进灰堆好些日子了，马上烧烧做下酒菜吧。"妻子接过鸭蛋，进了厨房，拿只碗，"啪"的一声，先打碎了一只。咦！怎么不见蛋白流出来？她边说边剥开蛋壳，只见蛋白已经凝固，亮晶晶的，表皮还有松针形的花纹呢。她感到十分稀奇，用手捏捏，软软的，如橡皮那样有弹性。她把另外几只鸭蛋打开，也是这副模样，无一例外。妻子对丈夫直叫："快来看呀，这鸭蛋怎么是这样的啊！"林老板闻声奔进厨房，一看也傻眼了。他伸手摸摸，用鼻嗅嗅，并无异味，咬了一小口尝尝，觉得清凉爽口，味道蛮好。他干脆倒了一杯酒，又拿来一盅鲜酱油，蘸着吃起来，味道好极了。

这偶然的发现，使林老板顿时开了窍，觉得这是一种难得的食品，如果能够受到顾客的欢迎，那么他就可扩充营业把生意做得更好。于是，他选了几十只大鸭蛋，洗尽揩干，用灶灰、茶叶渣，再加上生石灰、食盐等，拌成浆糊状，涂在蛋壳上，然后放进甏内密封贮存。一个月后开封取蛋，他剥开蛋壳一看，嗨，跟柴灰堆里捡起的鸭蛋一模一样；咬一口尝尝，味道更加鲜洁清香。他高兴得跳起来，连声问妻子："你想想，这怪蛋取个啥名字？"妻子随口答道："取啥名字，我看这东西软绵绵的，跟皮一样韧，就叫'皮蛋'吧。"

从此以后，林家停止了茶馆生意，专养蛋鸭，加工皮蛋经销。各方顾客争相选购，很快名闻遐迩。

后来，皮蛋的制作技巧逐渐传遍大江南北，皮蛋也成为酒宴上必备的食品。因为皮蛋的表皮有松针形花纹，所以也有人叫它"松花彩蛋"。

徐文初　采录整理

三、飞禽类故事

徐市爊麻雀

据传，“爊麻雀”这种乡村野味出自常熟徐市。

明朝嘉靖年间，工部尚书徐栻，有个孙儿是个出名的浪荡公子，绰号叫“徐三败”。他依仗祖父传下的百万基业，吃喝嫖赌无所不为，挥霍浪费一掷千金。由于他经常泡在烟花柳巷，几年下来，惹得一身花病柳疾，全身虚阳不举，面黄肌瘦，有气无力。虽然到处求医访药，但总不见效。一天，徐家请来一个颇有名气的老中医，诊过徐三败的脉络后说：“大少爷得的是精枯阳虚。但此病不难医治，只需服我一剂偏方，便能在十天内康复如常。”说罢随手开出一方：麻雀六十只，伏黄酒三十斤，以淡盐，用砂锅爊服。遵照医嘱，徐三败立即命仆人弄来了六十只麻雀，半甏黄酒。然而，令仆人犯愁的是没有哪只砂锅可容得下这许多东西。放锅里爊吧，又忌铜铁。于是，他去面禀三败：“少爷，您看这么一大堆东西，放在啥里爊呢？”三败朝外一指说：“笨蛋，门外那只大石臼不是挺好么？就放在那里边去爊吧！”于是，仆人把麻雀、黄酒一起放入石臼内，然后将笨重的石臼支架起来，抱来干柴，点着旺火爊起来。但那个白痴式的公子哥儿徐三败又关照，务必在第二天清晨煮好，他要空腹服用。

仆人守在石臼旁，烧了整整一夜干柴，熬得两眼通红，还是不见石臼里冒热气，眼看天已蒙蒙亮，仆人心急火燎地来到三败眼前说：“回禀少爷，一大堆树柴已烧光了。”“混账，没有了便买！”正说话间，忽听外面传来一声童音：“卖灯草，灯草要哦——”“赶快拿银两去买它十担灯草，千万不能让火熄了！”徐三败气急败坏地说。

仆人买来十担灯草，添到石臼底下继续烧起来。烧了一会，忽听三败在屋内大声叫喊：“麻雀烂了没有？”仆人跌跌撞撞又来到三败面前说：“还未全烂，容再延长两个时辰。”不料三败伸手边朝仆人头上打，边说：“老子空腹不服啥时服？限你午前一定熬好送来，否则，要敲烂你的狗头！”

仆人回去摸摸石臼内的汤水还是温吞吞的，心想：照此办法，起码要烧上十天半月，将石臼烧裂才能爊熟麻雀。忽然脑子一动：烧灯草有多少火力？灯草不是能点油么，干脆倒油下去一起烧。他忙往石臼底下浇油，石臼口的四周也倒上油烧，不料，火苗一蹿，把仆人的头发、眉毛全烧焦了。仆人想想这么暴殄天物实在作孽，只好打点打点包裹偷偷滑脚溜了。

至午时，徐三败又在床上大叫起来，见没人应承，便支撑着起床，来到门外一看，只见石臼内冒着缕缕蒸气，但不见仆人。三败捞起一只麻雀放进嘴里，肉嫩骨酥，吃得三败哈哈大笑起来。原来，仆人打翻了油甏，半甏油倒在了石臼里，油浮于酒上，火燎到油面上，一直燃到午时，把石臼里的麻雀、汤水一起焖烂了。

徐三败越吃越好吃，越吃越高兴，吃完了又差人仿照此法爊麻雀来吃。后来经过名厨研究、改进，便创造了“爊麻雀”这只野味名菜，一直流传至今。

顾锦良　金正文　采录整理

百鸟朝凤

传说在明朝的时候，苏州城里有个名叫钱志节的，以算命打卦、占卜阴阳为生，诨名叫钱笃招[①]，也有人称他为“钱半仙”。有一年，值逢大旱，一百多天不落一滴雨，干得田地开了裂缝，不少人家的水井底朝天，连一碗水也淘不出来。地方官吏、乡绅和玄妙观里的道士一商量，决定通告众百姓去请钱笃招求雨。钱笃招一见乡亲来请求雨，心中犹豫起来：“平时我装神弄鬼总算骗过去了，今天求雨却骗不了大家，若求不下雨来，我这碗饭也就吃不成了！”钱笃招到底是个机敏人，眉头一皱，计上心来。他故弄玄虚，掐指比画了一阵，然后一本正经地说：“观音在西天赴宴，没空来。”百姓们听了一齐央求说：“无论如何请仙人救救黎民。”这样一来，把钱笃招弄得无可奈何，只好勉强应允说：“待我明日午时三刻，请观音取东海水在苏州降落……”钱笃招这么一诌，引得众百姓连连叩头拜谢。

第二天，玄妙观的道士在大殿前搭起高台，把钱笃招请了上去。同时，官府命差役在台下架了木柴，并且宣告，如果钱笃招求不到雨，就要烧一把火，请他“升天”，到玉皇大帝面前去恳求。钱笃招看到此情此景，不由得心惊肉跳。

眼看着午时三刻到了，天上却一点云丝儿也没有，急得这个“钱半仙”惶惶不安起来。但是，“半仙”终究有些歪点子，心想：反正要死了，临死也得吃个饱、喝个醉，不能做饿死鬼。于是，他手持杨柳条装神弄鬼地吩咐说：“观音菩萨大驾已到！你们烧一盘‘百鸟朝凤’献给观音下酒，她才肯去东海取水。”钱笃招想出这瞎七搭八的菜名，为的是要难倒官吏。他一边说着，一边暗暗嘀咕：“你们若烧不出这道菜，我就死里逃生了。”官吏听了钱笃招的话，个个张口结舌，因为，从来没人听说过这个菜名呀！就在这时，玄妙观里的一个小道士忽然想出了一个办法。他马上跑到松鹤楼，关照厨师烧一只鸡放在盘子当中，四周放十只麻雀，辅以香菇、青笋、火腿、水晶肉圆等……就算是“百鸟朝凤”了。

不多一会，小道士将这盘菜端到钱笃招面前说：“这就是皇宫里的名菜‘百鸟朝凤’，请仙人品尝。”钱笃招没想到弄假成真，心里着实有些发慌。他想：“真有这种菜？唉，反正一不做、二不休，吃饱了再死也不迟。”于是，他狼吞虎咽地大吃大喝起来。

说也凑巧，就在这时，天边涌现出朵朵阴云，吹来阵阵狂风。片刻之间，下起了倾盆大雨。钱笃招这条性命总算保了下来。

不久，这折“求雨”的戏被宣扬开了。“百鸟朝凤”这道菜也随之远近闻名，一直流传至今。

赵长润　采录整理

注解：

①钱笃招：为苏州评弹书目《描金凤》中主人公钱志节，因其职业为“笃招”，故人称“钱笃招”。

四、蔬菜类故事

天下第一汤

明朝正德年间，有位宰相叫顾鼎臣。有一年春天，他在江南农村私行察访，走了一程又一程，看看日头当中，已经是吃午饭的时间了，觉得腹中饥饿，但前不着村，后不着店，怎么办呢？

正在这时，远远的有一位娘娘挑了一担东西，正在往这边走来，临近一看，原来是挑的饭菜。顾鼎臣满心欢喜，便开口道："多谢娘娘，我要紧赶路，肚里饿了，想讨碗饭吃。"

原来，这位娘娘叫陆素贞，是林家村上出名的聪明娘娘。她见顾鼎臣向她讨饭吃，便说道："老公公，我挑的饭菜，是给丈夫吃的。你要吃么，等我送饭回来，到我家里去吃吧。"

"不知娘娘家住在哪里？"

"就在后面的林家村。"

顾鼎臣等了一会，等陆素贞送饭回来，就跟着她来到林家村。一看，是一间普通的草房，收拾得倒也干净。陆素贞家里很穷，没有什么好菜招待，家中的米饭也不多，只得把自己的一碗饭盛给了顾鼎臣，再送上一碗菠菜、一碗豆瓣烧豆腐。顾鼎臣在家里经常吃的是山珍海味，也吃得腻了。今朝吃着菠菜和豆瓣烧豆腐，倒觉得新鲜好吃。他想，这些菜在京城里从未吃过，不知叫啥名堂，便指着菠菜问道："娘娘，这叫什么菜？""红嘴绿鹦哥。"顾鼎臣又指着豆瓣烧豆腐问道："这叫什么菜？""金镶白玉片。"

顾鼎臣一听，菜名十分雅致，不禁连连称赞："不料在这村野之

张晓飞　绘

中，竟有如此好菜，真是难得，难得。”

顾鼎臣吃着饭菜，感到口渴，想要吃汤。但陆素贞只有这两碗菜，拿不出汤来。怎么办呢？陆素贞非常聪明，脑筋一动，有了，随即把饭镬内的锅巴用铲刀铲了铲，放点水，水一烧开，盛出一碗汤来。顾鼎臣一吃，汤水清清爽爽，味道喷喷香，十分上口，一下子全喝完了，问陆素贞：“这是什么汤？”“铲刀汤。”“啊，铲刀汤，胜过银耳人参汤呢。”

顾鼎臣回到京城，吃着山珍海味没有味道，一心想吃“铲刀汤”，于是吩咐家里厨师去做。厨师连菜名也没有听说过，哪里做得出汤来。有个厨师自作聪明，以为“铲刀汤”就是用铲刀做的，就把灶上的铲刀敲下来，放在锅里去煮，可煮来煮去，怎么也煮不出好吃的汤来。没有办法，顾鼎臣只好叫人去请来了陆素贞，叫陆素贞做“铲刀汤”。陆素贞想：我在家里做的“铲刀汤”，是因为没有啥东西烧呀，所以只能用锅巴烧汤吃。现在叫我做“铲刀汤”，我倒有办法哩。陆素贞想了一想，随即配了鸡丝、麻菇，一面开起油锅，把金黄的锅巴放入油锅内一炸，然后撩起来放入汤内，只听见噼噼啪啪响个不停，好似鞭炮声声，把汤送到桌上，顾鼎臣看得呆了，碗内还有响声呐，真是稀奇，再一吃，味道十分鲜美。这碗汤吃得顾鼎臣鲜掉了眉毛，赞道：“老夫吃遍天下名汤，均未有此汤好吃，真可谓是‘天下第一汤’了。”

以后，江南一带的官宦士绅人家，把“天下第一汤”作为上等菜肴，用来招待宾客。后来慢慢地流传开来成为一个名菜。因为是用锅巴做的，所以也叫“锅巴汤”。

潘君明　采录整理

附记：

顾鼎臣（1473—1540），初名仝，字九和，号未斋，昆山人。明弘治进士，授修撰，历官礼部右侍郎，后以礼部尚书兼文渊阁大学士入参机务。当时，倭寇来犯昆山，昆山旧无城，他力主造城防御，保昆山无恙。

山珍菌王汤

苏州灵岩山风景优美，环境清静。乾隆皇帝下江南，总喜欢住在灵岩山行宫内。连日来，乾隆觐见地方官员，批阅奏折，忙得有些倦了。一日得闲，乾隆想出去走走，舒舒筋骨，便与和珅一起微服下山。他们出了行宫，沿着山路寻胜赏景，心中十分高兴，走着走着，不知不觉间走到了山林深处，迷了路。恰在这时，林中的一条小道上来了个老汉，看上去像个樵夫，肩挑着两大捆树柴迎面走来。和珅一看，对乾隆说："万岁爷，我们有向导了，我们就跟着老汉走吧。"说罢，君臣二人急忙跟了上去。老汉尽管挑着重担，但步伐轻快，乾隆君臣二人只得加快脚步紧随其后。老汉察觉有人在后面跟随，就转身望望二人，见二人举止端正，不像是什么坏人，于是停住了脚步，放下担子，与二人攀谈起来。和珅向老汉介绍说："我俩是从京城里来到苏州的，是生意人，今天有空，到灵岩山来观赏风景。"攀谈了一会，君臣二人正要告辞，老汉却说："前面就是我家了，请二位到我家中去坐坐吧。"于是，老汉领路，不一会就到了家门口。老汉高兴地喊道："家主婆唉，有客人来哉。"屋里走出来一位老妇人，对乾隆二人笑笑，说："到屋里坐，我去泡茶。"

老汉说："不用泡茶了，就请他们喝碗汤吧。"

乾隆想，喝汤也好，还可以充充饥呐。不一会，老妇人端上两碗浓汤，请君臣二人解渴。乾隆与和珅只闻得香气扑鼻，尝了一口，觉得鲜美无比，一碗下肚，精神为之一振，疲倦也消了。乾隆问："这是什么汤呀，怎么如此鲜美？”

老汉脸带笑容，说：“要问这汤呀，那真是有来头呢！我来讲给你俩听。我听祖辈人说，在两千多年前，吴王夫差和西施住在灵岩山上，西施因为思念家乡，终日里茶饭无味，面容憔悴。夫差请了御医把脉诊断，用药调理，都不见好转，这可急坏了夫差。此时，朝中有位大臣对夫差说：‘微臣生于灵岩山下，村上的女人坐月子，男人身体乏力时，就到山上去采集野生菌菇熬汤来喝，调理身体十分有效。’夫差听大臣这么一说，就派人上山去采摘野生菌菇，然后熬汤给西施娘娘服用。说也奇怪，喝了半个多月野生菌菇汤后，西施胃口大开，食欲增加，面色开始红润起来，渐渐的光彩照人。这下夫差高兴了，不但赏赐了那个大臣，接下来还经常叫宫女们熬菌菇汤给西施吃，西施容光焕发，越加美丽迷人。”老汉讲完，还补充说：“我伲山里人常喝这汤，你看我七十开外年纪，身体不很硬朗吗！”乾隆与和珅听罢，心中不觉称奇。

此后，乾隆每次下江南，都指名要喝野生菌菇汤，回到京城后，仍想喝菌菇汤。因而，苏州府便将菌菇作为贡品，派人去深山采摘，年年进贡。因为菌菇出产在山上，是一种山珍，就取名叫“山珍菌菇汤”。后来，有人采集山上最好的菌菇，称为菌菇之王，汤也叫“山珍菌王汤”了。

殷建平　采录整理

太湖莼菜

（一）

相传很久以前，太湖洞庭山下的一只小渔船上，降生了一个小女孩，因为她出生的那天早晨，天空祥云朵朵，五彩缤纷，他父亲请读书人给她起个名字，叫“晨彩”。

晨彩姑娘生下来就和别的孩子不一样，她长了个透明的水晶肚，不吃奶，爱吃菜。那年正逢大旱，太湖里鱼虾很少，渔民们只得在洞庭山上挖野菜、采树叶，苦度光阴。晨彩姑娘吃了树叶、野菜以后，水晶肚就会呈现出红、黄、绿、黑各种颜色。人们根据晨彩姑娘水晶肚的色彩变化，渐渐知道，红的、黄的可以充饥，绿的可作药用，黑的有毒。从此，渔民们把晨彩当宝贝，都格外喜欢她。

日子过得很快，晨彩姑娘的父母先后去世了，她也长大成人了。她认识洞庭山上各种药草，还知道这些药草的用途。她白天上山采药，夜里就驾着舢板给渔家送医送药。

有一年，皇帝巡游到洞庭山，在山坡上看到正在采药的晨彩姑娘，见她长得十分标致，就垂涎三尺，派官兵要抢晨彩姑娘进宫去做妃子。晨彩姑娘逃上渔船，乡亲们把她藏在船里，连夜摇到太湖边的芦苇荡中。不料第二天早晨，皇帝又派了四百官兵，驾了官船将乡亲们的渔船团团围住，并传旨：如果不交出晨彩，就把渔船全部烧毁在芦苇荡里。晨彩姑娘不愿连累乡亲，就含着眼泪，手捧山上采来的一束药草，纵身一跃跳入了太湖。顿时，湖面上狂风大作，白浪滔天，把官兵都打入了湖底。等到风住浪静之后，乡亲们痛哭着驾着小船来打捞晨彩姑娘。可是捞来捞去，始终不见晨彩姑娘的影子，大家捞上来的全是一网网圆形的嫩绿的水草，上面还有着透明的黏液。有人说，这水草是晨彩姑娘手中的药草变的，那黏液是晨彩姑娘的眼泪化成的，所以能给渔民治病。渔民们为了纪念晨彩，就把这种水草起名为“莼菜”。

李星　采录整理

（二）

清朝辰光，东山东太湖边，住着周姓母子两人，因为家里穷，终年靠捉鱼虾过日子。后来，周母得了肺病，吐血不止。儿子为了照看好娘的痨病，没有空去捉鱼虾卖，日子过得更加苦了。儿子没钱买米买药，就日日采了湖里的水菜当饭吃，过了半年，周母的病竟奇迹般地好了起来，儿子非常高兴。

有一年清明，康熙皇帝巡幸太湖，来到东山。皇帝一到，弄得东山地方上鸡飞狗跳，地方官拍马屁，紧急传下令来，要每个村备一样贡品，共七七四十九样，进贡给皇帝尝鲜。

官令传到村里，老百姓都急得六神无主，大家常年连粥饭都吃不饱，有啥好东西进贡给皇帝呢？周母给儿子出了个主意，她从水中捞起一把水菜说：“儿啊，这太湖水菜不是蛮好的宝贝么，你采一桶去交差，也许能救了乡亲们的急。”

儿子听了母亲的话，采了一大桶水菜送到了康熙行宫。地方官一看，火了：“这种水草也能吃？要是吃坏了万岁爷的龙体，灭你九族。”

“好吃，好吃，我娘的痨病就是这种水菜吃好的。”

地方官半信半疑，心想，这几日听说万岁爷龙体欠佳，有点咳嗽，要是这水菜真吃好了皇上的毛病，说不定我就能连升三级呢。于是就叫人把水菜送到了灶间去。

康熙是个吃客，每日的菜和汤都要翻花头，这日正好汤里没啥放，厨师就抓了一小把水菜放到汤里。顿时满锅碧绿，满屋清香，康熙一吃真是味道好极了。

皇帝一开心，开了金口："传贡菜的人进来。"不一刻周家母子两个给传到，吓势势地走进来，跪在地上头也不敢抬。康熙问："这叫什么菜？"儿子实话实说："叫水菜。"康熙摇摇头，名字太土气，叹道："吃起来润喉咙，可惜缺个雅点的名字。"

皇帝出了题目，随驾的文臣武士一齐动起脑筋来。这个说："叫顺菜。"那个讲："叫润菜。"康熙还是摇摇头。太监最会拍马屁，说："万岁吃过的菜，顶顶干净，就叫纯菜。"康熙这才点头，从此这种水菜有了名称。因为此菜是草本植物，后人再加一个"艹"，就叫作"莼菜"。

杨维忠　采录整理

八宝豆腐羹

康熙皇帝第一次南巡时，来到苏州，暂住在织造府衙内。当时主管织造府的是《红楼梦》作者曹雪芹的祖父曹寅。他殷勤接驾，采办了多种名珍异馐来侍奉皇帝。但由于康熙旅途劳累，心火上升，对什么驼峰、熊掌、猴头、燕窝之类的佳肴，甚感厌腻，不思食用。这可急煞了曹寅，他费尽心思，想出了一个办法，用重金在苏州有名的酒楼菜馆中物色厨师。最后，选中了得月楼酒家一位叫张东倌的名厨，要他做出既清淡鲜爽，又具有江南风味的苏式菜点，让皇帝吃得如意可口。张东倌晓得这桩差使非同小可，便绞尽脑汁，使出了全身解数。他采用水乡出产的时鲜菜果，做出八品色、香、味诱人的佳肴，小心供奉。内中有一道"八宝豆腐羹"，是把虾仁、鸡肉、火腿、香蕈、蘑菇、莼菜、松子、香葱等配料细切成丁，随同特制的嫩豆腐片，用浓鸡汤烹制而成。康熙尝了，极合胃口，非常赞赏张东倌的手艺。

康熙回京时，传旨将张东倌调进了京城，赏他五品顶戴，在御膳房供职。从此，这道八宝豆腐羹常常上桌，康熙久吃不厌。于是，苏帮菜也在御膳中有了地位。

康熙对这道八宝豆腐羹十分偏爱，竟把它作为赏赐臣僚的宫廷珍品。每有大臣告老还乡，都以八宝豆腐羹的配方相赐，以示祝福，寓以延年益寿之意。御膳房亦借此大敲竹杠，专门印制了一批八宝豆腐羹的配方。凡受到这种赏赐的大臣，去御膳房领取这道菜的配方时，得孝敬一笔不小的"小费"。八宝豆腐羹的钦赐配方流入地方官府后，便在官府中流传开来。待传到王楼村的孙子——杭州王太守手里时，王太守便让杭州官吏把这道名菜作为宴请宾客的珍馐。后来，这道菜被杭州籍文人袁枚搜集到他撰著的《随园食单》里。

据袁枚笔记记述：有一天，蒋戟门观察请袁枚去吃酒。席间，蒋观察就像献宝似的问袁枚："你吃过我亲手做的八宝豆腐羹吗？"袁枚答道："没有。"蒋观察即刻脱下袍褂，换上短衣裤，亲自下厨房做了起来。一会儿工夫，八宝豆腐羹做好了。刚端上桌，袁枚先尝了一口，味道果然不同凡响。就这样，一盘八宝豆腐羹很快就被一扫而光。袁枚这个美食家，哪肯放过这个搜集名菜食谱的机会，一再央求蒋观察教给他这道菜的烹调方法。蒋观察很看重友情，拗不过袁枚的再三请求，便庄重地说："此乃康熙钦赐配方。要得到配方，必须向上三揖，谢主隆恩，才能传授。"袁枚为了得到配方，只得照办。蒋观察这才把配方给了袁枚。

过去，这道宫廷名菜虽然流传于官府，且又记载于名人的著作中，但是，终因封建制度的陈规森严，被束之高阁，未能传入民间。直到中华人民共和国成立后，杭州名厨蒋水根师傅才挖掘出这一传统配方，经过反复试制，终于使八宝豆腐羹重放光彩，列入了杭州名菜谱中。正所谓，苏杭天堂风物美，苏杭名菜一线牵。

徐顺中　西野　采录整理

附记：

康熙帝（1654—1722），即玄烨，清朝皇帝。满族，爱新觉罗氏。清世祖第三子。顺治十八年（1661）嗣位，时年八岁。在位六十一年，庙号清圣祖。

常熟山前豆腐干

旧时，常熟西门外山前二条桥一带开着许多豆腐作坊，所制豆腐特别有名，花色品种繁多，有荤有素，荤的有野鸡豆腐干、火腿豆腐干、虾米豆腐干等，且制作精工，味道鲜美。其中以陈大魁一家为最。

但是，豆腐干毕竟是微不足道的细小食品，大户人家不屑一顾。然而，常熟的著名人士翁同龢却与山前豆腐干结下了不解之缘，成了陈记山前豆腐干的老主顾。

翁同龢因参与戊戌变法被慈禧太后贬回家乡。深秋的一天下午，翁同龢怀着忧国忧民的心情，独自一人步出西门，沿虞山缓缓而行，忽闻一阵奇香飘然而至。翁同龢环视四周，心中不由大惑，时值晚秋，花事阑珊，何来花卉香溢？他便循香而去，转过一个弯，见前面路边有三间茅屋，门口挂一布招，上书“陈记豆腐干作坊”。这时，翁同龢才恍然大悟，原来是豆腐干的香味。想当初身居高位，山珍海味吃过不少，但从未闻有此香，现在倒要看个究竟。翁同龢走进作坊，只见十几个壮实汉子正在忙碌，打浆的打浆，点卤的点卤，配料的配料，不多时，一汉子从一口大锅里捞起一方方豆腐干，倒在一个大竹匾里，顿时浓香扑鼻。那个汉子见翁同龢满怀兴致的样子，便夹起一方说：“老人家，品尝一块如何？”翁同龢连声道谢，接过来送入口中，顿觉细腻滑爽，美味异常，胜过宫廷佳肴。他倍加赞赏，又问豆腐干有何雅号。那汉子回答：“乡村野店，用不着什么雅号，就叫‘山前豆腐干’。”翁同龢听了，不住点头。

从此以后，翁同龢每天下午都叫家人到陈记作坊去买“山前豆腐干”吃，但每次都吃得不多，也就三四块。为了省事，陈大魁就请翁府每天写张纸条，写明“山前豆腐干几块”，凭条取货，月底结账。翁氏书法，力透纸背，是无人能仿效的。后来翁同龢过世，达官贵人求翁老墨宝，愿出巨资买翁氏写的这些纸条，但为人忠厚老实的陈大魁却一概置之不理。“山前豆腐干”也因此而博得相当好的声誉，外埠来常熟的游客，也争相购买，以分赠亲友。

边城　采录整理

附记：

翁同龢（1830—1904），字声甫，号叔平，晚号松禅、瓶庐，别号天放闲人，江苏常熟人。清咸丰六年（1856）状元，授翰林院修撰，累官尚书、总理各国事务衙门大臣等，为光绪帝老师。力主抗击外国侵略，支持变法维新。著有《瓶庐诗文稿》《翁文恭公日记》。

震泽黑豆腐干

豆腐干都是白的，震泽的豆腐干却是黑的，而且十分著名。为什么呢？因为制作的工艺不同啊。震泽豆腐干是将切成块的白色豆腐干重新回炉，浸泡在由白糖及秘制香料熬成的天然酱料中，所以豆腐干变成黑色，吃起来味道鲜美，甜咸适中，软中带韧，还有弹性。据传，黑豆腐干的出名，与乾隆皇帝有关呢！

传说，乾隆皇帝下江南寻父，来到吴江震泽的龙泉口，只见河水滔滔，不见桥梁，岸边又无摆渡船，怎能过河？侍从们四处寻找，终于弄到一条篷篷船。待船靠拢，却又出现了麻烦。因为，篷篷船的篷篷太矮小，人要弯下腰、低下头才能进舱。然而，皇帝是万万不能在众人面前低头的呀！这可怎么办呢？乾隆皇帝也没有办法，只好弯腰低头了。后来，当地人就在这里造了一座桥，叫作“磕头桥”。

乾隆进舱坐定，觉得肚子饿了。但是，船上又没有什么好吃的，只有一盆黑豆腐干。乾隆看见是黑的，觉得有点脏，不能吃。但肚子实在饿了，也只得用它来充饥。谁知，乾隆一尝，甜中带咸，味道还不错，就一块接一块地吃了起来。吃了一阵，他又觉得口干舌燥，吵着要水喝。侍从急忙奉上开水，乾隆刚刚吃了这豆腐干，嘴里很有味道，现在喝淡而无味的白开水，实在难以下咽，脸上有点难看。侍从一边向皇上叩头赔罪，一边想办法。最后，他们在开水里放进几块黑豆腐干，泡上一会儿，然后再送给乾隆。乾隆一喝，味道很好，便喝了个精光。吃饱了，喝足了，乾隆连连称赞这黑豆腐干是好东西，还嘱咐随从："回京时要带上一些。震泽黑豆腐干不仅可以嚼着吃，还可以泡茶，另有一番风味。"

由于乾隆皇帝吃过黑豆腐干，并给予赞赏，后来，黑豆腐干作为贡品，每年要送上京城，供皇帝品尝。因此，黑豆腐干成了震泽的著名土特产。

翁洋洋　采录整理

角直萝卜干

角直保圣寺的脱尘和尚到胥口香山请杨惠之塑像，和尚说：“价钿由你开，就是塑像时要吃素。”

杨惠之说：“我是个凡夫俗子，不吃肉不行。你有本领做出比肉还好吃的素菜，我就去塑，价钿由你定。”

脱尘和尚回到寺里，和六十多个大小和尚商量这件事，大家全想勿出啥好办法。一晃一年过去了，没有名堂，急得脱尘和尚吃勿下饭，困勿着觉。菜园子里的广法和尚送来一包酱过的萝卜干，脱尘和尚一尝味道蛮好，就包了一包萝卜干，化装成做小生意的小贩，去香山寻杨惠之。

那日，杨惠之在水桥头酒店吃酒，桌上除了猪头肉，没有别的菜。脱尘和尚坐在他旁边，看他酒吃到半壶，就递上萝卜干，说：“要么，尝尝。”杨惠之拿到手里，送到嘴里一吃，说：“好！比肉还好吃。”

这辰光，“小贩”站起来，双手合十，嘴里念声“阿弥陀佛”，说：“老僧就等你这句话。”杨惠之二话没说，就跟着脱尘和尚来到角直，戒荤塑罗汉。

杨惠之塑罗汉时期，不吃肉，就喜欢吃萝卜干。杨惠之塑的罗汉出了名，角直萝卜干也出了名。

李洲芳　采录整理

附记：

杨惠之，唐开元年间人，籍贯不详。曾与吴道子同时学画，道子成名，惠之耻居其次，遂弃笔专攻塑像。后与道子并列天下第一。

韭菜的由来

韭菜种在地上，割掉了还能长出来，而且越割越长，越长越多，十分旺盛。这是怎么回事呢？原来，它原是天上的一种仙草。

传说，孙悟空大闹天宫，踢翻了太上老君的八卦炉，偷吃了仙丹，炼成了火眼金睛。他还不满足，心想："玉帝的御花园内，有王母娘娘亲手种的蟠桃，何不去摘几只吃吃。"想定以后，他一个筋斗翻到御花园，举目一看，只见桃树成林，鲜红的蟠桃挂满枝头。孙悟空随手摘了就吃，吃着吃着，忽见桃树旁边长着一蓬一蓬青草，青翠碧绿，叶似飘带。悟空仔细一看，哦，这不是仙家的长寿草吗？吃了可以延年益寿，长生不老，我何不去拔一把来，带回花果山去，让小的们尝尝，也可以长寿呢。悟空跳下树来，走到草边，弯腰去拔，可是，长寿草的根生得很深，任凭你力大如山，也拔不起来。

正在这时，看守御花园的二郎神杨戬，已经发觉孙悟空在偷吃蟠桃和偷拔仙草，立即带来了天神天将，要找孙悟空算账。孙悟空一见，知道不好，心想：这仙草连根拔不起来，拔一把叶子也好。于是，他使劲拔了一把叶子，因叶子太长，拿在手里不便，就把它缠在腰间，匆匆地向凡间逃跑。

杨戬在后紧紧追赶，放出哮天犬去咬孙悟空。孙悟空回过头来，拿出金箍棒与杨戬交战，几个回合之后，缠在腰间的仙草慢慢地松了开来，像绿色的绸带一样拖在后面。孙悟空只顾与杨戬交战，顾不上把仙草绕好，因此仙草越拖越长，碰到云朵就缠住了，孙悟空用力一拉，仙草就断掉一段，一连几次，仙草的叶子越拉越短，等到把杨戬打退以后，再看看仙草，只剩下半尺多了。

孙悟空回到花果山，把仙草种在地上，说来也怪，仙草一着地就生根，一生根就快长，叶子依然青翠碧绿，有一股诱人的香气，而且割掉了还能长出来。

从此，人间就有了这种仙草，这种仙草吃了以后，可以使人振奋精神，强壮身体。所以，人们特别喜欢它，一年四季当作蔬菜吃。因为这种菜是从九天取来的，就给它取名叫“韭菜”。

潘君明　采录整理

番茄为啥会红

为啥别的蔬菜都是青的、绿的，独有番茄却是红的呢？

早先，我们这里并没有番茄，它是从番邦传进来的，生得像茄子，所以叫“番茄”。也因为很像柿子，所以又叫“西红柿”。

早在南宋年间，范成大为边关守将，为了防止番邦的侵扰，边关上驻扎了大批士兵，可那时候交通运输不便，粮食要从南方运去，蔬菜更是难以吃到。范成大就带领士兵开荒种地，既种粮食，又种蔬菜。可是，南方的蔬菜到北方去种都不大容易生长。后来，他看到番邦有一种绿油油的蔬菜像小树一样，结出青油油的果子，吃起来酸溜溜的，虽然有点涩口，却很解渴，士兵们都很喜欢吃，于是就试着种了起来，结出的果子也是青油油的。

过了几年，范成大奉令从边关调了回来，就带了几只青油油的番茄。可是，天气渐渐冷了，他怕在路上把番茄冻坏，就把番茄藏在自己胸前的口袋里。待他回到江南，家里人闻到他身上的一股香味，都以为他带了啥个宝贝回来。他把番茄取出来，那只青番茄都变成枣红色的了，吃起来特别好吃。后来用红番茄籽下种，种出来的番茄也是红艳艳的了。

蔡云泉　采录整理

面筋的由来

生活中的很多东西，无论吃的还是用的，总是在偶然之间发现的，面筋这种食品就是这样。有这么一个故事。

从前，金家村上有个穷书生，父母早亡，也勿曾娶妻，住着二间破草屋，孤身一人过日子。这天，甏里没有米了，只有一袋小麦。他把小麦磨成面粉，因为没有筛子，只好连麸皮一起做成面疙瘩吃。他正在做时，天忽然下雨了，而且越下越大，草屋里漏雨了，漏得无处藏身，只得逃到附近的破庙里去躲雨。

待雨过天晴后，书生回到家里想接着做面疙瘩吃，但一看面粉，不好哉，因为草屋漏雨，面粉被淋湿了，变得又黑又脏，根本不能再吃了。书生想把面粉丢掉，但又没有别的食物可以充饥，怎么办？他只好把被弄脏的面粉放在淘米箩里，拿到河边去洗洗干净再说。

书生拿着面粉来到河边，洗呀洗呀，面粉内的脏东西是洗掉了，但面粉也少了。面粉虽少，却越洗越白，用手捞起来，一捞一条，一捞一块，软绵绵的，筋筋拉拉，拉也拉不断。书生把面粉拿回家，放到锅中去煮，煮熟后再加入一点盐，用来充饥。哪知道，吃起来还蛮有滋味，韧性十足，颇有嚼头。

书生吃饱后想，这究竟是怎么回事呢？他再想试试。某日，他上街去买了几斤小麦，磨成面粉，再照着上次的方法做了一遍。他发现面粉经过搅拌后，会形成面团；再经过反复搓洗，洗去麸皮、面脚，剩下的是筋状物，很韧。将这种筋状物煮成食品，味道特别鲜美。那么，这叫什么名称呢？书生想，这是面粉中的筋，就叫“面筋”吧。

后来书生也不想念书了，就专门做了面筋上街去卖。人们吃到面筋后，觉得味道很鲜，都十分喜欢。所以，书生的生意越来越好。书生赚到了钱，讨了家小[①]，开起了夫妻店，最后成了富商。

散采田　采录整理

注解：

①家小：苏州方言，即妻子。

五、瓜果类故事

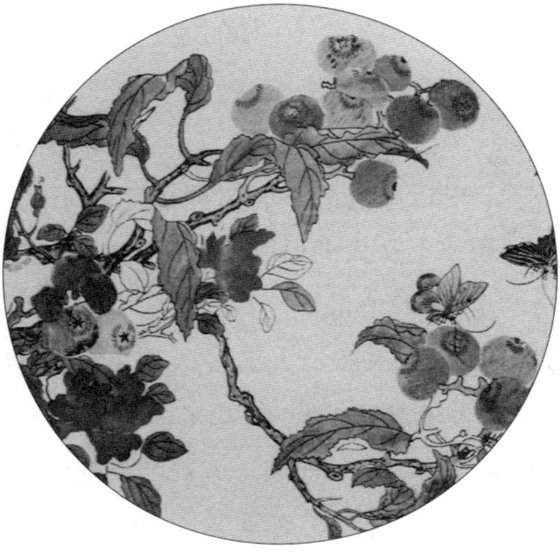

洞庭红

（一）

很多年以前，东洞庭山下有条青山溪，溪东住着一个名叫柑根的小伙子，溪西住着一个名叫橘英的姑娘。他们是同年同月同日生的。

柑根和橘英自小相伴，形影不离，经常在一起放风筝、打猪草、采红菱、摘野果。

有一天，他俩在山坡上发现一株枝叶茂密的小橘树。那树上长满了一个个麻雀蛋那么大，像绿宝石一样的橘子。柑根看了爱不释手，橘英越看越欢喜，便对柑根说："快把这株小橘树挖起来，带回家去种吧，只要功夫到家，一定能种活长大的。"两人一齐动手，小心地把小橘树连根挖了起来，柑根特地把小橘树种在自家向阳的大门口。他们一个高兴地为小橘树培上从太湖里取来的乌黑的肥泥，一个快活地从山溪里挑来碧清的泉水，精心灌浇。

小橘树一天天长大，快长得有人那么高了。柑根和橘英也结婚了。在小橘树的旁边，夫妻俩起早带晚，开出了半亩荒地，又种上了一株株橘树。夏天赤日炎炎，干旱不雨，他俩从老远的太湖里挑来一担又一担水，浇在橘园里，肩膀被压得又红又肿；腊月里天寒地冻，北风呼啸，他俩替橘树包扎防冻，一个个手指都磨出了血泡，血泡磨穿了，鲜血把橘树的每根枝丫也染红了。

说也奇怪，那株小橘树三年开了三种不同颜色的花：头年开白花，第二年开红花，第三年开的是黄花。结的橘子也与其他橘树不一样，只只发着红光。最稀奇的是这橘子吃了能医治百病，不管什么疑难病症，一吃就好，灵验非凡。柑根夫妇心肠好，得了这种宝贝，一点也不势利，不论啥人上门来要橘子，总是有求必应，不知救好了多少身患绝症的男女。因此，一传十，十传百，“宝橘”的名声越传越响，越传越远，后来传到了洞庭县令朱山虎的耳朵里，他想：有了这种“宝橘”，如果用来孝敬皇上，定会时来运到，步步高升。

这年二月十八日，隋炀帝正好来江南游玩，听说东洞庭山出了“宝橘”，十分贪心，便差心腹前来打听。朱山虎得知皇上派人私访“宝橘”，觉得这是个平步青云的好机会，所以，急匆匆来到驾前双膝跪地：“启奏皇上，奴才的辖域内确有一株‘宝橘’，树上生的橘子，只只红得像鹤顶，真是大吉大利啊！这是万岁洪福齐天的征兆，微臣隔日定将‘宝橘’连根挖起，敬献万岁！”皇帝一听，当即传旨：限朱山虎三天内亲自运送“宝橘”进京。

皇帝是金口，说一不二。朱山虎原本就是个拿着鸡毛当令箭的家伙，所以连夜传柑根夫妇上堂，责令在两天内将“宝橘”献出，若有半个不字，非但满园橘树砍光，连他们的人头也要落地。

柑根夫妇不知说了多少话，求了多少情，朱山虎却是死人额角头，一点也推不动，只说：“违抗圣旨，格杀勿论！”柑根夫妇没办法，只好哭着回家去。夫妻俩气得呆呆地站在“宝橘”下伤心难过。那“宝橘”似乎懂得人情，低垂着的橘叶上，一颗颗晶莹的露珠好像眼泪似的，一滴又一滴地朝地下滚落着……

三月初三这一天，朱山虎派出十多个亲信，耀武扬威地闯进柑根家的橘园，七手八脚地将“宝橘”挖起，披红挂绿，把它载上了官船，一路护送到京城。皇帝当日到宫中，头一件大事便是要看那株“宝橘”。嗬，“宝橘”长得真气派，粗壮的躯干，笔直向上；树上的枝丫，如伞似盖；翠绿的叶片，香气袭人。皇帝看见朱山虎在一旁跪拜，当下封他为逍遥太尉。

柑根夫妇失去“宝橘”后，终日闷闷不乐，一连几天水米不进，左邻右舍都赶来相劝。不管怎么劝，他们还是舍不得那株“宝橘”。

那年秋天，宫中的皇太子突然得了急病。京城里不少有名望的医生都找遍了，也不知吃了多少珍贵的药品，却治不好他的病。文武百官商量来商量去，一时想不出什么办法。这时，朱山虎想起了“宝橘”，急忙采了几只橘子，亲自献给太子说：“你若服了此物，保管百病俱消。”哪里知道，太子不吃这橘子还好，一吃，病情反而加重了。朱山虎吓得屁滚尿流，自知有罪，只得一边向皇上请罪，一边央求让他回东洞庭山把柑根找来。

朱山虎一身乔装改扮，口袋里带着圣旨，来到东洞庭山，才知道柑根夫妇已经流落他乡了。

原来“宝橘”医治百病，须经柑根夫妇的鲜血滴洒在它的枝叶上方可见效。朱山虎打听到这个奥秘，立刻返回京城，向皇帝献媚道：“皇上呀，不要紧，只要把原来种‘宝橘’的人抓来，将他捆绑在橘树上，打他个皮开肉绽，血溅枝叶，再采下橘子给太子服用，太子的病便会痊愈。”

皇帝听听有道理，当即发下一道圣旨，要朱山虎照此办理。没几天，柑根被抓住押解进京城。朱山虎把他捆绑在“宝橘”树上。一顿猛烈的皮鞭抽打，柑根被打得头破血流，身上青一块，紫一块，血痕道道。半夜时分，一阵急促的脚步声把他从昏迷中惊醒过来，趁着星光，柑根看见一位宫中的侍女向他走来，暗暗将捆绑的绳索剪断，小声对他说：“快逃吧，趁着夜深人静，我送你出去。”说着，那位侍女小心地扶着柑根，轻轻地打开了御花园的后门。

天明以后，宫中一群侍女手挽着花篮，嬉闹着来采橘子。她们刚走近那株“宝橘”，却见那位放走柑根的侍女已经吊死在上面一根枝丫上。侍女们个个吓得脸如土色，急忙奔出御花园，奏禀皇上。皇帝听说后，马上带着朱山虎慌忙跨进园来。

朱山虎眼瞅着那株“宝橘”，不由失声叫道：“橘子呢！橘子呢！”皇帝抬眼一望，“宝橘”树只剩下几根光秃秃的枝丫，满树的橘子都落在地下，只只烂成了一泡黑水。这时，皇帝怒火万丈，指着朱山虎的鼻子，喝道：“好一个欺君贼子！”立即吩咐左右将他斩首示众。皇太子呢，当然没有得救，一命呜呼了。

来年春天，东洞庭山上又长出了一株株“宝橘”的嫩苗。原来，柑根被那位侍女救下后，临走时采下了一只橘子藏进怀中，几经周折才逃回家来。柑根把带回的“宝橘”种子，种到山上，不久就发芽、抽叶、生枝，慢慢地长满了洞庭山。年年八月中秋过后，翠绿的橘树上挂满了小红灯笼似的橘子。传说中那橘子鲜红的颜色，就是柑根夫妇的鲜血染红的。

金波　采录整理

（二）

有一年秋天，正是枇杷花开、橘子吐金的季节，在苏州城里当刺史的白居易，审理好了一桩人命关天的大案，想轻松轻松，就雇了一条小船，到太湖上游玩起来。

船老大姓王，他告诉白大人，离苏州八十里的太湖中有座岛，叫东洞庭山。岛上除了生产桃、梅、李、杏和枇杷、杨梅等十八种水果外，还有伍子胥祠、演武墩、烽火台、箭浮岛和镇越村等吴越春秋交战时留下的古迹。白居易听了十分高兴，催促船家快行。

这一天，刚好刮东南风，小船扬起风帆朝东山而来。不到半天，就进入了东山。船老大系好缆绳，白居易带着书童，从杨湾码头上岸，踏上了湖岛。只见满山遍野全是碧澄澄的橘林，一只只像小灯笼似的洞庭红橘挂满了枝头，把不少手臂粗的树枝压得像张弓。白居易留意到橘树下的地上掉有许多又红又大的橘子，走近细细一看，有些被鸟兽吃掉了半只，有些已经变烂，而大部分落橘还完好无损。白居易心里十分奇怪，这样好的橘子在地上为啥没人拾？难道东山人发财发得“行灶里退出木柴来”，连可变铜钱、银子的好东西也不要了？但看看又不像，望望山坡下的农舍大多是一些低矮的茅草棚，山里人身上穿的衣裳也是又旧又破。白居易真有点丈二和尚摸不着头脑了。

这时，一个满头白发的老太，背着一只沉甸甸的竹篓，步履蹒跚地从山道上走来，不小心被山藤绊了一跤。白居易连忙快步上前，把老太扶了起来。白居易关心地问：“老人家，你们日子过得这样苦，为何树上生的果子不采，掉在地上的橘子不拾？”

老太叹口气说：“先生有所不知，我们世世代代以种橘为生，这红橘在东山种植已有千年。近些年吃客都说东山红橘有酸味，不来买了，这么多的橘子又不能当饭吃，所以只好让辛辛苦苦种出来的橘子烂掉。”

老太见白居易听她讲得认真，不像一般的浪荡公子游山客，说不定还是一位微服私访的清官呢，何不再说给他听听。老太从背篓里拿出一只橘子，递到白居易手里后又接着说：“先生请尝尝。其实，我们东山的红橘品种独特，刚采下来时是有点酸味，只要放上十天半月，就又甜又鲜，而且时间摆得越长越好吃。我这篮橘子就已放了十多天了，你吃吃看。”

白居易接过橘子，掰开来一吃，果然甜中带有一股微酸，顿时满口生津，回味无穷，连声说：“好橘，好橘，不该受此冷落。”随后唤书童从背包里取出文房四宝，就在山石上摊开纸，挥毫写下了“浸月冷波千顷练，苞霜新橘万株金”这样一首颂橘诗，并把写好的诗笺给了老太，叫她明日拿着这首诗去街上卖橘子。

人们听说苏州府的大人、大诗人白居易也称赞洞庭红橘好，都争着购买，东山红橘一下子身价百倍，供不应求。后来连皇帝也知道了，要吃东山的洞庭红橘。从那时起，东山红橘作为贡品，称为“贡橘”，每年采下来都要送进朝廷。

杨维忠　采录整理

洞庭枇杷

从前，苏州洞庭东山住着母子两人。儿子叫纪果，从小死了爷[1]。娘既要种田，又要操持家务，累坏了身体，得了咳嗽病。纪果年纪轻轻，却很孝顺母亲，看到娘身体勿好，自己又呒铜钿给老人家看病，只好到处打听治咳嗽的土方，去采些药草来给娘服用。

有一天，纪果上山去采草药，走到一条山溪边，忽然听见"啁啁啁"的鸟叫声，交关[2]凄惨。纪果跑过去一看，只见树上有只美丽的彩鸟，被一条大蛇紧紧缠住，性命危在旦夕。他要紧抡起一根树柴，朝大蛇的七寸处用力打下去。这大蛇受了致命伤，当场掉在山沟里死了。彩鸟得救后，张开翅膀，在纪果的头顶上飞了一圈，轻轻地叫了两声，然后丢下两个腊赤焦黄的金蛋，飞走了。纪果想，这一定是刚才那彩鸟受了惊，生下的鸟蛋，我带回去呒用场，不如放在这里，等以后这鸟来孵蛋吧。他就拾了点枯草，编成了一个鸟窠，把金蛋藏在里边，再用一些杂草把鸟窠遮好，才放心地走了。

日子一天天地过去，纪果天天去采药草，可是娘的毛病还是勿见好。到了第二年初夏，竟然咳得吐起血来。纪果急得慌哉，听人家说，洞庭西山有种仙鹤草，能止血，就要紧赶到那里去采，由于心急慌忙，绊了跤，落到山沟里去哉。迷迷糊糊中，忽然老远传来"叮叮咚咚"的声音，他以为是泉水的响声，跑过去一看，只见凉亭里坐着一位姑娘，正在弹着琵琶。姑娘听见脚步声，回过头来，见是一个年轻小后生，就收起了琵琶，问："这里空山无人，你一个人来这里做啥？"

纪果说："我娘咳嗽吐血，我想来采些仙鹤草，给娘吃。勿晓得姑娘见过这种药草么？"

姑娘说："仙鹤草这里到处都有，不过咳嗽吐血，先要把咳嗽止住，治病不治本，吐血病不会根治的。"

纪果听了要紧答道："对，不过，治咳嗽的药草，我娘都吃过了，就是没用。"

姑娘说："我告诉你一个单方。东山白沙村山溪边有两棵金蛋树，用这种树叶煎成浓汤，治咳嗽百发百中。这树上的果子，吃了也蛮有用场的。你可以采些果子和树叶去试试看。"

纪果听了，心中十分高兴，谢过姑娘后，转身要去寻找金蛋树，姑娘又喊牢他，指指手里的琵琶说："树的叶子就像这个物事[③]，你要记好，不要弄错。"姑娘说完这句话，忽然就不见了。

纪果醒过来后，看见自己横在山沟里，才晓得刚刚跌昏了过去。不过刚才见到的姑娘是啥人呀？莫不是仙人给自家指点来啦？他顾勿得身上的伤痛，要紧搭船渡过太湖，来到东山白沙村，果然在村头山溪边，寻着了两株金蛋树。细细一看，咦，这些果实，勿是同去年在这里拾到的两只金蛋一模一样么。纪果满心高兴，一口气采了一大兜树叶，又摘了一袋果实，带回家去，跑到娘的床前，摸出黄澄澄的果实，说："娘，我拾着金蛋蛋啦，快尝尝吧！"

纪果娘张开眼睛，觉着眼前金光一闪，精神马上提了起来，她接过去一看，原来是一种像金蛋一样的水果。剥开皮尝尝，酸溜溜、甜滋滋的蛮好吃，发毛的喉咙当场轻松了不少。纪果就把在洞庭西山碰着的稀奇事向娘说开了。接下来，他照着姑娘的指点，用叶煎汁。娘吃了几日，多年的老咳嗽，居然止住了，血也不吐哉。

娘俩十分高兴。娘说："这种果子，既可治病，又能解渴，比真的金蛋更加宝贵，山里人得咳嗽病的蛮多，快点把土方传给大家。"乡邻们照法服用，果然咳嗽病全都好哉。

从此，人们把这种金蛋树看作神树，在洞庭东西两山到处种植。由于金蛋蛋的叶子像琵琶，后来人们就给它取名叫“枇杷”。洞庭枇杷出在白沙村的，味道特别好，就叫“白沙枇杷”。纪果死后，人们为了纪念他第一个发现枇杷树的功劳，把他住过的村子，取名叫“纪果村”。

杨彦衡　采录整理

注解：

①爷：苏州方言，即父亲。

②交关：苏州方言，非常。

③物事：苏州方言，即东西。

白沙枇杷

从前，太湖边有个村子，村前村后种满了绿油油的红沙枇杷树，因而取名叫“红沙村”。

红沙村东面的高门大户里，住着一个心黑手辣的大财主。这家伙姓郝，见了别人的好东西样样眼红，大伙叫他“黑眼红”。黑眼红财大气粗，又有势力，他吩咐每年枇杷上市，要等到他家的枇杷采光以后，其他庄户人家才能开采。水果都图个新鲜，过时采下的枇杷只能卖一半价钱，或者烂掉，分文不值。黑眼红的霸道弄得穷百姓怨声载道，苦不堪言。

再说村西的茅草棚里，住着一对年轻夫妻。男的叫白龙，女的叫沙娘。小夫妻俩一不靠人，二不托亲，靠着山坡上的几棵红沙枇杷树度日。

有一年春天，白龙到深山采药，看到悬崖峭壁上有一丛绿茵茵的果树，结满了金灿灿的果子。他拦腰系了一根绳子，一头结在崖顶的松树上，一头结在身上，荡下悬崖一看。啊！是一棵茂盛的枇杷树，皮色要比自己种的红沙枇杷黄一些。白龙小心地采了一只，一尝味道，又鲜又甜，比红沙枇杷爽口多了。白龙小心地剪了几根枝条，带回家嫁接在屋后的红沙枇杷树上，天天浇水施肥、除草整枝。新芽一天天长高长大，来年夏天，枝头上结满了一只只金黄色的果子，采下后一尝，比红沙枇杷爽口，味道也甜一些。这叫什么枇杷呢？小夫妻俩想：红沙枇杷的肉是红色的，而这种枇杷的肉是白色的，那就叫白沙枇杷吧。再说，男的叫白龙，女的叫沙娘，正好是两人的姓氏呢。夫妻俩挑到集市上去出售，喊着："新出的白沙枇杷，肉白汁甜，快来买呀！"开始，人家不知道什么叫白沙枇杷，经过解释及尝过之后，都觉得白沙枇杷确实比红沙枇杷好吃，就争相购买白沙枇杷。

红沙枇杷比不上白沙枇杷了。这可急坏了黑眼红，他眼珠一转，想出了一条毒计，吩咐管家托了一盘白花花的银子，来到村西茅屋前，假惺惺地说要收白龙为义子。白龙看透了黑眼红的奸计，没有答应。黑眼红一计不成，又生一计，半夜里命几个家丁偷偷摸到村西，把白龙家的那棵白沙枇杷树拦腰锯倒了。第二天，小夫妻俩开门一看，辛辛苦苦种起来的果树被人毁了。两个人暗暗流了一阵眼泪，发誓说："你想砍断我的种，我就偏要插枝再种。"两人就把被锯倒的枇杷上的嫩枝一根根地剪下来，分给了村前村后的庄户人，让大家嫁接新苗。

这事又传到了黑眼红耳朵里，这次他凶相毕露，带领打手，朝村西闯来。小夫妻正在屋后山坡上锄草，见恶贼前来逞凶，就举起铁耙、锄头奋力反抗，最后身负重伤。但他们宁死不屈，双双跳下悬崖，变成了两只羽毛美丽的小鸟。

从此，每当春暖花开，枇杷树开始嫁接的时候，这种小鸟就会飞来山村，在枇杷树上跳来跳去，声声催叫着："快快嫁接、快快嫁接。"后来，人们通过细心嫁接，又培育发展成了"白玉""照种""青种"等二十多个白沙枇杷品种，一代一代传到了今天。为了纪念小夫妻俩，"红沙村"也被改名为"白沙村"。

杨维忠　采录整理

东山杨梅

（一）

从前，洞庭东山的余脉上，有一座荒山，山上常有老虎咬伤人。

荒山脚下有一个小村子，住着姓王的母子两人，种了几亩租田苦度光阴。

王老太一来年纪大了，二来操劳过度，生起病来了。儿子王盛没钱给娘买药，听说山上有老虎，就瞒了娘上山去打猎，想打死了老虎，卖了兽皮，好给娘请医生治病。

王盛上了山冈，打到几只野兔，却不见老虎，正想回家，突然，从草丛里窜出来一只凶猛的白额虎。老虎的叫声，震得山谷里呜呜响，树木都索索抖动。王盛定了一下神，把箭搭在弓上，眯着眼，屏住气，不慌不忙，“嗖”的一箭，正中老虎的咽喉。老虎发狂似的暴跳吼叫起来，不一会儿就滚下了山坡。

王盛急忙顺着老虎滚下的山坡寻去，却找不到老虎，只见沿路地上有一颗颗虎血凝成的血球，红艳艳的蛮好看。他想，常说老虎一身都是宝，虎骨可以浸酒，喝了活关节、驱风寒；虎血能滋补身体，治痨伤，说不定这虎血球可治娘的病。于是他把血球一颗颗地拾起来，一共拾了一百多颗，高高兴兴地带回家去。

回到家里，他把这事告诉了娘。娘听了又惊又喜，顺手拿起一颗虎血球细细观看，只见血球水灵灵的，透明得像红玛瑙一般。王盛让老娘吃了一颗，老太顿时觉得浑身发热，出了一身汗，一夜睡下来，原来好久吃不下东西，现在却肚皮咕咕响，想要吃饭，全身的筋骨、肌肉也觉得舒服多了。王盛高兴极了，接连几天给娘吃虎血球，不久，老太的病竟全好了。

娘儿俩真是说不尽的高兴，就把虎血球的事情讲给乡邻听。邻居中有些长病不起的人，从王盛那里讨了虎血球，吃了后病也好了。这件好事后来像春风一样，一传十，十传百，方圆百里都知道了。镇上有个叫张驴的恶霸，听到这事，就派人到王家去要这个宝贝。

张驴的几个家奴，像一群恶狗一样，不问情由就把王盛抓起来，逼他马上交出虎血球。王盛当然不肯，随口说："虎血球藏在山洞里，我明天去取，再给老爷送去。"家奴们听了，信以为真，就把王盛放了，回去交差。

等家奴们走后，王盛娘俩一商量，这虎血球绝不能给张驴要去，就一起上山，在山地上挖了一个坑，把剩下的虎血球全埋在地里。

第二天，王盛空身来到张驴家。张驴像饿狗一样，急忙说："王家兄弟，虎血球拿来了吗，我自有重赏。你要金、要银，还是要个标致老婆，随你拣。"

王盛朝地上吐了口唾沫，说："金银、老婆我都不要，我要的是虎血球，虎血球要为穷人治病，老爷你要，自己去捉老虎吧。"

张驴听了鼻尖上冒汗，脸上起了疙瘩，气得浑身发抖。他押着王盛来到太湖边上，威逼王盛交出虎血球，否则就要他的命。王盛心想，我娘还在，我不能就这样死掉，得想个计策脱身，但一时又想不出，就说："老爷自己不会捉老虎，那我再去试试看，给我三个月时间吧。"张驴说："不行！不行！"后来好说歹说，说定三天之内，要么交出老虎，要么交出虎血球，过时不饶，这样王盛才回到家里。娘俩再一商量，就连夜逃了出去，可惜不幸，被张驴捉住了。原来这张驴很刁钻，他一面放了王盛，一面派人盯住他，结果王盛没能逃出他的手掌心，身上被吊了块大石头，抛到太湖里去了。

王盛死后，老太伤心得天天跑到东山埋虎血球的那块地上大哭，一滴滴眼泪都落在土里了。

这样哭了几天，那块地上长出了一株小树苗，老太很细心地给它浇水、遮阴、拔草、松土，没有多久，这棵小树苗长成了高大的树，树上结出的果子竟和虎血球一样鲜红透明，多得就像满天星星。

老太把这件事告诉了乡亲，乡亲们也感到奇怪。老太把鲜红的小果果摘下来，给大家尝尝。那红果又甜又多汁，后来有人把它浸在烧酒里，肚皮痛一吃就好。

老太还留了树种，分给乡亲们在山上开荒种树。大家很快在东山种上了不少果树，一到夏天果树上就结满了红艳艳的果实。

这果实，据说就是现在的杨梅。只是因为年代太远了，虎血的味道没有了。不过，由于这树得过王老太思念儿子的辛酸眼泪，所以，杨梅至今还有些酸的。

端木瞧　袁震　采录整理

（二）

俗话讲“端午枇杷黄，夏至杨梅红”。东山的大红袍杨梅，颜色鲜，个儿大，甜滋滋，酸溜溜，不但中国人喜欢尝，连外国人吃了也翘大拇指。听祖上老辈讲，东山杨梅最早称“龙珠”，这里还有一段有趣的故事呢。

相传，古时在杭州西湖出了两位蛇仙，就是白娘娘和小青青。白娘娘为报答前世恩人，嫁给了一个叫许仙的穷小伙子，并帮他开了一爿药店。许记药店刚开张生意不好，小青青为了帮姐姐白娘娘和姐夫许仙的忙，在西湖一带的水井里乱滴蛇涎，人们吃了井水，都闹肚子痛。小青青便在断桥上贴出一张纸头，说是许记药店有灵丹妙药，可以治肚子痛。大家前去买来一试，果然灵光，吃下药去，肚子马上不痛了。这样一来，许记药店的生意变得特别兴隆。

小青青好心闯大祸，她不曾想到水是流动的，蛇涎从井里流进西湖，又从西湖流向四方，流到了太湖，东山的河港溪泉也都污染了。东山人也闹起了肚子痛，家家喊救命，户户有哭声，好不凄惨。刚巧，八仙中的吕纯阳大仙，去参加王母娘娘的蟠桃盛会，路过太湖时听到哭声，降下云头一看，弄清了原来是蛇妖作怪。好，天龙地龙是一伙，地龙作孽，找老龙算账。

吕纯阳大仙化作一道金光飞入太湖，来到太湖龙宫，笑嘻嘻地对前来迎接他的太湖龙王说："老龙，快借我一样东西。"

"大仙，欲借何物？"

"借你眼珠一用。"

"什么，借眼珠？"老龙一听大仙的来意，吓得双手捂着眼睛，逃往深宫。

吕纯阳是吓吓他的，见他这副模样，不禁哈哈大笑，随手在龙宫里拣了几颗鲛人泪①，泪水变成了珠子，扔入酒葫芦中。吕纯阳大仙驾云降落在东山，从葫芦中倒出鲛人珠，再一作法，化作无数颗分给众人吃，大家肚子顿时不痛了。剩下来的，吕纯阳大仙往地里一倒，第二年，长出了许许多多叶片如手指般狭长的小树苗，再过了几年，树上又结出了不少红通通的果子。

鲛人泪珠因是从龙宫取来的，人们就把这种果子叫作"龙珠"。杨梅这名字是后取的。每年杨梅一采下来，东山家家户户都要浸几瓶杨梅酒，以防肚子痛。后来，用杨梅浸酒能治肚子痛的办法，又传到了苏州、上海等大中城市，城市里的人，买了杨梅，也总要浸点杨梅酒，以备急用。

杨维忠　采录整理

注解：

①鲛人泪：鲛人，神话传说中的人鱼，泪水会变成珠子。

东山银杏

东山是座花果山，一年开十八种花，结十八种果。每棵果树上都能开出一种雌花、一种雄花，靠着风伯伯、虫婆婆在树上做媒成亲，生儿育女。只有银杏树是雌树归雌树，雄树归雄树，要是雌树、雄树离得太远了，就光长大，不结果。这里还有一个民间传说。

相传当年七仙女下凡，在老槐树下和做长工的董永相遇，两人一见钟情，指树为媒，结成夫妻。两人回到董永家乡后，一个耕田，一个织布，日子虽然清苦，但夫妻恩爱，虽苦犹甜，十分幸福。可好景不长，这事被玉帝知道了，一道圣旨，派天兵天将把七仙女捉回了天庭，关在云霄宫的高楼上，并派人日夜看守。

七仙女在楼上不吃不喝，日夜啼哭，王母娘娘知道后心就软了，毕竟女儿是娘身上的肉，有心想成全女儿。不久，天庭准备召开蟠桃盛会，却被孙悟空大闹天宫，乱了阵脚。王母娘娘趁玉帝调兵遣将捉拿孙猴子的时候，放松了对女儿的看管，就命一个贴身丫头，偷偷放出了七仙女。

再说，董永自从七仙女被玉帝抓回天庭后，终日茶不思，饭不想，得了相思病，已经骨瘦如柴，卧床不起。见妻子突然回到身边，真是喜从天降，毛病立马好了一大半，加上七仙女精心调养，董永很快又成了一个棒小伙子。

过了一阵，玉帝回到天庭，发现女儿又跑了，气得火冒天灵盖，急令托塔李天王带了雷公、雷婆立即下凡捉拿。霎时，董家庄上风雨大作，雷声隆隆。七仙女见祸从天降，宁死也不回天上，摇身一变，变成了一棵枝叶茂盛的银杏树。董永一看妻子成了树精，失声痛哭，一头朝大树上撞去，说也奇怪，那株银杏树马上又从根部长出一枝丫来，也变成了一棵银杏树。

李天王降落云头，用照妖镜一照，看出了庄前的银杏树是七仙女和董永变的，便令雷公打一个响雷，把银杏树一劈为二，又命风婆婆刮起一阵大风，把半棵雄树吹到了老远的地方。这样，银杏树雌树、雄树就永远分开了。

现在，每到银杏开花季节，像火柴棒一样的雌芯里，总有一小粒晶莹的水珠，据说这是七仙女的眼泪。而被移到太湖对岸的雄树，到了开花时节，花粉总会飘到十里路外寻找雌花。这是董永来和妻子相会了。

据说，银杏树的雌花只有与雄花相会后，才会结出果子。

杨维忠　采录整理

马眼枣

太湖中的三山岛上，出产一种两头尖、当中粗的枣子，因这种枣子形似马的眼睛，当地人称“马眼枣”。这枣子又甜又脆，脆中带酥，甜里带香，最宜鲜吃。每年七八月里采收后，畅销苏、浙、沪市场。据说，这种枣子还是南宋时杨虎带着万名囚徒，挖凿太湖石时传下来的种呢。

奸臣秦桧用十三道金牌把岳飞从抗金前线召回京城，又用“莫须有”的罪名，把岳飞父子杀害在风波亭上。岳元帅一归天，岳家军也散了伙。杨虎是岳飞手下的一员抗金骁将，不免心灰意懒，就辞官还乡，在太湖上捉鱼过日子。

奸臣秦桧眼珠一转，在皇帝面前说，这杨虎是条大虫，当年连岳飞也要让他三分，要是放虎归山，将后患无穷。这番话说得昏君连连点头，于是又生出一个“莫须有”的罪名，说杨虎是岳飞的同伙，准备谋反，把杨虎押往山东服苦役。

过了一年，昏君赵构要在京城大兴土木，建造御花园。他听说太湖中有座三山岛，岛上有许许多多像美女一样标致的太湖石，便下了一道圣旨，要苏州地方官百日内把石头运来。皇帝开口要，闭口到，急煞了苏州地方官。他们想起了在山东做苦役的杨虎，因杨虎是太湖洞庭东山人，由他来开山采石最适宜，于是，就写了一张奏折，用八百里快马送到昏君赵构的御案上。赵构看了后同意，就下了一道圣旨，要杨虎带一万名囚徒，半月内赶到三山岛上，如数开出太湖石。

杨虎接到皇命，只得带领了难兄难弟们，日夜兼程赶往太湖。山东盛产枣子，临行前，杨虎要每人带一包枣子，以备万一。果然如他所料，路上秋雨绵绵，半月的路程，整整走了一个月。起程时带的干粮全吃完了，后来，连枣子也吃光了。杨虎是个有心人，他在怀里藏了十颗枣子，准备在饿极时再吃。

到了三山岛上，有了吃的，杨虎便把这十颗枣子放到了一个山洞里。后来，日夜开山采石，杨虎也把这事忘了。到了第二年春天，杨虎突然想起这十颗枣子，跑到山洞里一看，哈，枣子均发芽变成了一棵棵小苗，他高兴地把小枣苗移种到了离三山岛最近的小姑山上。

十棵小枣树得了太湖山水的灵气，见风飞长，不到一年，就长成了能结果的大树。到了秋里，树上就长满了枣子。杨虎和开山的兄弟们采下来一尝，又甜又脆，真有点吃煞不厌。再说那枣子的形状也变了，两头尖尖的，中间饱饱的，像只马眼睛，大伙就给它起了个名字，叫"马眼枣"。

后来，大家把枣核满山丢，三山岛上便长满了马眼枣。现在，岛上还留有一棵年近千岁的枣树王呢。相传，这棵"枣子寿星树"就是当年杨虎种下的。

杨维忠　采录整理

黄埭西瓜子

(一)

黄埭的香水西瓜子，名气为什么这么响，为什么会成为著名土产，有种种传说。

原来，黄埭镇上殷瑞记糖食店的老板殷福照，他店里也卖炒货，不过，他家的西瓜子炒得勿是焦，就是黑，和苏州采芝斋的货色比较，相差得远哩。

有一日，殷老板到苏州去，有心到采芝斋去买了一包西瓜子，想带回去研究研究。不料，店里有个伙计看他是个乡下土老儿，就拿包西瓜子随手朝柜台边一丢，丢到了地上，散得一地，殷老板耐足了气，蹲在地上一粒一粒把瓜子拾起来，嘴里难免噜苏[①]几句。哪晓得这个伙计用手在柜台上一碰，说："曲细[②]，我卖给你瓜子，自家勿接牢，难道怪我哉？你嫌我店里西瓜子弄脏你的手，你有本事也去开爿糖果店，炒出弄不脏手的西瓜子出来，我情愿朝你磕三个响头！"

殷老板气得再也耐勿住，立起身来回答了一句："等一年工夫，我来受你的响头！"说完，拿了西瓜子气鼓鼓地回转去。到了家里，他拿着买回来的瓜子，横看竖看，看不出啥名堂[③]，便把女婿找来。殷老板和女婿吴志基是同行，大家悉心研究怎样炒西瓜子。一日，翁婿两人一道在炒西瓜子，柜台前来了客人，两人出去接生意。殷老板的老家小一个人在看镬子，等等老男人、女婿还勿进来，眼看镬子里的西瓜子马上要好了，再等下去就要焦了。她来勿及到水缸里舀水泼在镬子里，心急慌忙，就拿起一瓶香水倒进镬子里，只听见“滋”的一声，闻到了一阵清香。这时，翁婿两人正好进来，闻到了香味，便问是怎么回事。老家小把倒香水的经过一讲，翁婿两人恍然大悟。从此，炒西瓜子在起镬之前，必定要加点香水，吃起来有点香味，这成了黄埭西瓜子的特色。由此，黄埭西瓜子也就出了名。

朱恶紫　采录整理

（二）

清朝光绪年间，吴县新来了一个知县，年纪将近六十。这个知县有个特点，不喜欢玩古董，只喜欢吃土特产。这年，他做六十大寿，各乡镇的商贾大户为拍知县的马屁，纷纷前去送礼。送些什么呢，当然是土特产了。木渎镇上的大乡绅严家，送的是枣泥麻饼；东山镇上的富豪翁家，送的是碧螺春茶叶；甪直镇上大商人沈家，送的是酱萝卜。这些都是当地著名的土特产。知县看到以后，喜欢得眉开眼笑。唯独黄埭镇的大商人吴老板，送的是一幅画，因为拿不出土特产礼品，感到塌台。在寿宴上，知县讲到各乡镇送来的土特产，很有特色，牌子老，味道好，赞不绝口。他感慨道：“吴县是个大的地方，要算黄埭人最没出息[4]，只会吃不会做，没有什么土特产，非常遗憾。”知县这一番话，让吴家老板更加抬不起头来。

但吴老板是个好强的人，他暗下决心，一定要搞出一种名扬四海的黄埭特产来。于是他把本地出产的各种蔬果、豆粟之类的食材，反复调配制作，折腾了两年，也没有搞出个像样的东西。

后来，他索性带了盘缠出门拜师学艺，却在山东境内碰上强盗，身上银子全被抢光，只得一路讨起饭来。有一天，他借住在胶县一座寺院里，夜来无事的老和尚找他聊天，了解他的遭遇后，便把自己炒作玫瑰香水西瓜子的绝技传给了他。

吴老板回到黄埭后，托人去山东采购了一百担西瓜子，并在镇上开了一家作坊，按照老和尚的指点开始炒制西瓜子。第一批瓜子炒出来的当天，恰恰又赶上知县六十五岁寿辰，又做起大寿来了。各乡镇依旧送去土特产。这次，吴老板送去了五斤西瓜子，他用心包装，并贴上醒目的标签“黄埭特产——玫瑰香水西瓜子”。知县把西瓜子放进嘴里一嗑，立即分为二片，送进嘴里一尝，不仅津津有味，而且香气扑鼻，不禁连连称奇，联想到五年前自己所说的话，现在改口了，说：“黄埭人到底聪明格，有志气，炒出了这样美味的西瓜子，实在难得，本县要好好宣扬一番呢！”

从此“玫瑰香水西瓜子”成了黄埭的一个特产，渐渐名闻四海。

田风　采录整理

注解：

①噜苏：苏州方言，指话多说不完。

②曲细：苏州方言，指不懂事的人。

③名堂：苏州方言，指花样、名目等。

④出息：苏州方言，指有前途、有志气。

六、糕饼类故事

年糕

春节期间吃年糕，是我国民间流行的一种风俗习惯。苏州尤为盛行吃糖年糕，而且，已经有两千多年的历史了。

相传，在两千五百年前的春秋时代，吴王阖闾命大将伍子胥筑一座周长四十七里二百一十步又二尺的城池，称为阖闾城。筑城动用了成千上万的民夫，一共花了三年时间才完工。这天，吴王阖闾站在城头，展望着阖闾城的全景，不禁心花怒放。他拍着伍子胥的肩膀赞赏地说："爱卿，你为吴国立了大功啊，寡人要为你设宴庆功。"说罢，即命众臣去宫内赴宴。

宴会上，山珍海味，美酒琼浆；歌舞助兴，嬉笑满堂。吴王开心地饮酒作乐，多少有些得意忘形了。伍子胥见到这种情景，心里闷闷不乐，只是淡淡地应付着人们对他的祝贺。回家后，他背地里对贴身随从说："大伯，你跟我多年，我们是无话不谈的。你看，今日大王如此狂喜欢宴，身为一国之君主，居安而不思危，将来必有后祸，令人担忧啊！"随从听了觉得有道理，可是，自己又说不出个所以然来，只好随声附和了几句宽慰的话。然而，伍子胥却郑重地说："天有不测风云。万一我死了，如果吴国遇难，黎民遭了灾荒，可往相门城墙下掘地三尺觅食。"随从认为这是伍子胥太累了，在说胡话，便服侍他上床歇息，没有把这些话儿放在心上。

后来，伍子胥果然惨遭诬陷，自刎身亡。随从也告老还家。这一年，吴越争战，苏州城被困，城内百姓断了粮。偏偏又逢年关将到，大街小巷里哭声不绝，好生凄惨。这时节，当年伍子胥的那位随从也在苏州城里，他年事已高，哪里还能经得起饥饿的折磨，早已躺在床上奄奄一息了。

这天夜里，随从在昏睡中，迷迷糊糊地看见伍子胥站在他面前说："黎民遭了灾荒，你怎么不去相门掘地啊！"随从挣扎着起来，向前扑去，伍子胥却不见了。他扑了个空，出了一身冷汗。睁开眼来方知是做了一场梦。可是，这梦让他记起了伍子胥当年对他说过的话，一下子觉得自己的病也轻了许多。他急忙叫来家里的人和邻居们，一起前往相门城墙下掘地，看看究竟有什么东西。当大家掘到城墙脚下三尺深的地方，发现这里的城砖不是用泥土烧的，而是用糯米粉做成的。他和邻居们围着米粉砖，纷纷跪了下来，泪流不止地说："伍将军，你居安思危，爱民如子，今天救了全城百姓，可你自己死得那样悲惨，我们忘不了你啊！"就这样，全城百姓都从相门城墙脚下，取得了"城砖"，渡过了灾荒的年关。

此后，每逢过年，苏州城里家家户户都要用糯米粉做成"城砖"来纪念伍子胥。因为是过年吃的，所以大家又称之为"年糕"，米粉里放进了糖，就叫"糖年糕"。

翁洋洋　采录整理

附记：

伍子胥（前559—前484），名员，字子胥。原为楚国人，父奢为楚平王子建太傅，因直谏被杀。他避难出走，逃奔吴国，依公子光门下，策划刺杀吴王僚，使公子光（阖闾）夺得王位，为吴国大夫，史称"相国"。后为太宰伯嚭所诬陷。吴王怒，赐剑令他自杀。

西施糕

传说，西施从小爱吃糯米糕，而且还学会了一套做糕的手艺。后来，西施被越王勾践送到吴国，成为吴王夫差最宠爱的妃子。

一天，吴王摆开宴席，和西施对饮。西施见到宴席上的糕点，不禁想起了家乡的糯米糕，触动了思乡之情，脸色阴沉下来。吴王正在兴头上，见西施不悦，忙问："今日寡人要与爱妃开怀畅饮，爱妃因何闷闷不乐？"

西施答道："臣妾从小爱吃家乡的糯米糕，自从来到吴国侍奉大王，已经整整三年了，一直没有吃到糯米糕，今天思想起来……"说着，她的眼圈儿竟湿润了。吴王为了给西施消愁解闷，就站起身来，拍拍西施的肩膀，笑着说道："你真是多愁善感，要吃家乡的糯米糕，这有何难，寡人派人去取来就是了。"第二天，吴王派人骑着快马，赶到西施的家乡诸暨苎罗村。当地父老心里明白，这是西施的思乡之情，都献出雪白的糯米，让吴王派来的差人带去。

糯米送进王宫后，在西施的指点下，宫女们将磨好的糯米粉与饴糖、蜂蜜拌和，做成薄薄的生糕，面上嵌进猪油，撒上红绿甜丝，蒸熟后送给吴王品尝。这种糕外表雪白粉嫩，油光晶亮，红绿相映，色彩鲜美，极其美观；吃起来香甜松糯，非常可口，十分诱人。吴王一尝，大加赞赏："哈哈，真想不到爱妃还有这般好手艺，做出了像美人一样的糕点。"

后来，越国灭掉了吴国，范蠡和西施结成了夫妇。在举行婚礼的那天，西施十分高兴，亲自动手做糕，用来招待宾客，还把做糕的方法传授给大家。因为这种糕是西施做的，因此大家就叫它“西施糕”。

从此以后，家家户户每逢举办喜庆宴席，都要做这种糕点来招待客人，慢慢就成了一种风俗，一直流传到现在。

潘君明　采录整理

定胜糕

宋朝建炎年间，金兀术在临安骚乱，被杭州军民像打野狗一样赶得立不住脚，心急慌忙从临安退了出来，来到了平江，闯进了苏州城。当时，驻防在松江一带的南宋名将韩世忠，打听到金兵有朝北撤退的迹象，立即和他的夫人梁红玉带领八千人马紧紧追来，准备截断金兵的归路。金兀术冷不防在太湖里遇上了劲敌，吃了一记闷棍。他输红了眼睛狠了心，忙讨来救兵，和韩家军大干起来。这一仗直杀得天昏地转，连太湖君也吓得逃避三舍。

韩家军虽然英勇善战，可是韩世忠八千人马抗击十万金兵，要打个以少胜多的仗，一定要用个良计妙策，才能转守为攻。所以这几天韩世忠日日夜夜在军营里操心。一天深夜，夫人梁红玉端来一盆糕点，说："将军，苏州百姓又送来了几箩甜糕，慰劳士兵。这一盆糕点，他们说一定要请你品尝，这是他们的一点心意。"

韩世忠接过一看，这糕点式样别致，两头大，中间细，蛮像个定榫。他伸手取过一块，一掰为二，只见糕里有张纸条，里面写着四句话："敌营像定榫，头大细腰身，当中一斩断，两头勿成形。"

韩世忠觉得稀奇，连忙招呼夫人过来看，夫人一看，说："老百姓真是知道将军的心意。你看，这四句话不是告诉我们，打蛇要打在七寸里，金贼最怕拦腰一刀。老百姓摸得清，看得明，真是个好办法！"

韩世忠高兴地说："对呀，我们马上出兵先把金兵拦腰斩断，让他们首尾勿能相顾，阵脚自然大乱，这样定能取胜。"

于是，韩世忠连夜调兵遣将，像一把飞刀，直向敌营拦腰砍去。一时间，金兵像没了头的苍蝇，南北两头，只顾自己夺路逃命。当一路逃到镇江附近的黄天荡时，被早已赶到的梁红玉的精兵迎头痛打一阵；还有一路在太湖里遇上风暴，军心大乱，溺死的不计其数。

太湖一仗，韩家军大获全胜。苏州百姓送的定榫糕，立了大功。因为定榫和“定胜”谐音，韩世忠就把这糕改名为“定胜糕”。又因为定胜糕三字有大吉大利、高高兴兴的意思，所以后来苏州人常常喜欢把定胜糕作为喜庆和节日赠送亲友的礼物。这个风俗，一直传到现在。

杨彦衡　陆如松　采录整理

附记：

韩世忠（1089—1151），字良臣。延安（今陕西延安市）人。十七岁应募入伍。崇宁四年（1105）以御西夏有功，进武副尉。金兵南下，他在河北屡败金军。兀术南侵渡江破临安（今浙江杭州），他堵截金兵退路，以八千兵迎战兀术十万之众，激战于黄天荡，夫人梁红玉击鼓助战，大败金军。晚年居住在苏州沧浪亭，死后葬于苏州灵岩山麓，追封为蕲王。

南瓜糕

明代嘉靖三年（1524），甪直东市上塘有一户李姓人家，和往年一样，宅边种了一棵南瓜，南瓜长势旺盛，很快就藤粗叶茂，蔓延到屋面，形状像一条青龙。眼看南瓜藤越长越粗，越来越长，弯弯曲曲，布满屋面。东家许阿婆称赞今年南瓜长势特好，西家方大嫂估计今年会结十多个南瓜，过路人见了这棵南瓜，也是个个赞不绝口。

过了一天又一天，过了一月又一月，屋面上，只见藤不见瓜，李家主人、左邻右舍，大家都觉得十分奇怪。立秋过后，藤渐老，叶变稀，屋面露出一只青南瓜。南瓜越长越大，大如三斗甏。又过了一个月左右，屋面上藤黄叶枯，寻来找去，孤庙旗杆独一根，还是只有一只大南瓜。等到藤枯瓜老，李家阿哥用梯子登上屋面去采南瓜。采下大南瓜，连声喊奇怪。

李家阿哥捧下大南瓜，放在场当中，四邻八户看了大南瓜，人人说奇怪。但见那瓜形如龙头，大如五斗甏。消息传向小镇的四面八方，一批又一批的人涌来看奇异南瓜。

一位老秀才摇头晃脑地说："吾甪直乃龙形之镇，是龙的故乡，为活龙之地。你看，东大桥为龙首，莲花墩是夜明珠，翠龙桥为龙的咽喉，乃要害之处；从东到西，一顶顶石桥为龙节，上下塘两边的庙宇为龙爪，民居屋舍为龙鳞；甫里塘为龙尾，尾巴一甩，一直伸向吴淞江。这只龙头南瓜，是活龙的化身显灵。"

西街梢头，年迈资深的管老头，也赶来看奇异的南瓜，不看不知道，看了吓一跳，大有感慨地说道：“你看这只龙头南瓜，口齿目角样样齐全，奇怪奇怪真奇怪。李家所植南瓜，早先我来见过，藤粗叶茂，由低向上蔓延，形如青龙。龙头南瓜呈黄色，是金龙之首。万物得天地之气而生长。如今吾镇长青龙藤，结龙头南瓜，看来吾镇要出奇迹了！”

南市的高人看了龙头南瓜，发表高见说：“这只龙头形南瓜，出现在龙形镇的青龙藤上，肯定是个真龙爪，是宝贝。我说两点，第一，要把瓜子保存好，应该分发给大家做种子，让龙头南瓜传宗接代，一代一代，传子传孙。第二，能不能把龙头形南瓜分送给大家蒸南瓜糕，让大家都尝尝龙头形南瓜蒸的南瓜糕，沾点吉利。”

善良的李家便将龙头南瓜剖开，瓜子分赠给八方来客，南瓜也分成若干份，赠给四邻和亲友。是年冬天，角直镇有多少户人家蒸了南瓜糕，有多少户人家收受过南瓜糕，又有多少人品尝过龙头南瓜蒸的糕，数不清来说不尽。

嘉靖四年（1525），适逢乡试，考毕张榜，嘉靖乙酉科，角直镇方筑、许馔、水杞三人同榜中举人。一镇同榜三举人，史无前例。且三位新榜举人，都吃过龙头南瓜糕。消息传开，四镇八乡都知道了，一时传为佳话。

角直有年终蒸糕馈赠亲朋之风，从此以后，每至年终腊月，蒸南瓜糕，互赠南瓜糕，成为岁时的习俗。

谁家有考生要赶考，亲友馈赠南瓜糕，祝好运，成了最佳礼品。

“吃南瓜糕，交南方运，万事吉祥如意。”这句话成为角直的俚语。

如今，淳朴善良的角直人，以南瓜糕为古镇的品牌礼品，分赠远来的游客，祝大家交好运。

邵晋才　采录整理

方糕

方糕是苏州的一种著名糕点，男女老少都喜欢吃。这种糕用糯米粉和粳米粉相掺，加上白糖与水拌和，然后放在定型的模具里蒸制。吃起来松软味甜，十分可口。那么，这种糕是怎样产生的呢？有这样一个故事。

宋朝年间，苏州有个读书人叫范仲淹，他从小丧父，家里非常贫困，与母亲苦度光阴。他家没有住房，只得在天平山脚下的咒钵庵里栖身。咒钵庵年久失修，门窗破旧，凄凉得可怕。他母亲帮助人家做些针线生活，洗洗衣服，赚些零星银子，就靠这养家糊口。他呢，除了看书之外，上山去打些柴草，为烧火所用。

范仲淹家里天天吃粥，而且吃的是薄汤粥，一日三餐都如此，非但吃不饱，还把肚子灌得胀胀的。他母亲想了个办法，把热粥盛在钵头里，冷了冻结，然后把粥划成几个小方块，肚子饿了，就取一块吃。菜呢，是自家腌制的腌菜。为了节省，吃粥时，将腌菜切成细粒，一点一点搛着吃。这种吃法，后来被读书人称为“断齑划粥”，成为一句老古话。

一日，范仲淹的朋友石梅卿来看望他，他正在吃粥。石梅卿看到这样的薄粥，感到好奇，就问：“这是什么粥啊？”

范仲淹打趣地说：“这不是粥，这叫‘白云糕’。”还指着粥块说：“你看这一块，薄薄的、白白的，不像天上的白云吗！”

石梅卿听了，心里想，把粥块说成“白云糕”，亏你想得出，真是别有情趣。他佩服范仲淹的精神境界，苦中作乐，真是难得呀！但这种生活太苦了。

过了几天，石梅卿买了点酒肉，拿到范仲淹家里，请范仲淹吃。

范仲淹见了酒肉，深受感动，但他说："这个酒肉我不能吃。我是吃惯了这'白云糕'的，你的这个我吃不惯。我今天吃了，明天吃什么呢？这不是害了我吗！你还是拿回去自己吃吧。"石梅卿再三劝说，范仲淹就是不肯吃，他只得将酒肉拿了回去。

石梅卿非常佩服范仲淹，虽家境贫穷，但很有志气。他就仿照范仲淹的做法，在家里烧粥，不过将粥煮得厚一些，也划成一块一块的，送去给范仲淹，范仲淹也只得收下来了。后来，石梅卿在薄粥内加上些米粉，粥就烧得厚了，划开以后，可以单独拿在手里吃了。

几年后，范仲淹考中进士做了官。石梅卿知道后，认为范仲淹认真读书，很有志气，一个穷苦人家吃薄粥汤的孩子，能够考上功名，是值得庆贺的。他想起了范仲淹吃"白云糕"的说法，很有启发，就用米粉加上白糖做成糕，再去送给范仲淹，说："我是送'白云糕'来祝贺的。"范仲淹拿着"糕"，很高兴地说："对，这就是'白云糕'，我正想吃呢！"

后来，范仲淹回到苏州家乡，经常叫家里人做这种糕，还送给亲友们吃。亲友们都在想：范仲淹吃了这种糕，能够苦中作乐，好学上进，考中进士做了官，而且，官做得还不小呢。因此，大家都乐意做这种糕。

再后来，有人开出糕店，专做这种糕出卖，生意特别的好。因为生意好，老板就动了脑筋，做成了制糕模具，模具是方的，蒸出的糕是方形，所以叫"方糕"。而且，在方糕上面印有各种花纹图案，如"福""禄""寿"等吉利字样，因为是白色，所以又叫"白印糕"。有的糕内还夹着豆沙、玫瑰、枣泥等馅，吃起来更加上口。

直到现在，苏州黄天源糕团店一年四季都有这种糕点出售。有的人还买了糕点作为礼品送人呢！

采田　采录整理

附记：

范仲淹（989—1052），字希文，苏州吴县（今江苏苏州）人。幼年刻苦攻读。宋大中祥符八年（1015）中进士，历任两溪盐官，迁大理寺丞。康定元年（1040），以龙图阁直学士经略陕西，驻守边防。范仲淹为将军，爱护士卒，注意联合羌族，受到羌族人的称赞，呼为“龙图老子”。庆历三年（1043）任参知政事（副宰相）。范仲淹写有大量诗文，诗词风格豪放，散文《岳阳楼记》中的“先天之下忧而忧，后天下之乐而乐”为传世名句。著作有《范文正公文集》。

常熟橙糕

每年农历九十月间，橙子上市，常熟的特产橙糕也上市了。橙糕色如新橙，灿烂如金，味道甜中带酸，食时满嘴芳香，口颊生津。橙糕还有醒酒的功效。

翁同龢喜欢吃橙糕。有一年他回到常熟老家，正好橙糕上市，就带了几盒去京城。翁同龢是光绪皇帝的老师，常在宫中上书房值班。他准备将一盒橙糕送给一起值班的潘先生，那天潘先生刚好没来，他就将带去的橙糕放在了书架上。

退朝以后，翁同龢有事未到上书房，光绪皇帝倒来了。他忽然闻到一股香味，在书架上找到了那盒橙糕，打开一看，里面装的是像拇指一样大小的糕点，芳香扑鼻。光绪顺手拿了一块尝尝，感到香甜可口，不觉食欲大开，就狼吞虎咽地吃起来，一会儿就把一盒橙糕吃光了。他想，这盒糕点大概是翁老师留下的。第二天上完早朝，他就问翁同龢："老师，昨日放在上书房书架上的那盒糕点，大概是你留下的吧？"翁同龢忙说："是的，是我带给潘先生的，他昨日没来，所以我放在书架上。"光绪皇帝笑着说："已被我吃完了，味道真好，香甜可口，你叫常熟县给我进呈一些，我很爱吃。"

翁同龢一听，感到事情麻烦了。因为，若橙糕成了贡品，要年年岁岁向朝廷进贡，一经形成惯例，各级官吏就要对家乡常熟多生滋扰，他不愿给家乡多添麻烦，就说："皇上，这橙糕不是一般糕点，是用糯米粉拌橙汁蒸成的，有药性。因为我有肝病，所以常吃，这橙糕，能平肝消食。潘先生肝脏欠佳，故送他一盒。而皇上年轻力壮，身体健康，平白无故吃这橙糕，反为不美，故而我不敢进呈。”光绪皇帝听他这么一讲，也就只好作罢。

绿叶　采录整理

梅李饭粢糕

常熟梅李镇的饭粢[①]糕，皮色焦黄，香甜松脆，十分上口，是远近闻名的糕点食品。说起这饭粢糕的产生，还有个故事。

约在清朝道光年间，梅李镇上有爿陈日升茶食店，店里的糕点远近闻名，就是常熟城里来的人，也要买几包回去做回头货[②]。自从请来了做糕能手陆根司师傅，生意更加兴隆了，因为他手艺高，头脑又活络，糕点品种不断翻新。一天，他正在拌糕粉，一大缸糕粉有好几十斤，等他将配料和米粉拌均匀后，已累得一身大汗。他坐在凳上，喝着凉茶，想歇一会儿再干。这时，徒弟阿六从外面进来对他说："师傅，我刚路过龙园，见你舅舅在那里吃茶，他说家里有事，要你去碰碰头！"

陆根司与舅舅感情很好，经常往来。他听说舅舅要见他，不敢怠慢，就跨出店门，到龙园去了。

陆根司与舅舅谈了好一会，猛然想起了店中拌好的糕粉，起身要走。舅舅已买了一笼小笼馒头，要陆根司吃了再走。

陆根司不好推却，只得坐下来吃小笼馒头，可一颗心总有点忐忑不安，那缸粉该动手做糕了，若时间长了，糕粉是要出毛病的。

这时，茶馆门口传来一阵急促的叫声："师傅！师傅！"

陆根司一听是阿六的声音，忙站起来答应，并问道："啥事？"

阿六说："老板喊你呢，那缸粉，有点勿灵哉！"

陆根司也有点惊慌，他忙给舅舅打个招呼，跟着阿六回店里去了。

原来，今日天气炎热，缸里的糕粉放得时间长了，在泛泡泡，这意味着糕粉要发酸了。

陆根司走进店门，只见老板沉着脸，见了陆根司，指指那缸糕粉说道：“这是怎么回事？”

陆根司不愧是做糕老师傅，心中早有打算，笑着说：“不妨事，我想试试做个新品种！”说完，他用手去蘸蘸缸里的糕粉，放在嘴里尝尝，然后道：“正好！这种糕，就要让它发酵发得透些！”他马上在糕粉中加上了少许赤砂糖，再拌入松子肉、橘皮、桂花，很快地搓拌，搅匀，然后放进炉内烘焙。他把炉火烧得很旺，然后快速起出。干糕非但没有烧焦，反而黄俏逗人。他把切好的一片糕递给老板：“请尝尝看，味道如何？”

老板拿起糕来，觉得一阵清香扑鼻，咬一口，香甜松脆，不觉脱口而出：“好吃！”

原来，陆根司听到阿六讲的险情后，心里就琢磨，发酵时间过长，糕粉已经发酸，如按照常规方法去做，此糕一定不好吃，必须采取特别措施。糕粉虽已发酵，但还不至于坏，如多加佐料，用猛火急焙，也许会使糕别有风味。如今果然成功，他轻轻地舒了一口气。

“这叫什么糕呢？”老板高兴地问。陆根司望着那些焦黄的片糕，觉得有点像饭粢，就随口说道：“这叫‘饭粢糕’！”

第二天，店内出售饭粢糕，很快就一售而空。后来，饭粢糕就成了陈日升茶食店的名产。有人觉得饭粢糕这名字不雅，就将它改为“五香松子糕”，但广大食客还是叫它“饭粢糕”。因为首产于梅李，故名为“梅李饭粢糕”。

李炎明　温雪康　采录整理

注解：

①饭粢：常熟方言，即锅巴。

②回头：苏州方言，即回复，此处指带回去的东西。

盛泽盘笼糕

清朝末年，灾荒四起，官兵如虎，百姓苦不堪言。绍兴乡下有个叫陈茂品的青年，实在活不下去了。他孤身一人，就卖掉家中的破烂，当作盘缠，打个小包裹，到吴江盛泽镇来谋生。

盛泽素称“丝绸之乡”，这一带地方很早就开始栽桑养蚕，缫丝织绸。到清末，盛泽镇上丝号、绸庄等店面接店面，几条街都是丝绸市场，外地赶来做丝绸生意的商船塞满了市河，市内闹猛极了。陈茂品来到盛泽后，人生地不熟，经过几番周折，好不容易在“庄面”弄口租到一小块地盘，搭了个小棚棚。他在绍兴老家，曾跟父母学过做糕团，这一回就添置了锅灶、蒸笼等生财家生，做糕团生意。弄堂口来往客商多，销售快，小本经营倒也维持得下去。不久，他娶了金家姑娘为妻，做自己的帮手，小棚棚从此成了“夫妻店”。

陈茂品做糕团生意，一直用的是祖传手艺，未曾翻新。因此，生意一直平平常常，做一世也没有做出啥名堂来，以后就传给他的妻舅金顺观了。金顺观看到“庄面弄”一带开满了绸庄，绸庄里的账房先生薪俸高，生活富，喜欢吃上等货，就动脑筋想把生意做出名气来，扩大销路，多赚些钱，不过一时又想不出啥好办法。

一天早晨，绸庄账房林先生来买早点心。他是老顾客，和陈茂品有过交往，同金顺观也混得蛮熟了。这时他指着蒸笼里的糕开玩笑说：“金师傅，今朝我只买这笼糕的糕芯，价钿加倍，哪哼？”金顺观听了，心里嘀咧笃洛一盘算，爽朗地答道：“只要你林先生想买，我一定照办！”说完，他用小刀剜出糕芯，包上荷叶，捧给了林先生。说者无意，听者有心，这笔小生意使金顺观受到启发，想出了一个改进做糕技术的主意。当天，他就到竹器店赶制了一套蒸笼，每只蒸笼配一大一小两只铜皮圈，把蒸笼分隔成内、中、外三圈。第二天鸡叫头遍，他就起床，选用细白糯米粉，拌进白糖，再配上猪油、红丝等佐料，浅浅装满蒸笼，然后上灶。点火后，细心添柴，保持火力始终旺盛，待糕粉蒸透，揭开笼盖时，一股扑鼻的香甜味顿时喷放出来，连他自己的口水也快流出来哉！

这时，林先生正巧来买早点心，人未走到店堂，嘴已叫起来了："啧啧，好香啊！"金顺观连忙招呼："林先生，今朝请你尝尝新鲜货！"说完，取出内圈笼芯，放在荷叶上，托了上去。林先生接到手里，顾不得发烫，张嘴便咬了一口，没等咽下肚，翘起拇指就喊："赞！又糯，又甜，又滑润，真上口！"林先生一叫嚷，引来一大群人，都抢着要买。金顺观把中圈糕切成八块，外圈糕切成十六块，连同内圈糕芯，分三等价钿卖给大家。一眨眼，几笼糕全部卖空了。

从这以后，争购内圈糕芯的人越来越多。那时盛泽绸庄经常派人去上海洽谈丝绸生意，去时都买几盘糕芯，作为礼品赠送，久而久之，上海人也吃上口了。一次，《申报》还专门登了一篇文章，介绍它的特色，誉之为"糕中珍品"。

金顺观的糕点生意一天比一天兴隆，他就做了块招牌，写上"金顺记"作为店名。又因为牌子是靠糕芯做出来的，而糕芯出笼时形圆如盘，就给它取了个名称，叫"盘笼糕"。

"盘笼糕"名气越来越响，盛泽镇其他糕团店都登门求教制作方法，金顺观一一传授。大家依样画葫芦地学着做，日子一长，竟也做得一模一样了。"盘笼糕"从此也变成盛泽镇的一大土特产，并且代代相传，直到今天。

徐文初　采录整理

兰余斋薄荷糕

吴江平望镇的薄荷糕，因其颜色雪白，吴江人叫它“雪糕”。其制作方法是：先把白净的粳米放入水中浸泡一二天，舂成米粉，拌入白糖，放入甑里，甑底用薄荷叶垫好，蒸熟即成。

清朝中期，平望镇南头殊胜寺旁有户姓闵的人家，开了爿叫兰余斋的糕团店，专做糕团生意。一天，闵老板要蒸糕了，发现甑底垫子缺少，为了赶辰光，就把农家寄存在店里的鲜荷叶铺垫在笼底，上蒸后，一股清香扑鼻，好几里路外都闻得到香气。

那天，巡抚熊学鹏正好察访到这里，远远地闻到一股清香，就派人去寻访，原来是镇南兰余斋蒸糕的香味。熊巡抚想要尝尝，当地官绅得知后，马上派人到店里拿了一笼送去，熊巡抚品尝后，觉得此糕不粘不腻，清凉爽口，就大加赞赏，并问是家什么店？官绅道：“是兰余斋糕店。”熊巡抚一听这店名，十分雅致，便欣然命笔，题上“兰余斋”三字店招。从此，兰余斋名声大振，荷叶雪糕生意马上火爆。闵老板真是意想不到“一跤跌到青云里”，莫说门市生意闹猛，连批发也忙不过来。

不多久，其他糕团店也开始用荷叶蒸糕，仿制品纷纷出笼，兰余斋生意受到一定影响。一个阴雨天，闵老板闲着无事，泡了一壶茶，边喝边想：“用荷叶做笼底，蒸糕清香爽口，如果用薄荷叶垫底，蒸出来的糕一定会更好。”他便吩咐伙计改进雪糕的制作工艺，改用薄荷叶垫底，蒸出来的糕果然既爽口，又清凉。兰余斋的雪糕生意再度红火起来。别家糕团店一时摸不清底细，都传说是殊胜寺里菩萨有灵气。

第二年，熊巡抚陪同乾隆皇帝南巡浙江，转道江苏途经平望，命人敬上兰余斋雪糕。时值中午，颠簸了半天的乾隆皇帝肚里十分饥饿，正想吃点东西，见送上来雪白清香的糕点，马上胃口大开，一连吃了三块，连连称好。他乘着食兴，拿起御笔题了“雪糕”两字，赐给兰余斋。

皇帝赐御书，轰动了整个吴江平望，兰余斋名声更响了，薄荷糕的生意越做越兴隆，烧香的、经商的、过路的、卖鱼的，都争相购买，有的还将之作为馈赠亲友的精美礼品。闵老板的生意越做越大，他还将薄荷雪糕叫航船运到苏州、浙江销售，就此，兰余斋薄荷雪糕名声大振。

赵长润　采录整理

月饼

每年农历八月中秋，家家户户都要吃月饼，这是一个古老的传统。据说真正的吃月饼，是从元末明初开始的。

元朝的统治集团是蒙古贵族，他们对百姓实行残酷统治，百姓一点自由都没有。在江南地区，百姓将蒙古兵称为“挞子”，意思是专门用鞭子抽打别人的人。蒙古兵驻守在乡村小镇，成了地方上的恶霸流氓，为所欲为，无恶不作。他们规定：每十家为一伍，由一个蒙古兵管理，这个蒙古兵轮流到十家去吃饭，要好菜好饭招待，稍有不周，就要得到惩罚。他们为了防止老百姓造反，每家的铁器——刀、斧、锹等，白天用过以后，

李昉　绘

晚上都要交到蒙古兵手里。凡新娶的新娘，第一个晚上都要送到蒙古兵那里。所以，老百姓对蒙古兵恨之入骨，到处都在酝酿反抗和起义，大家都想杀掉“挞子”。

那时，起义领袖张士诚在江南一带活动，他四处联络，以求形成一股力量，大家共同起来反抗。但蒙古兵管理很严，联络有一定的困难。张士诚与大家商议，终于想出了一个办法，就是利用八月中秋的节日，做了许多圆饼，分送给家家户户，在圆饼底下垫上一张小纸，上面写上暗号。大家拿到了圆饼，知道这一天是起义的日子。于是，人人拿着事先藏好的菜刀、铁锹和木棍，聚众起义，十家杀一个挞子。由于大家齐心，人多势众力量大，起义获得了成功。

不久，元朝就灭亡了。百姓为庆祝胜利，也为纪念这一天，家家都要做圆饼吃。因这一天是八月中秋赏月的日子，因此将圆饼称为“月饼”。直到如今，月饼底下仍有一张薄纸垫好，这还是那时留下来的传统呢！

潘君明　采录整理

木渎枣泥麻饼

苏州木渎枣泥麻饼，是苏州著名的土特产，吃起来松脆、香甜，风味独特，十分上口，远近闻名。

那么，木渎麻饼是怎样产生的呢？说起来，有一段不平常的故事哩！

相传清朝年间，木渎镇上有个专卖“串芯饼”和“老爷饼”的糕饼摊。摊主卖出的糕饼，不是斤两不足，就是甜头太差。因此，生意越做越清淡。有一天，摊主的一位师兄知道了他的处境，跑来对他说：“串芯饼和老爷饼的生意都被你做绝了。我看还是重敲锣鼓另开场，换个新花色做做吧。”这位摊主说：“只要师兄肯指点，我一定照你说的去做。”师兄说：“如今木渎镇上的芝麻油酥大饼生意特别好。如果用黑枣捣成泥做馅，再加上猪油、胡桃、松子、瓜子……仿照芝麻油酥大饼的制作工艺，精工细作，讲究色、香、味，做成双面芝麻猪油枣泥麻饼，生意一定不会差。”

摊主一听很高兴，马上就试做了起来。果然，这种枣泥麻饼味美芳香，受到顾客欢迎。这个摊主为了赚大钱，把师兄也请来，还把糕饼摊改成了麻饼店，取名“乾生元”。

可是，越是生意兴隆，这位摊主就越是往钱眼里钻，连师兄用料也不放心，怕人家大手大脚，浪费他的钱财。师兄知道后，看在师兄弟的面子上，不便辞退，只得动脑筋将糖荷包上粘的剩糖一点一滴刷下来，和在枣泥馅里。可是，糖荷包上粘着的剩糖是十分有限的，麻饼因缺糖变得淡而无味。这位店主反以为是师兄做了手脚，十分恼火，就叫自己的儿子去跟师兄一起干活儿。明说是学艺，暗里却是为了提防师兄偷料。可是，店主的儿子是个为人忠厚、聪明好学、对长辈十分尊重的好后生。师兄看他一点也不像他老子的脾气，十分喜欢，就把自己的手艺统统教给了他。

过了好几年，有一天，乾生元麻饼店突然起火，店面被烧得精光，贪财的店主也葬身火海。唯有师兄和店主的儿子因出外办事，免于灾难。乾生元失火后，外埠一些糕饼店为了赚钱，就出高薪来聘请乾生元店主的师兄。然而，这位师兄感念于店主的儿子正义、耿直，不忍离去。他对小店主说："大火可以烧毁万丈高楼，可毁不了人的志气！'乾生元'这块金字招牌不能轻易放弃掉，麻饼一定要继续做下去！"还一再叮嘱说："今后做生意要记牢四句话：粗粉细拌，用料准足，多做少赚，知足常乐。这是做糕饼的诀窍，也是做人的道理。"

小店主点点头，说："我会永远记在心里。"从此，他店里出产的麻饼，松脆香甜，人人爱吃。长年如此，木渎枣泥麻饼就成了著名的土特产。

杨彦衡　陆如松　采录整理

附记：

乾生元，始创于清乾隆四十六年（1781），原店名"费萃泰"，以生产松子枣泥麻饼而蜚声海内外，被列为宫廷御膳点心。光绪七年（1881）更名为"乾生元"。"乾"乃乾坤，指天下；"元"即第一，意为乾生元生产的麻饼天下第一。历史上乾生元麻饼虽多次易主，但原料配方和制作工艺被完整地传承至今。

石梅盘香饼

常熟昭明太子读书台北侧的石梅园，是常熟名胜古迹之一。石梅盘香饼就产生在这里。

相传，梁武帝的长子萧统处世淡泊，独好文学，青年时代在常熟著书立说，编纂了《昭明文选》。太子每天在石梅的读书台钻研学问，学而不厌，常常一坐下来读书，就是一天半日。书童不敢打扰，但又担心饿坏了太子身骨，于是每天清晨在石梅烧饼店买上几个烧饼，带着给太子充饥。

春往秋来，天气渐冷。一天，烧饼店老板发现太子的书童好几天没有来买烧饼了，心想：一定是天冷饼凉，太子吃了不舒服，所以不来买饼了。于是，老板就亲自动手，小心烘烤后趁热用棉被包着烧饼，一路小心着送到读书台。老板见太子在专心攻读，不敢声张，站立一旁。半晌，太子抬头时，老板赶紧上前打开棉被，顿时一股热气夹着饼香扑面而来。太子嚼着这又热又香、又甜又松的烧饼，连声称赞，边吃边问老板："这是什么饼？"老板笑着说："不瞒太子，这饼是我特意为您做的，还不曾想过取名，请太子赐个名吧！"太子很高兴，抬头看见石壁上的石刻梅花，再看看这饼的形状，恰似盘香，说："就叫石梅盘香饼吧。"由于太子称赞，这饼就在常熟城里传开了，大家知道石梅盘香饼好吃，都来购买，生意十分兴隆。

石梅盘香饼色如黄霜，形如盘香。经过几代人的发展，盘香饼品种繁多，有荤素之分，甜咸之别。甜的有桂花白糖、玫瑰、豆沙、枣泥、百果；咸的有葱油、椒盐等。石梅盘香饼用料讲究，做工精细，吃口香酥油润，在色、香、味、形上均有独到之处，被美食家誉为常熟食品的一大特色。

方大忠　采录整理

附记：

萧统（501—531），字德施，南兰陵（今江苏常州）人，梁武帝长子。天监元年（502）立为太子。未继位即病死，谥号“昭明”。善诗赋，为南朝梁代文学家。著有《昭明太子集》，辑有《昭明文选》。

太仓太师饼

（一）

明朝万历年间，万历皇帝昏庸无能，阉党专政，朝政不可收拾。王阁老（王锡爵）看不惯阉党专政，就辞职退休，回到太仓经营他的南园。

南园和同里镇的退思园一样，东西狭长一条，南北一出一进，设计巧妙，四面有河、有桥，北面桥上有亭子，可惜南面一只角上有一爿糕饼店，店虽不大，仅一开间门面。但糕饼店不搬，南面就缺一只角，园子就不方整。

王阁老和糕饼店主人商量，请他们搬迁，店主不肯，说："我们祖祖辈辈住在此地。"实际上是因为在明代那辰光，太仓最热闹的地方就是南面这一带和鼓手街、九龙街、朝阳门等地，店主怕搬走了生意不好。王阁老是读书人，不好意思强行霸占，有一个管家向王阁老献计，终于解决了这个难题。

原来，王阁老的学生、朋友很多，经常到太仓来拜访他，总要送一点礼物，一直送文房四宝有点老套了。管家就透露说："王太师喜欢吃太仓有名的油酥芝麻饼，那家糕饼店做的饼，太师最爱吃了。"大家晓得太师爱吃油酥芝麻饼，饼又便宜，买起来还方便，不少人就买了饼装在盒子里，送上门来。油酥芝麻饼也确实好吃，王太师十分喜欢。由于太师爱吃，大家就称之为"太师饼"。这个饼就此出了名。后来，也有人将太师饼带回家去，说是太仓特产，就有了"太仓太师饼"这个名称。

那家糕饼店的生意好了，店面急需扩展，但周围都是王太师家的园子，不可能扩大。那管家早就替店主找到了一个地方，离此地远一点，两处对调，糕饼店主人十分高兴，南园也方整了。

陈有觉　采录整理

（二）

话说明朝万历年间，太仓出了个阁老王锡爵，后来年岁大了，告老回乡，人称王太师。一天，他年轻时的一位邻居前来找他，说："老太师，您做了阁老回来，荣耀极了。我呢，开了几十年的鸿发糕饼店，却至今不发，您能否帮帮我，让我也小富一下？"王太师道："可以，可以！"那乡邻十分高兴，恭恭敬敬地将自己精心特制的一盒糕饼送给王太师，王太师也不推辞，吩咐家人收下。

第二天，许多乡绅、官僚到王锡爵家来拜访，王锡爵取出那盒饼来分给每人一个。因为这饼是做给太师吃的，作料特别讲究，味道十分鲜美，大家吃得津津有味，连连称好。有人问太师这饼是哪里买的，王太师答："在隔壁鸿发糕饼店买的。"又拖上一句："我特别喜欢吃这个饼！"

太师说的这句话，这些人回去一宣传，那还了得！以后，凡是来看望王锡爵的人，都要到鸿发糕饼店去买饼，来孝敬王太师。鸿发糕饼店顿时生意好极了，日夜做还供不应求。再说王太师家，几天下来，收到的饼多得没处放，哪里吃得了！于是，王太师就把鸿发糕饼店的老板叫来，吩咐道："快把我家中的饼搬回到你店中去吧！以后人家再送给我，我再回给你，你还可以多赚些钱！"不久，王太师的这位乡邻就发财了，而鸿发糕饼店做的饼呢，也因此得了"太师饼"的美称。

王大经　采录整理

附记：

王锡爵（1534—1610），字元驭，号荆石，太仓人。明嘉靖进士。万历五年（1577），以詹事掌翰林院，后官至礼部尚书兼文渊阁大学士，入参机务。万历二十一年（1593），为内阁首辅。

沙溪光饼

在太仓沙溪的传统食品中，有一种圈圈饼，它所采用的主要原料是油酥，烘烤熟后，一口咬下去十分松脆，而且入口香甜不腻，真可以让人大饱口福。其实，最初的圈圈饼所用的作料并没有这么讲究，它仅仅是用一般的面粉揉合而成。它的外形呈圆状，中间留着一个小孔，可以用线绳将它串联起来，故称"圈圈饼"。

不过，后来这种饼被人叫作"光饼"，而且一直叫到了现在。据说，这种饼还和抗倭名将戚继光有着一层因缘关系呢。

明代嘉靖年间，地处长江入海口的沙溪一带，常常遭倭寇骚扰，百姓苦不堪言，而戚继光正带兵在浙江、福建一带奋力抗倭。他在金华、义乌等地招兵三千，教以战法，号称"戚家军"。戚家军英勇善战，连克顽敌，捷报频传，致使倭寇一听戚家军的威名，便闻风丧胆，百姓无不拍手称快。戚家军屡败倭寇，激起了广大民众的爱国热情，沙溪也不例外，民众纷纷揭竿而起，与入侵的倭寇抗争。

当年的倭寇，通常是由日本浪人、无赖和海盗组成的，他们不仅生性残忍，纯属一批亡命之徒，而且，因为浪迹天涯，十分机警狡诈，要有效地除掉他们，也非易事。为此，沙溪的民军采取灵活的游击战术，风餐露宿，居无定所，日夕奔波，神出鬼没，只要逮住了机会，便狠狠地打击倭寇，与倭寇百般周旋，将倭寇拖得精疲力竭。

可是，时间一长，问题也就产生了。民军的成员都是当地人，他们对于本乡本土的地理、自然环境都很熟悉，平时居住的问题倒并不难解决，然而行军打仗与和平时的生活截然不同，有时军情紧急，一天吃不上一顿饭的情况也时常会发生。俗话说，“人是铁，饭是钢”，时间一长，民军缺粮少吃，有不少人扛不住了，有的人因此落下了胃病。这种情况在很大程度上削弱了民军的战斗力。许多人看在眼里，急在心上，其中的道理很简单，不能保证吃饱饭，怎能保证杀倭寇。

这时，有一个民军首领忽然想到以前吃过的煎饼。煎饼热的时候十分松脆，冷的时候就很硬实，干的时候便于携带，一旦泡湿了又易咬嚼。由于煎饼是烘烤而成，因此，可以保存较长的时间，不易发霉变馊。由此他得到了启发，不妨在平时多烘烤一些煎饼，以备战时急需。这个想法一经产生，他就付诸实施，并对原来的煎饼做了一些改良，在饼的中间留下了一个圆孔，烘烤后用绳子串起来，发给每个民军战士，让他们挂在身上，于行军打仗无碍。因为沙溪地属江南水乡，最不缺的是水，煎饼和水下咽就不是难事。

由于这种煎饼在行军打仗中具有很强的实用性，因此很快在民军中传开来，大家还给它取了个名称叫“圈圈饼”。后来，因为戚继光抗倭声威大振，那个发明圈圈饼的首领提议，干脆将这种饼叫“光饼”，以此表达对戚将军的尊敬。

解决了吃的问题，民军的战斗力大大提高，在以后与倭寇的较量中，取得了一个又一个胜利，民军士气大振，最后终于收复了全部失地，将倭寇赶回了他们的老家。

“光饼”这个名称也就一直叫了下来。

陈秉钧　乐琦　采录整理

黎里油墩

相传乾隆皇帝第三次下江南，顺道来到黎里观光，他在小街上看到一种油炸小吃，油光光，金灿灿，圆墩墩。乾隆顿生食欲，命太监买了几个，回到旅馆后品尝，吃后点头称赞："好吃，好吃。"乾隆问太监："这叫什么？"太监说："当地人叫'油堆'。"乾隆听后连连摇头，说："这个名字不佳，'堆'是什么意思呢？"他想了一想，说道："这个'油堆'倒像是庙里的蒲墩，不如叫'油墩'吧。"从此，"油堆"就一直被称为"油墩"了。

乾隆是个风雅皇帝，喜欢吟诗作对，便指着"油墩"对随从大臣说道："谁能以'油墩'为题，作出一副对子，我有赏。"站在一旁的黎里文士邱璋，立即答道，微臣献上一副，随口吟道："照亮万里河山，油光似镜；惊动满天星斗，乍响如雷。"乾隆听后大喜，说道："这副对联有气魄，有胸襟。"随即赏赐了邱璋。后来，油墩店将这副对联请人写了书法，悬挂于厅堂，作为一种荣耀。黎里人家几乎都会做油墩，但陆家、冯家做得最好，人称"陆家油墩""冯记油墩"。

油墩的做法是，用上等糯米磨成粉，东北大红袍黄豆磨成浆，放入白糖等配料精制而成。里面的鲜肉用猪后大腿，煎汆的油用金黄的菜籽油，都是上等品质。其特点是馅料足，外表金黄，外形中间有一道漂亮的腰线。薄薄的外皮又香又脆，糯而不腻，丝滑绵柔，一口咬下去呈现丝绸般晶亮的"面拉丝"，这就是黎里油墩的精妙所在。黎里油墩自乾隆至今，已有四百年的历史了，仍然保留着原有的风味，受到人们的喜爱。

查文荣　采录整理

双凤麻雀蛋

“桂香斋凤珠”是太仓有名的土特产，名扬海内。可是，太仓人总爱称它为“双凤麻雀蛋”，为啥呢？

据说清朝光绪年间，苏北有一个手艺人叫李三，与邻家四娘结交私情，怎奈父母不允，只好双双在月夜里渡过长江，隐居在江南太仓城内结为夫妻，摆个汤团摊度日。

李三是个老实汉，不会巴结人，没多久，就被当地店商豪绅逐出县城。李三、四娘没有办法，只得转到双凤小镇去做生意。一天，他俩在双凤城隍庙门前的大槐树下摆了个汤团摊，当一锅汤团刚刚煮熟揭开锅盖准备要叫卖时，忽然头顶上飞过一群麻雀，撒下几坨鸟屎，落在锅里，顿时气味难闻，弄得一锅汤团一只也没卖脱。李三火[①]啊，想我受人欺负不算，还要受这些鸟的欺负，今日一不做二不休，他端来一张木梯，双脚“腾腾腾”地爬上树去捉鸟。鸟有翅膀，早就飞了，但窠总算给拆掉了。而且，他还意外地得到了一窠花花斑斑的麻雀蛋。那天晚上，李三和四娘收摊回家，没有小菜，就烧了这些麻雀蛋当菜。嗨，味道还真鲜美。

尝到一次甜头后，李三就天天爬树去麻雀窠里掏蛋，或者自己烧烧吃吃，或者拿出去卖，买的人倒也蛮多。后来，李三索性连汤团都不做了，专卖麻雀蛋。

但是，鸟窠里的麻雀蛋是会掏完的，生意却日日要做，怎么办？李三和四娘一商量，决定别出心裁地做出一种新的食品来，那就是人工麻雀蛋。

“做咸的还是做甜的？”四娘问。

李三想了一想，说：“做咸的，人家只能当菜吃，销售量不太大；如果做成甜的，大家把它当家常小吃，那么生意就可以兴隆一点，还是做甜的吧！”

四娘赞成李三的意见。那天夜里，夫妻俩就用面粉发酵，做出一颗颗滴溜滚圆、玲珑可爱的假雀蛋来，又炒得喷香，再用白糖和桂花敷在外头。做好一尝，香甜松脆，美味可口，两人高兴得一夜没睡着觉。

第二天，夫妻俩一早就上市设摊，并允许顾客先尝后买。行人看见李三的人工麻雀蛋觉得新奇，争相品尝。一尝之后，众口称好。不一会儿，麻雀蛋卖了个精光。从此以后，李三、四娘就专营起人工麻雀蛋来，生意很红火，慢慢积些钱，开爿小店，还挂起了“双凤麻雀蛋”的招牌。

双凤麻雀蛋的名气一天比一天响，附近乡镇的百姓纷纷慕名前来购买。人们不仅自食，而且还用来作为馈赠亲友的佳品。

那年，适逢慈禧太后七十大寿，太仓知州便把李三、四娘的双凤麻雀蛋装在红漆金边的珍贵食品盒中，作为苏州府的地方特产，贡献进京。据说慈禧太后一尝，顿时眉开眼笑，连说：“好吃！好吃！”当场嘉奖太仓知州，但嫌“雀蛋”两字不雅，遂钦命改称“凤珠”，并赐李三和四娘的店号为“桂香斋”。

于是，桂香斋的凤珠，一时名噪海内。当时，太仓城里的一些油滑店商纷纷开设假“桂香斋”。而李三、四娘呢，他们不忘根本，店内依旧挂着“双凤麻雀蛋”的招牌。当地百姓叫惯了，也不愿改口，所以直到现在仍叫“双凤麻雀蛋”。

王大经　胡杰　采录整理

注解：

①火：苏州方言，发怒的意思。

酒酿饼

清明节前后，苏州、常熟一带的人喜欢吃酒酿饼。这种饼，皮薄馅多，甜而不腻，是一种节令佳品。酒酿饼原名“救娘饼”，有这样一个传说。

元朝末年辰光，张士诚在苏北兴化一带贩私盐，因为误伤人命，官府到处捉他，逼得他东躲西藏，有家难归。追捕他的风声越来越紧，张士诚在兴化再也无法存身，只得带了老娘、家眷和几个结拜兄弟逃出兴化，偷偷地渡过了长江，来到江南。几天以后，身边带的干粮已全部吃光，只得饿着肚子赶路。

一天晚上，张士诚等来到常熟虞山脚下的一个村庄，他的老娘饥饿难忍，便对张士诚说：“儿啊，娘饿得实在熬不住了，你想想办法，去弄点吃的东西来。”张士诚听娘喊饿，心里好生难过，忙安慰道：“娘，这都是孩儿的不是，您老再熬一熬，待我进村去讨讨看。”说完，叫大家在村外树林里等着，自己就进村去沿门乞讨。一连问了十多家，都说：“今天是寒食节，晚饭没有烧，请客官到别处去讨吧。”

原来，张士诚一心逃难，连日脚都忘记了。现在经人一提，才知道今天是寒食节，是不动烟火的，到哪里去讨呢？他抱着一线希望，讨到最后一家，敲开门，见是一个老者，就苦苦哀求道：“大伯，行行好吧，送一点吃的给我，我娘饿得实在吃不消了！”老者道：“我家也实在穷，没有好吃的东西，只有几个面粉饼，你就拿去吧。”

张士诚一听喜出望外，心想，巧哉，我娘喜欢吃面食，面粉饼正合她的胃口，便说道："谢谢大伯，面粉饼也好。你能救我急难，我终生难忘，日后定当重报。"说完，接过面粉饼，再三道谢，回到村外的树林里。

张士诚将面粉饼分给众人，他的老娘接过饼，掰开就吃，感到香喷喷、甜津津的，十分可口。原来，这饼是用老酒脚发酵后做成的，有一股诱人的酒香味。张母吃后，连连称赞说："这饼真好吃，救了我们几个人的命啊！"

几年以后，张士诚聚众造反，在苏州称王。他想起了老者的救命之恩，就派人到常熟去寻找那个老者，可找了好久都没找到。怎么办呢？为了不忘寒食节吃面粉饼的事，张士诚专门请来了做饼师傅，到皇宫里做面粉饼吃。因这种饼救过他的娘，就取名叫"救娘饼"。

日子一长，大家都知道救娘饼是用酒脚发酵而酿制的，在苏州、常熟"救娘"与"酒酿"同音，所以，后来就叫作"酒酿饼"了。

潘君明　李炎明　采录整理

附记：

张士诚（1321—1367），元末泰州白驹场（今江苏大丰西南）人，幼名九四。盐贩出身。至正十三年（1353）与弟士德、士信率盐丁起兵，攻下高邮等地。次年称诚王，国号周，年号天佑；渡江攻下常熟、湖州、松江、常州等地，十六年（1356）定都平江（治今江苏苏州）。次年降元，受封为太尉，曾与方国珍从海道运粮，接济元都。后继续扩占土地，割据范围南到浙江绍兴，北到山东济宁，西到安徽北部，东到海。至正二十三年（1363）自称吴王。后屡被朱元璋击败，二十七年（1367）秋平江城破，被俘至金陵（今江苏南京），自缢身亡。

益母饼

明末清初，有一个徐姓做官人家，为逃避战乱，从外地迁来常熟尚湖之滨，隐居于此。那里水网密布，物产丰饶，又远离城镇，确是一处理想的隐居之所。徐氏小有积蓄，不久便置地造房，以图安居乐业。

起初，乡人对徐氏颇有疏远之意，认为远乡之客不可近交，但徐氏平易近人，且乐善好施，渐渐博得了邻里的好感。

一日，徐氏在茶馆里听说当地有不少妇女产后气血不调，有的久病不愈而成顽疾，经年卧床不起；有的甚至败血而亡。茶客们纷纷叹息苦无良医。徐氏读过医书，粗通岐黄之术。回家后细细思量，决定挂牌行医，造福乡里。不久，在一片爆竹声中，徐氏医庐开业，同时遍告乡邻，三个月内免费就诊，并专门为产后妇女提供一种药饼，分文不收。

因为这种药饼是专给产妇所吃，吃后身体健康，大大受益，故称为“益母饼”。

益母饼是这样做成的：先将益母草洗净，阴干，然后剪细，碾磨成粉；再取糯米、粳米各半，亦碾成粉，两者相和，加糖、清水揉成饼状，最后放入蒸笼蒸熟即成。益母草味苦，故饼也略带苦味。

益母饼有补血养气之效，病人食后见效快，一时间乡人以为奇迹，徐氏遂医名大震，求医者络绎不绝。

后来，徐氏将益母饼的制法传授给了人们。由于益母草在乡间易于采集，且制作简便，人们纷纷效法。至今，当地仍有食用益母饼的习惯。

北渚　采录整理

如意酥

常熟“如意酥”，是一种在唐朝时产生的糕饼，素有“钦点御定如意酥”之名。关于它的历史，有这样一个传说。

女皇武则天七十大庆，要全国各地进贡有地方特色的干点心，准备在寿诞之日，用来招待朝廷大臣和外国来使，展示一下天朝的美食。

苏州知府姓任，是狄仁杰的高足。狄仁杰早把女皇要在全国各地选点心的消息告诉了门生，并特别关照任知府，女皇喜欢吃甜食。任知府接到从京城来的信息后，便忙碌起来，要府内各县分别选几种美味佳品的甜点心给他品尝，然后选择。任知府在各县送来的几十个品种中，选中了常熟知县送去的一只饼，觉得味美、香甜、酥脆，十分上口。当即责令常熟知县，赶制数千只作为贡品。

常熟知县接到上司的命令，哪敢怠慢，急忙召集全县范围内有名的糕饼师傅，要他们各显神通，用同样的原料做出不同形状的饼来，送他品评。结果，任知府在数百只饼中，选了一只形状像“如意”的饼。

因为饼是送到京城给皇帝享用的，马虎不得，因而在用料上特别讲究，选用上等白面粉，与菜油、饴糖、蜂蜜拌和、揉熟，做成油酥。这种饼有色黄、味香、松脆、爽口、甜而不腻的特色，吃过后回味无穷，可谓色、香、味、形俱佳。饼做好后，装在相当精致的食盒内，由任知府亲自送到京城。

女皇品尝过后，觉得很适合她的胃口，十分满意，连声称赞不已，问苏州知府："这点心很有南方风味，不知叫什么名称？"苏州知府急忙跪奏："这点心是微臣督工在短期内赶做出来的新品，尚未定名，望圣上赐个名吧！"

女皇朝点心看了一下，心想，此饼形状像一只如意，今年正好年号为"如意"，倒不如就用这年号来命名吧。便说道："爱卿，在朕看来，这饼像一个如意，就取名叫'如意酥'吧！"

从此以后，常熟"如意酥"就成为贡品，苏州知府年年要送几千只进京。这本来只是一只普通的面粉油酥饼，如今一跃而成为"钦定御点"。常熟人感到特别荣耀，就把此饼誉为"钦定御点如意酥"，此饼也成为常熟的一种名牌特产。

潘君明　李炎明　采录整理

附记：

武则天（624—705），名曌，并州文水（今山西文水东）人。十四岁入宫，选为唐太宗才人。太宗死，入寺为尼。高宗即位，召入宫为昭仪，后立为皇后。天授元年（690）自立为帝，改国号为周。武周天授三年（692）改年号为"如意"。

芙蓉酥

乾隆皇帝下江南，到了镇江后，打算要去苏州。他问镇江知府："从镇江到苏州，沿路要经过哪些地方？"知府回答："沿路有丹阳、洛社、无锡、望亭。"乾隆说："我要在望亭上岸看一看。"

知府回报的四个地方中，数望亭镇地方最小，皇帝为什么偏偏要去那里看一看呢？原来，在三国的时候，东吴孙权在这里建造过一座非常漂亮的亭子，当时这个镇名叫御亭。后来，唐朝刺史李袭因御亭中的"御"不能乱用，而取梁代诗人庾肩吾诗句"御亭一回望"中"望"和"亭"两字做镇名，从而，御亭又改称望亭。乾隆要上望亭看看，可见是有道理的。因为，乾隆读过李袭的诗。镇江知府为了乾隆去望亭，连夜派人到苏州府报信。

苏州知府得到消息后，马上到望亭做接驾的准备。一方面叫香山木匠修理亭子，一方面把望亭镇上的糕饼师傅集中起来，命令他们在五天之内做出有地方特色的糕点来。为什么要这样呢？因为苏州知府知道乾隆每到一个地方，都要吃当地的特色食品，如果没有，地方官员就要受到责备。所以，苏州知府才下了这道紧急命令。真是"官吏一个屁，百姓一台戏"。糕饼师傅只好日夜不停地试做各种糕饼。一眨眼四天过去了，限期就要到了，还是没有做出令人满意的糕饼。大家急得六神无主，害怕得要命。这时，有一个姓杨的师傅对大家说："各位师傅，看样子在劫难逃了。你们上有老、下有小，吃官司犯难，我反正是光棍一条，天南地北都一样。你们弄些原料给我，让我试着做一样糕点去应付应付。要是应付不过去，问罪下来，你们就全往我身上推。”

杨师傅一人做糕点，自己愿意承担一切，大家对杨师傅非常感激。因此，尽量拿出上好的原料给他用。大家拿来的有糯米粉、白糖、麦芽糖、猪油、桂花、炒米等等。杨师傅将这些东西配好，做成了一块长方形的糕。到了限期那天，苏州知府一大早就来到望亭，查看一切接驾事务是否准备停当。杨师傅把自己做的糕饼送到知府面前交差。知府一尝，大声说：“好，好，有特色！”这时，杨师傅才松了一口气。压在大家心上的石头也落了地。

知府问道：“这个糕叫什么名字？”

杨师傅说：“临时做的，还没有想出名字来呢。”

知府忙道：“那你赶快想出个名字来吧。”

杨师傅抬头一看，只见池塘边的拒霜花——木芙蓉正在怒放。心想，你们这些当官的真像摧残百花的寒霜，百姓就像霜打不死的木芙蓉。想到这里，便脱口而出：“叫‘芙蓉酥’，好吗？”

知府称赞说：“这名字好。”

过了几天，乾隆路过望亭，果真上了岸。苏州知府殷勤地献上了芙蓉酥。乾隆细细品尝，很满意，一边吃一边说：“这芙蓉酥既酥又脆，既甜又糯，不仅有桂花的清香，还有饴糖的甜美，真是再好不过了。”

乾隆的称赞，乐得苏州知府那张嘴像木鱼一样合不拢来了。从此，芙蓉酥成了望亭特产。

李洲芳　采录整理

陆家浜糖枣

昆山陆家浜的糖枣，是当地陈万兴茶食店的著名产品。陆家浜糖枣始于清朝光绪年间。当时，陆家浜有一座龙王庙，每年八月十八日庙会，四乡八邻的老幼妇孺都要来赶庙会。这天，陆家浜从早到晚，人山人海，热闹非凡。陆家浜做小生意的人，也抓住这一时机，出摊摆货，招徕顾客。

有位姓陈的商人和一位糕饼师傅，每年在八月十八日前，都会用糯米粉加糖搓出粉面条儿，在油锅内氽成又甜又香的小吃，拿到庙会上兜售，生意极好。不料，这一年，糕饼师傅卧病在床，陈老大只好硬着头皮单独操作。正巧，那几天天气奇热，泡下去的糯米发酸了。虽然陈老大将糯米放在清水里漂了又漂，但磨出粉来还是酸。怎么办呢？陈老大一面想，一面搓，不知不觉地把手里的糯米粉搓成了像枣子一般的小颗粒。他有意无意地放入油锅一氽，糯米粉很快就发脆了，捞起来一闻，一点酸味也没有，再一尝，又脆又香，又松又甜，比原来的糯米小吃还要好吃。陈老大非常高兴，心里想，就做成这样的小吃出售吧。

八月十八日这天，陈老大把氽好的糯米粉小颗粒堆成小山一样，招徕生意。赶庙会的人见今年的油氽小吃变了样子，就问这叫啥名堂？他看看想想，小颗粒形状像枣子，甜得也像枣子，就随意地说："叫'糖枣'！"大家一尝味道，果真不错。几百斤糖枣转眼就卖光了。

从此，陆家浜糖枣出了名，成了常年的茶食点心。那位陈老大，也在陆家浜开了一爿陈万兴茶食店，生意十分兴隆。

翁洋洋　采录整理

油镫

乾隆皇帝多次下江南。这年，他又想起了江南的好风景，便把朝廷大事托付给首辅大臣，自己带了几个亲随再次下江南白相。

乾隆带着几个亲随，打扮成香客模样，来到苏州运河边，看到碧水如镜，风帆悠悠，景色迷人，兴致倍增，就雇了一只小船，准备前往杭州。两天后，船驶到平望莺脰湖，正遇大雾弥漫，迷失了方向，不知不觉竟然摇到了黎里楔湖。乾隆因身体累乏，茶不饮，饭不思，抬头看到湖中央有一座寺庙，就拢船登岸。他和亲随走进寺院，来到罗汉堂，烧了香，磕了头，已到中午时分，几个亲随饥肠辘辘，十分难受，想找点东西充饥。可是，这庙已破旧，烧香人寥寥无几，哪有什么点心？和尚看到这几个香客很有礼貌，为了感谢他们送香，就用自己准备烧粥的糯米磨成粉，包上一点赤豆馅子，揉成圆形，放在油锅里氽，做成了点心，送给他们充饥。

乾隆皇帝养尊处优，很少吃过民间食品，尝了一口，顿觉味道不错，再吃一大口，美不可言，乾隆问亲随："这是什么点心？"亲随一听瞠目结舌，自己也不知道，说不出名堂来。这时，旁边扫地的老和尚说，这是我们寺庙里的早点，没有什么名称。乾隆听后，看看点心，圆溜溜，黄澄澄，这不正像寺庙里磕头用的蒲墩吗？于是当即赐名"油镫"。由此，这点心有了"油镫"的名称。乾隆回京后，想起江南楔湖油镫的美味，特意下旨，要当地官府整修寺庙，以报答和尚对他的盛情招待。

从那以后，油镫开始成为一种著名的点心。由于做油镫的方法简单，许多人都学会了。再经过历代师傅不断改进和提高，油镫便成了流传于世、脍炙人口的乡土名点了。

王炜　采录整理

鸳鸯汤团

在太仓的一个小镇上，有个卖汤团的中年人，名叫吴四。他长年累月肩挑担子，走街串巷叫卖汤团。他的手艺可称一等，汤团配料考究，质量上乘。只要卖汤团的竹绑“嗒嗒”一响，“汤团来哉”的喊声一起，左邻右舍，许多人都端着碗守在门口等着买汤团。

为啥吴四汤团如此受人欢迎，大家都爱吃？这里有个缘故。

小镇上的汤团店不少，做出来的汤团也不乏上品，但与吴四的汤团一比，无论是品种还是味道，都差得远了。吴四的汤团妙就妙在品种繁多，花样百出，鲜肉、豆沙不在话下，还有珍珠馅、翡翠心这几种汤团味道最佳，引得人们胃口大开。

那时，镇上有一个士绅，名叫蔡豪，他开了两家京货店，一家大糟坊和一家典当铺，家道很是殷实，就是有一个毛病——贪吃。他见时鲜、吃时鲜，人家替他起了个绰号叫“馋猫”！蔡豪是吴四汤团的一个常客。这天，他在家闲得发慌，突发奇想，派人把吴四叫到家中。吴四正在沿街叫卖，就挑了汤团担到“馋猫”家里来。蔡豪慢悠悠地与吴四闲扯汤团生意，没什么正经事儿。吴四想：我在此瞎扯，汤团卖不脱，拿回去要变质的。他没有心思与“馋猫”闲扯，挑起担子打了个招呼想走。不料“馋猫”派头一落[①]地说：“吴四，今天你不要出去卖了，这担汤团我全包了，你总放心了罢！”吴四一听，心想，全包了也好，省得我出去卖了。但今天“馋猫”为何如此大方？吴四心中有点疑惑不定。

“吴四兄！”“馋猫”突然说出这么一句，与吴四称兄道弟，把个吴四弄得丈二和尚摸勿着头脑，心想：阿曾听错了？

“吴四兄……”“馋猫”第二声出口，吴四魂儿归窍，心想：今天“馋猫”是否吃错了药！接着听到“馋猫”又说：“我今天请你来，是与你商量一件‘大事’的。”吴四听了，觉得自己像在腾云驾雾，脑子里一团迷糊，心想我是挑担做小生意的，你是士绅，有什么好商量的。但一看蔡豪一本正经的样子，只好坐下来听他讲下去。

“吴四兄，你的汤团名气响透，但时间长了吃客要吃腻的，我与你商量，就是问你阿有啥再好的‘拿手货②’没有？”听了这话，吴四心想，这种人四肢不勤、独想吃喝，好的还要好，实在像“馋猫”。就想逗逗他，吊吊他胃口也是好的，就毫不考虑顺口说道：“不瞒蔡爷，我还有一宗家传秘方的‘鸳鸯汤团’，包你吃了‘打耳光不放③’！”这时，蔡豪的耳朵拉得像猪耳朵一样，他把“家传秘方”“鸳鸯汤团”听了个一清二楚，喜得跳了起来，一迭连声地说：“吴四兄，只要你做得出‘鸳鸯汤团’，我当你后台老板，要钱有钱，要物有物。我与你合伙开一家点心店，你再也不用每日挑那副穷担子了。”

吴四听后心里猛然一惊，想：我是与他开玩笑的，谁料他当真起来了，只怪自己说大话掉了牙，怎么办？不由面孔上连连转色，脑子飞快地转动着，想起了他爹在世时说起过“一个汤团两种馅心”的事，自己也曾想尝试制作，但一直未掌握配料而作罢。岂料，今天被“馋猫”问出来了，这“鸳鸯汤团”怎么做呢？再想想，路是人走出来的，任何事情都可以从手里做出来。想到这里，吴四大大方方答应了蔡豪的要求，讲明一个星期内做出“鸳鸯汤团”。

所谓“鸳鸯汤团”，就是一只汤团内有两种馅，也称“双馅汤团”。讲起来容易，做起来却难了。吴四仔细回想父亲说起吃“双馅”汤团时眉飞色舞的情景。倏地！他想起父亲曾叮嘱过自己，不到万一不要动“小本本”的话，想到此，脑际闪过一道灵光！难道“小本本”上有大名堂？他立马翻箱倒柜寻了个遍，果然，在一只不起眼的木匣中找到了那个“小本本”，上面写了不少点心的配料和制作方法，在最后一页上终于发现了“双馅”汤团的配制秘方！这时，吴四心中的高兴劲儿没法形容。他接连几天调配原料，终于制成了“鸳鸯汤团”，当自己尝着“双馅”时，味道真是好极了！他兴奋得跳了起来。

吴四告知了“馋猫”，“馋猫”用与吴四合开点心店为由，要到了制作“鸳鸯汤团”的秘方，“秘方”到手，什么“合伙经营”的诺言均抛至九霄云外，自个儿开点心店赚钱去了。

蔡豪开的汤团店传到子孙手里，由于管理不善，倒闭了。这也是蔡豪窃取“秘方”的报应。但制作“鸳鸯汤团”的方法却流传了下来，在这个小镇上，至今仍有制作“鸳鸯汤团”的点心店。

金瑞林　采录整理

注解：

①派头一落：苏州方言，指很有气派。

②拿手货：苏州方言，指最熟练、最好的货色。

③打耳光不放：苏州方言，形容实在好吃。

西津桥的团子

“西津桥的团子——双档”，这是苏州人的一句俗语。因为西津桥的团子，在出售时一张箬叶上要放两只团子，两只称为一双，故有“双档”之说。那么，西津桥团子为啥要“双档”呢？有个故事。

苏州西郊的西津桥附近有个箬帽山，山下住着一对中年夫妇，男的姓李名阿坤，女的姓张名淑芳。两人都很厚道，由于家中田产少，日子过得很艰苦，平日做做团子生意贴补生活，勉强度日。

一天，走来两个老叫花子，一男一女，看上去是对老夫妻。张淑芳给了他们一人一个团子，他们大概饿得慌，两人各把一只团子吞下肚，又伸手说：“再给我们吃点吧！”张淑芳又给了他们两个团子，他们很快就吃完了，又向张淑芳讨吃。这时，张淑芳面露难色。她的丈夫李阿坤却说：“再给他们两个吧！”这老两口吃了还是不肯走，站在门口朝李阿坤夫妇看，李阿坤又给他们两个团子。张淑芳想：今天总共做了三十只团子，只卖掉四只，倒给你们吃掉八只，照理也应该吃饱了。可是，两个老叫花子仍然站在门口不肯走。李阿坤想：我也是穷人，比你们好不了多少，这样吃下去还了得，想到这里，他叹口气说：“穷人也只有靠穷人帮助呀，你们尽管拿着吃吧，吃饱肚子算数。”不多辰光，盘子里的团子统统吃光了。两个老人说了声“谢谢”就离开了。

张淑芳回到内屋，不觉落下了几滴眼泪，心想：我们这点小本钱这下全完了，今后日子怎么过。夫妇俩愁眉苦脸，过了半天，忽然看到老叫花子的一根讨饭棍忘记在门口，张淑芳想，这两个老人讨饭时没有打狗棒怎么行，就追上去送给他们，可是他们已经走远了，再一想，一根棍棒到处可以寻到。于是就将这根棍子留了下来。

张淑芳因为没有本钱，团子生意也做不成了。过了几天，李阿坤发现讨饭棍的顶端套着一个黑赤赤的箍，他擦了擦显出了黄颜色，呀，还是一根黄铜箍。张淑芳从丈夫手里拿来铜箍，放在手中掂了掂，觉得很沉，便说："莫非是个金的？"李阿坤再把讨饭棍拿来仔细一看，发现棍子顶端有个小洞，里面还有一张纸条，他把纸条抽出来一看，上面写着这样几句话：

团子老板好良心，不顾自己救别人。
打狗棒顶一金箍，送给主人表表心。

李阿坤夫妇俩顿时由悲转喜，然而他们忽又想到：我们穷人怎好要人家的东西呢！再说吃了这点团子也不值一个金箍！莫非这两个老人是仙人来相助吧！他们把这个金箍卖掉做本钱，就开了爿像样的"双福来"糕团店。

他们出售团子时，总是把两只团子放在一张箬叶上，为啥呢？因这爿团子店是由两位老人资助后开的，故将两只团子放在一叶箬叶上，算是对两位老人的一种纪念。于是，就产生了"西津桥的团子——双档"的谚语，用来形容男女成双成对，形影不离，并成为糕点史上的一段佳话。

赵长润　采录整理

桂花糖芋艿

每年八月中秋，苏州家家户户都喜欢吃桂花糖芋艿。芋艿雪白粉嫩，放进桂花和糖，吃起来又糯又甜，味美适口。据老年人说，吃芋艿早在汉代就有了。

传说王莽篡位以后，刘邦的九世孙刘秀为了光复汉室，以邓禹为大将，领兵讨伐，几次交战，刘秀都吃了败仗，只得退守昆阳。王莽派兵尾追，将昆阳城团团围住。

刘秀被围困在昆阳城内，救兵不来，突围不成，旷日持久，城内粮草越来越少，处境非常困难。这时已经是八月初，眼看要到中秋节，可是每人每天连一顿粥也快要吃不上了。刘秀急得没有办法，同邓禹商量后，在军内贴出文告：谁能献计筹得军粮者，加官晋爵。

到了八月十四日，军中粮食已经全部吃光了，可就是无人献计。第二天就是中秋节，用什么过节呢？刘秀急，邓禹急，士兵也急。

这天夜里，有几个兵士巡哨回来，经过一片水滩地，看见一片黑油油的叶子，在月光下望去恰似荷叶一样，大家以为是莲藕，就下去挖，挖出来的却是像柿子大小黑溜溜的东西，剥掉它的皮一看，里面倒是雪白粉嫩，用舌头一舔，还有点甜味。这几个士兵高兴极了，连忙挖了一大筐，抬回营寨就煮，煮熟了就吃，吃起来还很有味道呢。士兵们赶紧去向邓禹报告，邓禹得知此事，如获至宝，连忙去对刘秀说："主公，吉人自有天相，军粮有啦！"

刘秀莫明其妙，问道："哪里来的军粮呀？"

邓禹把几个煮熟的黑东西呈上去，说道："主公请看。"

刘秀接过来看了看，问道："此是何物？"

邓禹道："请主公尝尝再说。"

刘秀把那怪东西剥去皮，放进嘴里一尝，软如米糕，又香又甜，甚是好吃，顿时高兴起来，忙问道："此物从何处寻来，叫甚名称？"

邓禹把士兵发现此物的经过陈述了一遍，说道："此物不知叫甚，就请主公赐个名字吧。"

刘秀想了想，说："我们正在遇难之时，有这东西解救，也是天赐神物，为了不忘今日之难，就叫'遇难'吧！"

第二天是八月十五，邓禹派出士兵，到水滩地里去挖，挖出来的"遇难"堆成了一座小山，士兵们兴高采烈地跳啊，叫啊："吃'遇难'过中秋喽！"过了几天，刘秀的援兵赶到，里应外合，把王莽打得大败，取得了胜利。

李昉 绘

后来，刘秀做了皇帝，念念不忘“遇难”之事，每年八月十五，总要和大家一起吃一顿“遇难”。

邓禹告老回乡到苏州光福隐居，也不忘“遇难”之事。光福一带盛产桂花，每年八月十五吃“遇难”时，放进桂花和糖，味道更加鲜美。日子一长，这种烹制方法传开了，就成为苏州人过中秋节的一种风味小吃佳品。后来，人们嫌“遇难”一词不佳，就改用“芋艿”。于是，“桂花糖芋艿”就伴随着中秋佳节，世代相传。

潘君明　李炎明　采录整理

桂花橘禄圆子

苏州人家每当宾客临门，主人有时会烧上一碗香糯可口的桂花橘禄圆子招待。第一碗桂花橘禄圆子出在光福，说起来还有一个曲折离奇的故事。

相传，清朝辰光，乾隆皇帝下江南，在和珅等人的陪同下，去光福玄墓山白相。走到青石板桥石灰弄，将近中午，乾隆皇帝觉得腹中饥饿，对和珅道："你去看看，附近可有店铺，朕的肚子在唱空城计了。"和珅答应一声，走到村口四下一看，一家店铺也没有，就走进一户人家。这户人家有个院子，院内有几株桂花树，后面一排三间平屋。和珅喊道："屋里有人吗？"屋里走出一个村姑，问他："有什么事呀？"和珅说道："我家主人去玄墓山游玩，路经这里，又饥又渴，请你弄点热的汤水，解解饥渴。"村姑说："请你们主人过来歇息，我去准备。"

村姑姓吴，叫水英。吴水英想到厨房有一盆生的小圆子，就剥了几个橘子，去了籽，放入锅中，一会工夫水开了，再倒入圆子，放入桂花、白糖，用铁勺盛了几碗，端给乾隆等人。

乾隆见点心来了，端起来一闻，一股香味，尝了一口，味道甜津津，吃到嘴里韧咭咭、滑溜溜，不禁连连称赞。和珅也赞不绝口，问这道点心叫啥名字。水英说："乡下人的土产，呒啥名字。"乾隆接口说道："桂花、橘子、小圆子制成的甜食，就叫'桂花橘禄圆子'吧。"吃罢点心，乾隆吩咐和珅支付银两。

乾隆走后，水英在家中收拾碗筷，忽然听见院里有人叫喊。水英凭窗向外一望，原来是镇上李家的家奴。李家是镇上的富户，还与苏州府台大人沾点亲，生了个儿子李有仁，是根歪苗，成天游手好闲，拈花惹草。当地人因李家势大，背后都叫他“李老虎”。李老虎见水英貌美，垂涎不已，今天派家奴前来，肯定没有好事。“我家少爷仰慕姑娘已久，今天特地差小人前来求婚。这十两黄金乃是定亲之物，望姑娘笑纳。”家奴嬉皮笑脸，从怀中掏出一锭金子，放在台上。水英姑娘道：“俗话说‘穷勿搭富，蒲鞋勿搭布’，你回去告诉你家少爷，叫他死了这条心吧！”李家家奴顿时把脸一板，说：“你不要敬酒不吃吃罚酒，我家少爷说了，你从也得从，不从也得从，你等着吧！”说完扬长而去。

话说乾隆游罢玄墓山后，回到苏州，住在苏州府台衙门里。这天，乾隆和府台在内堂闲谈，忽然想起光福的桂花橘禄圆子，便命府台派人到光福去请水英来烧这道点心。差人去后回来禀报：吴水英家中无人，院内桂树被人截断，横七竖八扔了一地。乾隆皇帝十分惊疑，对和珅说：“你去查查是何原因。”和珅领旨正要前往，忽听大门口传来“咚咚咚”的击鼓鸣冤之声。乾隆对府台说：“快去看看，何人击鼓告状？”

大堂上跪着一个衣衫破旧的老者，抖抖瑟瑟，老泪纵横。府台问他因何击鼓，老者道：“小民光福人氏，叫吴阿狗，女儿叫吴水英，父女二人相依为命。富户李家的公子李有仁见小女貌美，多次调戏不成，于前天带了几个家丁前来抢亲。我女儿宁死不从，几个恶奴将我毒打一顿，还将我家院中的桂树拦腰截断。昨天他们又来，把我女儿强行抢去，并丢下话来，三天后要与我女儿圆房成亲。”知府心想，刚才皇上提起的烧桂花橘禄圆子的姑娘，莫非就是此人之女？想到这里，便立即进了内堂，如实向皇上作了禀报，乾隆说了声：“此事你去办吧。”府台立即吩咐两个差人赶往光福。

两个差人到了光福李家，直闯内堂，见厢房内有三人，朝外一位姑娘坐在凳上哭哭啼啼，脸上挂着泪水，两个妇人在一旁劝说，见门外进来两个公差，都露出惊异之色。公差道：“我们奉府台大人之命，请吴姑娘去府衙。”话音刚落，带着吴姑娘就走。

吴姑娘到了府台衙门，府台问吴水英：“你可会烧桂花橘禄圆子？近日可曾用此道点心招待客人？”吴水英先是一愣，旋即将前日有客商途经她家吃圆子之事说了一遍，府台听了连连点头。这时，正好和珅奉皇上差遣，前来询问烧桂花橘禄圆子的姑娘寻到没有，一见姑娘已在堂上，赶紧把她请到内堂，为乾隆皇帝烧桂花橘禄圆子去了。

乾隆再次吃到桂花橘禄圆子，十分高兴。他在这边吃圆子，那边府台不敢怠慢，派差人去锁了李有仁来，杖四十，打入大牢。

乾隆回京后，每吃点心，就会想起光福的桂花橘禄圆子。现在苏州人吃的桂花橘禄圆子这道风味小吃，就是乾隆那时传至今天的。

王兴全　采录整理

苏州船点

有一天，唐伯虎与几位文人雅士登船去虎丘游玩，一路上，大家吟诗作画，笑声不绝。船主看此情景，心想："今朝船上这些客人都是苏州有名的文人雅士，名气大，说话响，从他们嘴里说出一句话来，在苏州城里是有分量的。"于是，他赶紧走到后舱，关照厨师阿大说："今朝做点心不同往常啊！这班文人墨客是有学问的，嘴巴也是不饶人的！"

阿大师傅心里当然明白，今朝做点心要动动脑筋哉，不能像平常那样搓搓圆、捏捏方就算了事。阿大师傅想到这里，忽听前舱传来一阵笑声。他走到舱门口往里一看，只见船壁上已挂起了一幅画，文人们正在那里兴高采烈地品评说笑。这幅画笔墨秀润缜密而有韵度：一串串葡萄诱人垂涎，一群小鸡正围在老母鸡的身边悠闲觅食、嬉耍，一丛松树枝上蹲着一只小松鼠似跳非跳……这幅画把花、鸟、松、竹画得活灵活现。阿大师傅正看得出神，忽听唐伯虎开了口："诸位，请看这松鼠的尾巴，是否有点像祝兄的胡须啊！"话声刚落，就是一阵哄笑。此时，只见祝枝山不紧不慢地从怀里掏出一面放大镜，凑在画上看来看去，慢悠悠地开了口："这一串串葡萄，倒极像寅弟身上这件衣服的图案。可惜，葡萄虽多，不可吃。寅弟，你不妨将你衣服当了，买些酒来让兄弟们解解馋吧！"接着，又是一阵哄笑。

这班文人只顾说说笑笑，哪管背后有人偷听。说者无心，听者有意。这阿大师傅心想："画上的不可吃，我为什么不用米粉捏出画中的东西来，给他们尝尝，凑凑趣呢？"阿大师傅打定了主意，急忙回到了

顾曾平　绘

后舱。他把米粉蒸熟，捏成和画中一样的葡萄、松鼠、小鸡、枇杷、橘子和兔子……还包进各种甜、咸不同的馅芯，点心做好，阿大师傅自己看看也很开心，暗想："你们这班文人用笔画的，只是好看，不好吃；我用米粉捏的，不仅好看，还可一饱口福！"他高高兴兴地将这一大盘点心送到前舱桌上，笑吟吟地招呼道："诸位相公，我今天献丑了，赏个脸，尝尝这些点心吧！"这些文人们一看，一个个都呆住了。唐伯虎拿起一只小鸡，横看竖瞧，十分佩服，连连称赞："师傅，如此糕点，真乃出自仙人之妙手，请问这点心叫甚名字？"

此时，船主正站在一旁，心里也十分高兴，急忙上前回道："解元公在此，船上用的点心就应该叫'船点'。"大家一听觉得颇有道理。

从此，就有了"船点"这个名称。后来，又经过这班文人墨客到处一宣扬，船点的名声就越来越大，想吃的人也越来越多。各种游船为了招徕生意，相继学着用米粉做出各种动物、植物的形象，生动有趣，被称为"苏州船点"，并成为苏州水乡特有的点心，一直流传到今天。

翁洋洋　采录整理

牛肉干和卤汁豆腐干

苏州的卤汁豆腐干，香糯甜美，久享盛名。可别小看这不起眼的土特产，年销量着实可观。凡是到苏州旅游的外地人，几乎都要买几盒带回去赠送亲友，共享姑苏美味。为什么苏州的卤汁豆腐干如此吸引人呢？这要从苏州卓氏两兄弟开设牛肉干的作坊说起。

六十多年前，苏州城里有家牛肉作坊。店主卓老大，有一手烹调好手艺。他精工细作的牛肉干，选料考究，烹调精细，吃时细嚼细品，满口鲜香，回味无穷。因此生意兴隆，在京津一带名声蛮响。

卓老大的兄弟卓老二，是个不学无术的私塾先生，教了几年书，学生都不愿上门了，家里穷得烟囱里冒不出烟。老大见他度日艰难，就让他到自己作坊里管管银钱，做做帮手。兄弟俩有商有量，一面做牛肉干生意，一面做素鸡豆腐干卖。这种小方块豆腐干，用牛肉汤炙过后，味道特别鲜美，出售时烧得热水滚烫的，三五块用竹签一串，涂上薄薄的甜酱，大人小孩都爱吃，销路也很好。

老二在作坊里干了一段时间，手头也活络起来，又在老大作坊里入了股，两人合伙经营，生意越来越红火。几年以后，老二自以为把阿哥的技术都学到了手，就决心和老大拆伙，要自己开店营业，开什么作坊呢？兄弟俩商量开了。

老二知道牛肉干的买卖好做，就执意要开牛肉干作坊。老大拗不过他，只好抽签定乾坤。老二眼明手快，第一个就抽中了做牛肉干。老大也只好语重心长地嘱咐老二："一定要精工细作，把牛肉干越做越好，永葆老店好名声，这样，为兄也就放心了。”

老二自以为技术已经学到了家，哪把老大的话放在心上。他一门心思打着小算盘，只顾偷工减料赚钱，不顾质量。什么顾客，什么口味，全不在他的眼里，经营几年，牛肉干越做越糟，顾客越来越少，作坊冷冷清清，生意一落千丈。

老大呢，自从分店经营后，他把全部心思、全部技能都用在制作豆腐干上。他知道苏州人爱吃甜食，就将素鸡豆腐干改为重糖卤汁，甜中带咸，香软可口，人称“蜜汁素鸡”。不用竹签串食，改用小袋包装。销售对象扩大，不仅本地大人小孩，连外地人也喜欢购买，成了极受欢迎的大众食品，赢得了顾客的信誉。

老二见阿哥生意兴隆，又想和老大合伙开店。老大在接待他时，拿出一盆采芝斋的瓜子请弟弟吃，老二不知所以，拿起瓜子一嗑，咯的一响，吐出两爿瓜子壳，瓜子肉完整地留在嘴里。老大无奈地说：“一粒瓜子，肉被吃掉了，两爿瓜子壳就一无用处了。我们兄弟俩人，就像一粒瓜子，合则荣，分则散。你的牛肉干作坊已被你做坍牌子，好比瓜子的肉已被你吃掉，两家的作坊也就像两爿瓜子壳一样，永远合不起来了。”这些话，说得老二红了脸，低下了头，半天说不出一句话。

老大见老二有些回心转意，决心帮他重振旧业。于是兄弟俩又开了爿“津津”牛肉作坊，由老大亲自烹制。果然，这种重料制作的牛肉干一上市，顾客吃得津津有味，牌子立即又打了出去。

直到现在，卓氏兄弟俩传下来的烹制技术，使苏州的卤汁豆腐干和牛肉干生意越来越红火，名声越来越大，成了苏州有名的土特产。

杨彦衡　采录整理

梨膏糖

魏徵有个老娘，已经八十一岁高龄，身体虚弱，患有严重的咳嗽病，汤药吃了不少，病情仍未好转。天气一冷，就咳嗽不止，咳得肺都要碎了。

魏徵请来了医生，一开方就是麻黄、桂子、黄芩，但老人家吃药吃腻了，再加上药味太苦，就不想吃了。

俗语说："病人不吃药，毛病治不好。"魏徵见老娘不肯吃药，听到"咳咳咳"的咳嗽声，心里急得难受。他去恳求医生，能不能开点不苦的药吃吃，医生说道："良药苦口利于病，不苦的药是治不好病的。"

魏徵想：这怎么办呢？在药汤里放点糖吧，可老娘不肯吃药，也不行呀！除非把药做成糖，可又怎么做呢？

正在这时，家童送上梨来，魏徵吃着梨，心里可乐开了，他想：梨么，肉脆，汁多，味甜，可以消痰止咳。如若在药汤内放进梨片，加上糖，一起熬成膏，不就像糖块了么。魏徵想好之后，立即照着去做，待药膏冷却以后，切成了块形，亲自送给老娘去吃。老娘问："这是什么呀？""是糖呀！""是什么糖呀？""是梨膏糖，甜得很呢，专治咳嗽病，您吃吧！"

老娘把梨膏糖拿在手里，看看形状，方方块块的，闻闻味道，有点梨香，吃在嘴里，甜津津的，觉得蛮好。从此，魏徵专门熬梨膏糖给老娘吃。由于老娘天天吃梨膏糖，咳嗽声逐渐减少，不久，竟把咳嗽病治好了。

后来，魏徵听到别人家老娘也不肯吃药，就教以熬梨膏糖的方法。后来，这个方法逐渐流传开来，梨膏糖也成为一种专门治咳嗽的药品了。

潘君明　采录整理

附记：

魏徵（580—643），政论家，馆陶（今河北馆陶）人。官至光禄大夫，辅佐唐太宗共同创建“贞观之治”，被后人称为“一代名相”。

七、茶酒类故事

碧螺春

（一）

太湖洞庭东山的茶叶很有名气，这茶叫“碧螺春”。为啥呢？有个故事。

传说，从前东山莫厘峰上有妖精作怪，樵夫上了莫厘峰，就不见回来。当地老百姓都把莫厘峰当作禁地，谁也不敢上去。

有个没爷没娘的渔家姑娘，名叫碧螺。有一次，她的船正好停在山脚下，看见山上树木茂盛，就准备上山砍柴。有人劝她别上去，说山上有妖精，她不相信，偏要上去看个究竟。碧螺姑娘走到半山腰，就闻到一股奇异的香味，熏得她头都有点晕乎乎的。她就坐下歇一歇，对着山顶细看，看来看去，看到悬崖峭壁的石缝里，长着一棵油绿闪亮的野树苗，在迎风摇摆，像是在对她招手、点头。她见这棵小树苗着实可爱，便冒着危险要去看看仔细。碧螺姑娘越往上爬，山越陡，只见悬崖上面一片蓝天，脚下飞着白云，风在耳边呼呼作响。奇怪的是，越朝上爬，异香越浓，头也越昏。她就用手捂住鼻子，哪知手上的鱼腥气往鼻头里一钻，脑子顿时清醒了不少。她想毛病大概就在闻着那个香味上，想不到鱼腥味竟能克那个醉人的香味，早晓得就带个鱼篓来了。

碧螺姑娘爬着爬着，觉得肚皮有点饿了。身边又没有干粮，正好发现一丛野大蒜，拔起来就往嘴里塞。一把蒜下肚，饥也解了，头脑也清醒了。她一口气爬到了小树旁，只见小树的叶子在微风吹拂下，绿油油、水汪汪、亮闪闪、香扑扑，更加讨人欢喜。她想老百姓所说的妖精作怪，看来就是这棵小树发出的香味！碧螺姑娘越看越舍不得离开。她想还是采点带回家吧。但是身边啥也没带，就摘了些嫩叶塞在怀里。哪知这些嫩叶得了人身上的热气，更加香了，碧螺姑娘惊奇地喊道：“唷，吓煞人香！”

碧螺姑娘准备回去了，但一想，自己走后，还有人上山给它的香气迷倒，不如拿柴刀砍断它吧。可是看看这棵讨人欢喜的小树，又实在舍不得，于是她就把树连根拔了起来，带到船上，种在一只破缸里，每天

夏维淳　绘

给它浇点水，看它会怎样。

树叶固然香得醉人，但是渔船上的腥味重，再加上碧螺姑娘天天挖野大蒜吃，闻了那股味，头脑非但不昏，反而感到清醒，身体也一天比一天强壮起来。别的渔民碰到刮风下雨进港休息，她却照旧在太湖里下网捉鱼。

有一天，碧螺姑娘正在太湖里捕鱼，正巧一阵狂风把“吓煞人香”的叶子吹落到她那没盖的水壶里。碧螺姑娘当时正累得浑身是汗，嘴里干得像火烧，拿起水壶就喝了个底朝天。哪晓得喝了这壶水，碧螺姑娘顿觉喉头清凉，满口芳香，提精醒神，忘记了疲劳。今朝的水为啥特别好吃？她仔细一看，壶里有许多香树叶。原来这小树移植以后，水土变了，毒性也解了，这树叶变成个宝贝了！

碧螺姑娘看着这棵“吓煞人香”，从心里感到欢喜，于是动起脑筋，决心栽培它。种到哪里呢？她发现太湖当中洞庭西山的徐石山脚下，有一个没人住的破庵。于是，她便带着那棵小树，来到庵堂，把树种在天井里。从此，她白天到小河浜里捉些小鱼，卖掉了换几个钱糊口度日，还留一部分小鱼垩树，防备树香伤人。

经过碧螺姑娘几年的栽培，天井里长满了小香树，香味吸引了乡邻，大家都想尝尝。她就把叶子采下来送给乡亲们泡开水吃。大家吃了个个称赞，不住地问碧螺姑娘，这小树叫啥名字？碧螺姑娘随口说道：“吓煞人香！”从此，小树就有了名字，成为茶叶中一个名贵的品种。碧螺姑娘采茶也远近闻名，只见她每次采摘，都要换上干净衣服，两只手在树上飞快地跳动，采摘嫩叶，不用篮装，塞在怀里，动作好像“凤凰点头”一样优美。

有一年清明节前后，阴雨连绵，眼看一大堆采下来的叶子要霉烂了，碧螺姑娘就把叶子放在锅子里炒炒干，心想或许这样可以防止霉烂。出乎她的意料，炒干的叶子比不炒的还要清香味佳，而且可以长期保存，啥时候想吃，啥时候可泡。从此就开创了炒“吓煞人香”叶子的历史。后来男女老少采摘“吓煞人香”时，也都学着碧螺姑娘，要沐浴更衣。在焙制上，也精益求精，这样特殊的采摘和焙制方法一直传了下来。

大家知道“吓煞人香”是好茶，都来向碧螺姑娘要种籽。她就送种籽给他们，让他们去培养树苗。于是你种我种，没有几年，就种遍了整个西山、东山。说也奇怪，经过碧螺姑娘移植的树苗再也不会熏煞人了。

后人为了纪念碧螺姑娘，就用她的名字来命名这种茶叶，所以叫作“碧螺春”；还把她生前住的无名破庵整修一新，取名叫作“碧螺庵”。她最初采到“吓煞人香”的那座山叫“碧螺峰”。

李洲芳　袁震　采录整理

（二）

康熙三十八年（1699）四月，皇上南巡到了苏州东山，在一班官员的陪同下，从席家湖御码头上岸，先到了翁巷药园弄工部虞衡司席主事家中小憩。康熙是个喜欢游山玩水的皇帝，屁股刚坐定，就问园主人东山有啥好玩的地方。席主事忙回答说：“离此地一里许，有个雨花坞，坞中有个雨花台，山清水秀，桃花满地，胜似仙境。”康熙一听，顾不得休息，在一班文武大臣的护卫下，前呼后拥来到雨花台。

此时正值清明时节，只见漫山遍野的桃花，被微风一吹，那花瓣纷纷扬扬飘落下来，山坞的绿树上、石缝中、溪水里，全是粉红色的花瓣，好一幅“雨过花含翠，涧底泉泻红”的美景。康熙皇帝高兴得连声说：“真仙境也！”

皇帝驾临，惊天动地，雨花禅院里的和尚，忙用泉水泡了本地产的“明前”茶进献皇上。这时康熙真有点渴了，见寺僧进茶，便端起杯来，只见杯中银针般的细芽慢慢下沉、舒展，茶水先呈淡黄，又变成深绿，明亮清澈，香气扑鼻。康熙呷了一口，嘴里觉得香中带涩，继而又涩中回甜。三口茶下喉，顿觉舒心畅气，双目添神，脱口说道："真神茶也！"康熙也是位品茶的行家，天下所有的名茶他几乎都品过了，就是没有尝到过这样的好茶。康熙问道："此茶何名？朕怎么从未喝过？"一旁的巡抚忙跪下答道："皇上，奴才有罪，没有进献。"见康熙并无责怪之意，巡抚又壮着胆子说："这茶名'吓煞人香'，是长在洞庭东山的一种野茶，数量极少，要是圣上喜喝，来年一定进贡圣上。"康熙博古通今，见广识大，能叫出许多好茶的名字，可就是没有听说过这么古怪的茶名。席主事忙上前给皇上说起一段典故，说是有年春天，茶姑们在莫厘峰上采茶，天不巧下起雨来，姑娘们怕茶叶被雨淋湿，忙把青茶放入了怀里，谁知那嫩芽着了少女人体的热气，发出了阵阵醉人的清香，于是得了"吓煞人香"的茶名。

康熙听后连声说："妙哉，妙哉！"可他总觉得"吓煞人香"这茶名太俗气，要身边的随行官员们给"吓煞人香"茶起个好听的茶名。皇帝开了口，那群跟班官员不敢怠慢，在雨花禅院的平台上"之乎者也"地叽里咕噜了一番，凑出了一大堆茶名，康熙却一个也不满意。最后，康熙想了一会道："朕起个'碧螺春'名如何？"众大臣当然是拍手称绝。接着，康熙又解释道："碧为其茶嫩绿如碧水，螺是该茶炒制后卷曲像螺蛳，春因正值春天采摘。"康熙是一国之君，他起的茶名就是圣旨，加上那茶的色、香、味与此名十分贴切，所以"碧螺春"一下名声响遍了天南海北。

杨维忠　采录整理

孙武茶

穹窿山上产有一种香茗，名字叫“孙武茶”。它原是以穹窿山上的野生茶采摘后，经过挑拣、杀青、捻揉、搓团、干燥等工序精制而成。炒制时讲究火候，搓揉时讲究体型，把它冲泡后，沉于杯底，色泽碧绿，香气四溢，入口略苦，回味甘甜。

说起这种孙武茶，它与春秋时期的著名军事家孙武有关。

孙武是齐国人，他看到齐国当权者昏庸，卿大夫内部斗争残酷，不愿做卿大夫之间互相倾轧的牺牲品，只身从齐国流亡到南方的吴国，在人烟稀少的穹窿山坞中落下了脚。

孙武隐居于山中，自己动手搭了间草屋，并在旁边垦荒种菜种粮，自耕自吃。

一天，孙武下山去镇上籴米，弄得一身大汗，嘴干得要命，于是步至山下一户人家讨口水喝。户主名字叫根生，是个厚道而又热情的庄稼汉。他从厨房里倒了一瓢茶水给孙武。孙武接过一闻，茶水清香扑鼻，一看茶水，碧绿生清。他抿了一口，淡淡苦涩的茶水，回味馨香甘甜。孙武见多识广，但从未品尝到过这种好茶，便向根生讨教。根生告诉他：这是用穹窿山上的野茶，经过手工炒制而成。他见孙武十分喜爱，热情地送给他一大包，让他带回去慢慢品尝。

从此以后，孙武养成了喝茶的习惯。当茶叶喝完以后，他不好意思再去向山农根生要，便一有空[①]，就翻山越岭，自己到山上去采摘野生茶叶。采摘回家后，再向根生讨教炒制的方法。

穹窿山上虽然有野生茶叶树，但不是很多，而且东一棵西一棵，分布在山上的各个地方，不要说采摘十分困难，就是寻找也十分费劲。孙武去山中采了许多野茶籽回家，在开垦的荒地上逐一种下。今年种一点，明年种一点，几年下来，孙武有了自己的一片茶园。从此，他就不愁没有茶喝了。

后来，孙武在穹窿山上结识了从楚国流亡至吴国的伍子胥。伍子胥帮助公子光夺取了吴国政权，做了吴王阖闾的大臣。孙武经伍子胥推荐，做了吴国的大将，位尊责也重。自从孙武担任了吴国大将军，就顾不上穹窿山的茶园了，只好将它交给山农根生去经营。根生每年生产出来的茶叶，孙武统统买下来，并且送给吴王和其他大臣品尝。当时，孙武身居高位，有权有势，大臣们能够喝到孙武送来的茶叶，不仅感到荣幸，而且是一种身份象征。因此，大家把孙武送的茶叶叫作“孙武茶”。这茶的名气就闻名遐迩了。

这就是孙武茶的来历。

李洲芳　采录整理

注解：

①空：苏州方言，指时间。

附记：

孙武，即孙子。齐国人。据说他流寓于吴，以谙熟兵法见吴王阖闾，受任为将。后与伍子胥共谋伐楚，五战五胜，攻下郢都。所著《孙子兵法》是我国最早的一部兵法著作。

剑门绿茶

常熟虞山顶上，有一座奇石林立、状如刀劈的山峰，名叫“剑门”。在剑门周围，山势平坦，种满了一垄垄茶树。这里面向碧湖，空气纯净，每年“谷雨”前后，茶树长出嫩芽，采摘下来，精心焙制，这就是驰名中外的高级绿茶——剑门绿茶。这茶碧绿清爽，香气四溢，有养气颐神之功效。

关于“剑门绿茶”，还有一个古老的传说。

传说春秋时，吴王夫差自得了绝代佳人西施之后，终日在馆娃宫内对酒当歌，纵情作乐。日子一久，也觉得有一点无聊。一日，夫差拔出他的那把“莫邪”宝剑，在庭院内舞动起来，没舞多久，觉得身疲力乏，剑术生疏。他一怒之下，抛开宫廷众臣，独自前来虞山，在山顶祖师庙门前，每天清晨即起，迎风沐日，练剑不止。

但是，精纯的剑术不是一朝一夕能够练成的。夫差性情暴躁，拿了宝剑在石上乱砍，可惜只留下一道道白痕，昔日在虎丘试剑力劈巨石的功夫竟消失殆尽。

祖师庙主持妙空和尚把此事看在眼里，待夫差怒气稍息，上前禀告说：“夫舞剑者，运气也。气通则神至，神至则剑如蛟龙。大王应修神养气，方能事半功倍。”夫差听了，不由钦服。于是，跟妙空大师专心练气，一直练了九九八十一天，妙空将夫差领进方丈室，捧出一盏碧绿的汤汁，请夫差服下。

夫差一饮而尽，顿觉神清气爽，豪气倍增，按捺不住，手持宝剑挥舞起来。只见一团白光罩住其身，直搅得天昏地暗。忽听得半天霹雳一声响，石峰竟被宝剑劈开。

夫差大喜过望，向妙空跪下，询问那盏绿汁是何神物。妙空哈哈大笑，答道："此乃山间野茶，九九焙制而成。"

于是，夫差命人在崖壁上刻下"剑门"两个大字。"剑门绿茶"也由此得名。如今"剑门绿茶"已广为种植，成为常熟名茗之一，流芳人间。

吴边　采录整理

附记：

夫差（约前528—前473），姬姓，吴王阖闾之子。春秋末吴国君主，前495—前473在位。

云雾茶

传说，虞山顶上悬崖绝壁处，长着一棵茶树，树身又向外斜生，人手采不到，只有一家姓云的，世代采着这棵茶树的叶子为生。

一天，有个读书人名叫雾生，上山采药替人治病，清早天未亮，走到绝顶，看见一个妙龄女子站在悬崖边，悬崖上斜向外面的那棵茶树忽然枝干变软，慢慢靠向少女身边，那少女用嘴唇轻轻咬下茶叶，放到手里。少女采了一百多片叶芽，回身发现了雾生，就说："公子与妾有缘，如蒙相爱，愿结为鸳鸯。"雾生听了喜出望外，少女把手里的茶叶赠给雾生，说："回家之后要告诉父母，以茶叶为凭，十天后来我家提亲。"雾生欢欢喜喜地回家去了。

雾生住在客栈里，碰到了一个同乡青年张生，雾生把那桩奇遇如实告诉了他，张生要求拿茶叶泡一杯尝尝。雾生说，姑娘关照过一杯只要放一叶，就打开纸包，拿了一叶茶叶放进杯子里。张生用开水冲后，给雾生先尝，雾生喝了一口，的确不同于一般的茶味，香甜可口，就给张生喝，张生也喝了一口，果然是好茶。他想，一叶茶叶怎有这样好的味道，眼睛朝杯子里一望，忽然发现了奇迹，杯中出现了一个美貌少女，正在翩翩起舞，不时仰面微笑。

张生马上意识到这就是雾生的未婚妻，心中顿时起了坏念头。第二天半夜，张生偷偷走上山顶，伏在深林里，天快亮的时候，果然来了一个美貌少女，当她面对茶树时，茶树枝叶变软，轻轻依偎到了她身边，让她采茶。这时张生突然出来，上前抱住少女欲行非礼，少女竭力挣扎，无奈力气太小，竟被张生强奸了。事毕，刚好少女的妹妹上山来了，张生立即逃走了。

姐姐哭着向妹妹诉说了经过，说完纵身一跳，跌下万丈深渊，自杀了。妹妹哭着奔回家去，告诉父母，一家人哭得死去活来，到悬崖下面寻到了尸身，就地掩埋。

十天之后，雾生带了茶叶前来提亲，一早上山，见少女正在采茶，就喜滋滋地跑到她身旁。谁知这不是他的未婚妻，而是未婚妻的妹妹，从妹妹口中，雾生得知未婚妻惨遭不测，顿时五雷轰顶，大叫一声："云姑娘，是我轻信他人，害了你。"说罢，也纵身跳下了悬崖。

妹妹大惊，回去告诉了父母。这家人念雾生痴情，就把他和云姑娘合葬在一起。几天后，妹妹再去采茶，发现悬崖下面的山坳里，云雾中二人的坟上及周围长出了很多碧绿的茶树，悬崖上的那棵老茶树已经枯死了。从此，妹妹勿须再到悬崖山顶采茶，只要在山下就可以采茶了。茶叶形状同样，茶味不变。后人就叫这茶为"云雾茶"。

吴梦熊　采录整理

七峰茶

在常熟福山镇西边的东山林有座凤凰山，山势雄伟峻峭。山里有只美丽的凤凰，每当凤凰的倩影在山巅出现时，山顶就会飘起朵朵祥云，瑞气冲天。这只凤凰原是瑶池的荷花仙子所变，因她违背了王母娘娘的旨意，被贬到了这里。其中原因，还需从头说起。

凤凰山的南麓，住着一个叫戚叶华的小伙子，魁伟英俊，勤劳善良。只因家境贫困，二十开外尚未娶妻。他心灵手巧，编得一手顶呱呱的麦秸凉帽，价钱又便宜，大家都爱买他编的凉帽，苦日子还算过得去。

再说天上的荷花仙子，长年累月在瑶池为王母娘娘管理荷花，郁闷无聊。她每天总要偷闲从窗口探望人间，望下去总看见叶华在一边编凉帽，一边唱山歌。那歌声优美动听，唱出了人间欢乐。久而久之，荷花仙子见他勤劳敦厚，善良乐观，不知不觉生了爱慕之情。一日，她偷偷溜出瑶池，想和叶华幽会，不料被王母娘娘发觉，派出天兵天将把她捉拿回宫中。王母娘娘重罚荷花仙子，而她坚贞不屈，非要嫁给叶华。王母娘娘恨恨地说道："你若要嫁给姓戚的凡人，除非他能生出七个脑袋来！"说完就命天兵天将把她押到凤凰山，贬为凤凰，并发了咒语：姓戚的不生出七颗头来，你永远不得复为人形。没有想到，这个咒语反倒成全了荷花仙子和戚叶华的美满姻缘。

那一年的三月二十八日，福山又逢庙会。叶华吃过早饭，挑着两筐草帽去赶集。他翻过山冈，来到一条小溪边，小溪泉水叮咚。叶华刚要跨过石桥，忽然一阵山风吹来，把担子里的几只凉帽吹入溪内。他忙搁下担子下水捞帽。但帽已沾湿，共有七只。叶华生性诙谐，就坐在山坡上想法子晒起草帽来。只见他头顶一只，双手各托一只，双膝各戴一只，两脚翘起来也各覆一只，这样看起来就像七颗“头”了。忽听得“轰”的一声巨响，从山顶上飞下来一只凤凰，叶华看得呆了，不知究竟是怎么回事。荷花仙子连忙上前说明本意，戚叶华自然欢欣若狂，连草帽也顾不得要了，急忙带着仙子回家，成了百年之好。

丢在山坡上的七顶草帽，当晚被一阵风吹起，落帽为山，成了七座山峰，福山人就称它们为“七峰”。这草帽本有仙气，故“七峰”的土质特别好，种出的茶叶更是鲜绿芳香。从此，“七峰茶”成了常熟的名茶，畅销全国。

陆文龙　李炎锡　采录整理

白马涧暑茶

《本草纲目》的作者李时珍是人人皆知的名医。他为了整理、撰写这部巨著，走遍了祖国各地的名山大川。鱼米之乡的苏州，也留下了他的脚印。

李时珍到苏州时，正值干旱酷热的夏天，他投宿在苏州城西谢越岭的一座庙里。这里附近一带大多是干苦力的人家，要他治病的人，也以这一类人为多。

由于天气出奇的热，看病的人也特别多，其中大多数病人是中暑。有的人由于失水过多，加上身体虚弱，营养不良，不幸病逝了。人们说这是痧发身亡，这种说法容易混淆视听。李时珍十分明白，治疗中暑的偏方有的是。他想，这些病人都是劳苦大众，能不能就地取材，既省力又省钱呢？他决心要为这些劳苦人找个合适的偏方。

一天，他往白马涧方向走去。白马涧比较幽静，且景色如画。当天烈日当空，他走得口燥舌干，十分疲乏，于是就在一棵大树边坐了下来歇息。这时，旁边有个老人对着他笑嘻嘻地说："先生，天好热呀！来，喝口汤吧！"说完，递过来一碗茶。李时珍这时正用得着，就接过来一口一口喝进肚里，喝完之后，觉得一阵清香，既解渴，又醒脑。他着实感到奇怪，问："老爹，这是什么茶啊？"老人看了看他，说："先生，我们是种地的穷苦人，哪有钱买茶喝。再说，我们苏州有的是名茶碧螺春，可这茶价格贵，有的是作为贡品给皇帝吃的，或者是做官的老爷、有钱的财主才吃这种茶。"李时珍听了点点头，问："那这碗里究竟是什么茶呢?”老人说:“这是田边、山脚下的小草,我们祖上传下来把它当作茶用,喝了它,不会发痧。”说完,老人到田边拔了几枝来给李时珍看。李时珍拿到手里一看,又在鼻子上一闻,噢,原来是香青蒿[①]呀,田边、山脚下野生的很多。此时他的高兴劲呀真不用说了。因为他采集到了可以就地取材、解除中暑的好药材。

李时珍忘了疲劳,采集了好大一捆,拿到庙里,用锅煎成汤,放进茶缸。茶缸放在庙门口,上面写了一块字牌:“缸中暑茶,食之解渴,兼能防痧。渴者自用,不取分文。”

李时珍又把香青蒿分送给邻里,并教以服用之法。这对预防中暑起了很大的作用。一时间,各乡村和苏州城里大街小巷的人纷纷效法。富户人家也在门口放上一缸暑茶,作为“善举”,因此有人将这种茶叫作“施茶”。

徐家新　采录整理

注解:

①香青蒿:亦称香蒿。菊科类植物。中草药,主治暑热、阴虚发热、疟疾等。据《吴县志》载:“青蒿,叶似蒿菜……盛暑时沦以沸水,可代茶饮。”

茉莉花茶

(一)

据说，从前虎丘一带只种粮食勿种瓜果勿种花的，那么为啥后来虎丘的百姓都喜欢种茉莉，而且花种得最好、最出名呢？这就要讲到茉莉仙子曾经帮过虎丘老百姓的一段事体哉。

很早很早的辰光，虎丘周围还是一片荒地，一些外地农民受勿住地方的重租盘剥，就纷纷到这里来开荒种地。几年下来，生地变成熟地哉。这些人刚过上几天安稳日脚，却突然跑来一个姓钱的地主，他带着一帮人，手里拿着盖有官府大印的地契，对老百姓说："这里是我的祖产，你们怎么好随便来种？现在既然种了，前两年的租米统统要补交。今后啥人要种，一律要写下租田契约，不然就都给我滚！"老百姓听了这番话怎么都想勿通：啥？伲吃辛受苦开出来的荒地，现在倒变成姓钱的了？他们想要跟姓钱的讲理。但姓钱的仗着有官府撑腰，关照手下人说："今后谁再敢到我地里拔一根草，到我河里喝一滴水，就抽他筋，剥他皮，让他晓得我姓钱的厉害！"

虎丘周围的地被封了，河也被封了。从此，老百姓连河水都勿能喝一口，只能在自家宅基地旁挖个潭，靠积些天落雨水过日脚。天落雨水到底少呀，勿少老百姓吃了龌龊的泥浆水都病倒了。

虎丘老百姓的怨气冲到了天上，惊动了天宫百花园里的一位仙子，她同情老百姓的苦难，就拔下头上的一朵珠花，往下一抛，虎丘山周围顿时长出了一株株小树枝。风一吹，雨一落，一夜天这些小树枝上全都开出了一朵朵清香的小白花。有些小白花瓣，还专门飘到老百姓挖的小水潭里。老百姓一吃浸过小白花瓣的水，顿时病也好哉，精神也有哉，力气也来哉。当地老百姓从来没有看见过这种花，都叫勿出它的名字，一个上了年纪的老人讲："听说天上有一位茉莉仙子，长得小巧玲珑，心地善良，这些小白花蛮像她格，我看是茉莉仙子来救伲格命哉！"大家觉得这位老人讲得有道理，就把这种小白花叫作"茉莉花"，还常常采了茉莉花去泡茶吃，以求消灾祛病。据说拿茉莉花泡茶，就是从这辰光开始的。

这件事传到了姓钱的地主耳朵里。他觉得稀奇，就带了一帮人跑到虎丘一看，只见四周全都开着密密麻麻的小白花。他开心啊，心想这些花真是宝贝，现在长在我的地里，当然全是我的。他就关照手下人说："替我看好这些花树，啥人要想去偷，我就当他强盗当他贼，送他到官府坐监牢！"

虎丘山周围的茉莉花又被姓钱的地主霸占了，虎丘老百姓的怒气又冲到了天上。茉莉仙子晓得后，随手一指，稀奇事情又出现哉：所有的茉莉花一夜天全变得朵朵干瘪、焦黄，一点香气也没有，好像马上就要谢了一样。姓钱的地主睡了一夜，第二日醒来听说茉莉花一夜天全枯脱哉，他气得两眼墨黑，勿晓得哪一路神道帮这帮穷鬼和他作对？他吩咐手下人，点起火来，要将所有的花树统统烧光。

茉莉仙子看见茉莉花烧着哉，她火啊，拿袖子一甩，平地上突然就起了一阵大风，把姓钱的地主卷到了大火堆里，活活地烧死哉。茉莉花呐，反而株株雪雪白，朵朵喷喷香，开得比以前更加好看哉。虎丘的老百姓看到这番情景，晓得这又是茉莉仙子在帮他们的忙。为了报答茉莉仙子的恩情，他们专门把茉莉花移栽到盆里，搬到自己家里。碰到冷天，怕它冻坏，还专门为它搭了暖房，让它过冬。

茉莉仙子觉得虎丘老百姓心地善良，就让茉莉花在虎丘安家落户，住了下来。从此，苏州虎丘的茉莉花就出名哉。

朱洪　谭亚新　采录整理

（二）

苏州虎丘山的茉莉花很有名。用它窨制的花茶，有股兰花的幽香；用它来泡茶，满口芬芳。这茉莉花的老家在广东，可是，自从在苏州落户后，开出来的花朵，却远远超过了娘家的花香。

传说，在很早的时候，虎丘望山桥头有个小伙子，他一无田、二无房，只有一只破船、一双手。他一年到头替山塘街的茶行老板从南方装来茉莉花，窨制出花茶，再运到北方去销售。他走南闯北，风里来，浪里去，忙了小半辈子，老板发了财，他却依然像破船上的竹篙一样，光棍一条。所以，他一直想改行做别的事情。可是，想来想去也没有什么好主意。最后，他想，我可以到南方去买点花苗来，在虎丘种植；几年以后，这里的花儿茂盛起来，种茶的乡邻就能自己窨茶，免得再受老板的盘剥。小伙子打定了主意，就省吃俭用，好不容易积攒了一点钱，便摇着破船去买花苗了。

真是穷人偏逢天作对，小伙子的破船摇到半路上，碰到顶头浪，又是风，又是雨，打得小船在河里滴溜溜地直打转转。小伙子只得把船摇到一座山脚边去躲雨。船刚靠岸，忽然，从山旮旮里奔来一位姑娘，一面哭，一面喊："救命呐，救命呐！"小伙子一看，这姑娘穿着一身蓝布短衫，浑身湿淋淋，像刚从河里爬起来一样，怪可怜的。于是，就招呼她来船上躲雨。姑娘上船后告诉小伙子说，自己的家被山洪冲垮了，爹娘也被山洪卷走了，在这里活不下去了，要求小伙子送她到苏州去投亲。

小伙子一听，犯了难，他想，回苏州不是一两天可以摇到的，再说，一男一女同一船，也很不方便。小伙子便尴尬地说："我是要到广东去买茉莉花苗哩，这……”

这位姑娘却有条有理地劝道：“如今南方都在发大水，连树都被洪水冲掉了，哪里还有茉莉花苗？我劝你还是先回苏州，然后再做打算吧！”

小伙子一听，虽然心里凉了半截，但又觉得这位姑娘说的有道理。于是，他掉转船头冒着风雨，连夜往回赶路。说也稀奇，一路上，这条破船虽顶着风浪，却也快得像射出去的箭一样。天刚蒙蒙亮，他们已经到了虎丘山下。小伙子把船停好，就急忙招呼姑娘上岸。可是，他连喊了几声也没人答应，待到舱里一望，空荡荡的，连个人影儿也没有，只闻到舱里有一股扑鼻的清香。咦，这是怎么回事？小伙子感到又吃惊，又奇怪。吃惊的是，姑娘怎么不见了；奇怪的是，哪里来的花香？他再仔细一看，船舱里躺着一棵青生生的草，草上开着一簇簇淡绿色的花。小伙子马上领悟到这棵花苗定有来历，就连忙把它带回家，然后，种在虎丘剑池的悬崖上。他每天用剑池里清澄的山泉水来浇灌，使这花苗很快成活，并开了花。花的香味随风飘散开来，虎丘下的茶农家家都闻到了。

闻到了这奇妙的清香，人们都弄不明白是怎么回事。大家一打听，才知道是小伙子在山顶上种了一棵从南方带来的花苗。这花苗也确实神奇，把山坡上的茶树都熏香了。从这些树上采下来的茶叶，比窨过花的还要香，泡出来的茶水，生青碧绿，喝起来比任何茶都感到清凉。这样，茶农采下的茶叶，到城里很快就卖了好价钱，再也不愿卖给茶行老板了。

茶行老板收购不到茶叶，急得在厅堂里直转圈儿。转着转着，就转出一个坏主意来了。他想，不就是那棵南方的花断了我的财路吗？于是，他三更半夜拿着一根长竹竿，扎上草把，鬼鬼祟祟地来到剑池边。他听了听周围没有动静，便打火点着草把，对准那棵花苗猛然烧将起来，直到草把烧光，才慌慌张张地离去。

第二天一早，小伙子又去浇花。可是，他爬上山顶一看，不禁大吃一惊，青翠翠的花儿已被烧得焦黄焦黄。小伙子伤心地哭了起来，眼泪像雨点一样“滴滴答答”地落在了叶子上。哭啊，哭啊，他从清晨哭到黄昏，又从傍晚哭到天明。说也奇怪，那花的叶子突然由黄变绿，又由绿变得乌油油的，一簇簇小花也开得乌黑油亮，香味更加浓郁，方圆几十里都闻得到。

有一天夜里，小伙子想到花的绝色奇香，躺在床上乐悠悠地睡着了，他觉得迷迷糊糊间来到了一个陌生的地方，朦朦胧胧地又遇到了那天晚上搭船的那位姑娘。姑娘深情地对他说：“我是花仙子，因为南方山洪暴发，差点把我淹死。你救了我，把我栽在虎丘山上，使我有了安身立命的好地方。如今南方的洪水已经退尽，我要回老家去了。为报答你的救命之恩，我送给你一束茉莉花苗。你在虎丘好生栽培，一代一代传下去，让她造福于善良的黎民百姓。”

小伙子听了姑娘这番话，十分感动，想要说什么却又张不开口。他一着急，醒了过来，才知是做了一个梦。可是，这梦也做得奇怪，床头实实在在放着一束花苗，还散发着一阵阵清香。小伙子立即把花栽在原来栽花的剑池悬崖上。这些花苗经过日月光照，雨露滋润，不久，就开出了珍珠似的白色花朵来。

这种花，秋天虽然也开放，但还是在夏天开得最茂盛，而且，开花的时间都是在晚上。那扑鼻的花香，着实使人心情舒畅。这位小伙子爱花如命，就给它取了个好听的名字叫“夜来香”。但人们还是按花仙子的说法，就叫它“茉莉花”。

从那以后，苏州人在每年的夏季，从花本上剪下嫩枝，在山上扦插，越栽越多，使整个虎丘山都变成茉莉花山了。虎丘茉莉花茶的名气，随着茉莉花的香味，传遍了姑苏，传遍了大江南北。

杨彦衡　陆如松　采录整理

桂花酒

常熟桂花酒，酒色金黄如桂花，其味特别香醇。

传说，乾隆皇帝听说自己的亲生父亲在江南的寺庙里当和尚，为了寻父，一连五次下江南，都没有找到。这一年十月，他又听说父亲在常熟虞山兴福寺里当和尚，就决定第六次下江南。他身穿便服，带了一个随从太监，急匆匆地来到常熟，走进兴福寺，问遍了寺内的所有和尚，还是没有找到他的父亲。乾隆有点灰心丧气，精疲力竭地走到虞山脚下，抬头一望，只见前面飘着一块酒旗——王四酒家。乾隆想，巧哩，吃杯酒解解乏，散散心去。乾隆和太监走进店来，选了位置坐定，等候店家送酒来。

这店是夫妻店，老板叫王四，问道："客人要用酒么？"

太监说道："老爷要吃酒，拣最好的酒拿来。"

王四一面答应，一面观看乾隆，觉得此人相貌不凡，不像是平常人。正在这时，一阵清风吹来，吹起了乾隆的衣角，露出里面的黄衣来。王四大吃一惊，心想：黄色衣服只有皇帝可以穿，老百姓是不许穿的，穿了要杀头，此人来历不凡。王四走进内堂，见娘子正在炖酒，忙把见到的情景说了一遍。王四娘子是个聪明人，想了一想说道："皇上为了寻找他的父亲，已经几次下江南了，这次说不定就是皇上呀。"

王四道："那你赶快把老白酒炖热，去好好招待他们。"

王四娘子道："皇帝最忌白色，喜欢黄色，用老白酒招待，得罪了皇上可不得了呀！"

王四道：“那怎么办呀？店里只有老白酒。”

王四娘子想了一会，说道：“今年桂花盛开，浓香扑鼻，我采了一把桂花，放在老白酒内，至今已有一个多月，藏在厢房里，你去拿出来看看，假如好吃，就用那甏酒去招待。”

王四走进厢房，把那甏酒拿出来，打开盖子，一股浓香直冲鼻孔，好香呀！倒出一杯来一看，酒色金黄，吃进嘴里一尝，又醇又香，真是好酒呀！王四十分高兴，立即把这甏酒拿出来，去招待乾隆。乾隆喝着这酒，心想：“我喝过多少名酒，都未有此酒好喝。”便问道：“这酒这样好喝，叫什么酒呀？”

王四一时说不上来，忽然想起是娘子用桂花做的，便答道：“告客官，这叫桂花酒，是小店自家酿制的。”

乾隆道：“怪不得尽是桂花香味，真是好酒呀！”

乾隆回到京城，还想喝桂花酒，就下了一道圣旨，要苏州府进贡。王四和娘子一商量，索性大量收购桂花，做了几十甏桂花酒，一面进贡，一面在店内出售。从此，桂花酒就出了名。

潘君明　采录整理

状元红

在苏州城里，黄酒有个别名，叫“状元红”。讲起“状元红”，有一段故事。

清朝末年，苏州城里出了个状元，叫陆润庠。陆润庠父亲早亡，全靠寡母做针线活度日，家里很穷。他有一个癖好，喜欢喝黄酒。可手里没有钱，怎么办呢?

陆润庠家住在阊门荷叶街，离荷叶街勿远的地方，有一条都林巷，巷内有爿酒店。陆润庠天天要到店里去喝黄酒，因为没有铜钿，只好欠账。他喝一次，欠一次，几年下来，账簿都记满哉。

酒店老板为啥肯赊给陆润庠，因为他见陆润庠眉目清秀，一表人才，肚皮里满腹文章，估计将来要发迹，日后也好靠靠，所以他情愿让陆润庠欠着酒钱。后来陆润庠上京赶考，没有路费，酒店老板索性连路费也借给了他。

陆润庠进京赶考，果然金榜题名，独占鳌头，得中了状元。酒店老板得讯后高兴得勿得了。陆润庠衣锦回乡后就大摆筵席，宴请苏州城里的文人学士，官僚绅士，喝的就是都林巷老板拿来的黄酒。陆润庠不忘这位老板的恩情，风趣地说：“李白斗酒诗百篇，我陆某能有今日，全凭这黄酒呀！”

一班文人学士一听，都晓得陆润庠喜欢喝黄酒。现在陆润庠做了状元公，名声显赫，红极一时，有人就说啦：“状元公喝了黄酒中状元，这黄酒也红啦。不如叫作‘状元红’吧。”

梅云 绘

酒店老板也在席上，听到以后，连说赞成。心里想，这下子我的生意要好啦。老板回到店里，立即在店门口挂出一块金字招牌——名酒状元红，并托人四处宣扬。从此黄酒就被称为“状元红”，酒店里的生意也更为兴隆了。

潘君明　采录整理

附记：

陆润庠（1841—1915），字凤石。江苏元和（今苏州）人。清同治状元，历任乡、会试主考官，国子监祭酒。光绪二十二年（1896）在两江总督刘坤一支持下，在苏州创办苏纶纱厂、苏经丝厂。宣统二年（1910）升大学士，次年任弼德院院长。辛亥革命后，任溥仪老师。

横泾烧酒

苏州西南郊横泾出产的烧酒，在苏沪一带颇有名气。为啥横泾烧酒胜人一筹呢？有这样一个传说。

相传很久以前，有一个女孩子在横泾街头流浪，无家可归。朱为水夫妇把她收为养女，取个名字叫彩云。朱为水夫妇都是年过半百的人，身体瘦弱，只能做些轻微劳动，过着吃了早顿缺晚顿的生活。邻居们见朱为水夫妇生活这样的苦，心是这样的善，自己的肚子都填不饱，还肯收留流浪女孩，真是难能可贵。邻居们纷纷伸出了援助之手，有的送粮，有的送柴。虽然每户人家送的数量不多，但是积少成多，朱为水家把粮柴积起来，有了粮囤，有了柴堆。

当时正是黄梅季节，一连落了半个多月的大雨。朱为水家住的破房屋，天晴一百个日头，落雨一百个钵头，漏得人都没有安身的地方，当然不要说别的东西了，那囤粮早冒了热气，不能吃了。朱为水夫妇急得直哭，彩云姑娘对义父母说："你们不必伤心，我有办法叫这不能吃的粮食变银子。"朱为水夫妇心里不相信彩云姑娘的话，但是嘴里不表示反对，因为反正是一堆废物，随便她去折腾好了，便说："要是废物真能成银子，就谢天谢地了。"

原来彩云姑娘是玉皇宫里的酿酒仙子，因为厌恶天上枯燥乏味的生活，才偷偷地来到了人间。经过彩云姑娘的一番手脚，那些泡了水的粮食酿出了芬芳扑鼻的好酒。酒卖了银子，又用银子去买了粮食。朱为水家发了财，但他没有忘记左邻右舍，常给每户人家送一坛烧酒，大家在感激之余，要求彩云姑娘把酿酒技艺传授给他们，姑娘一口答应。就这样，横泾地方家家户户办起了酿酒作坊。因为酒味冲天，玉皇大帝晓得了酿酒仙子的下落，便派天神天将来抓她。这天彩云姑娘卖酒归来，忽然狂风大作，她发觉苗头不对，拔脚就逃，从此不见她的影踪。

朱为水夫妇和村上的人为了纪念她，在旺山顶上造了一座酒仙庙，庙里塑有彩云姑娘像。现在庙已毁了，但她的酿酒技术还在民间流传，所以横泾烧酒的盛名经久不衰。

李洲芳　采录整理

八、饭粥类故事

粽子

农历五月初五，俗称“端午”，民间也称“端午节”。这一天，苏州城的家家户户都要裹粽子，作为一种节令食品。那么，端午节为啥要裹粽子呢，这粽子的名称又是怎么来的呢？这里面还有个故事。

相传，在春秋时期，楚国人伍子胥逃亡到吴国，流落街头，吹箫乞食。伍子胥这个人身材魁梧，很有本事，他既会治国，也会打仗，真是文武全才，是个了不起的人物。后来，他投靠了吴王阖闾，帮助阖闾建造了城池，当时叫“阖闾城”，就是现在的苏州城。他又带领军队，打败了吴国的敌人越国和齐国，还攻灭了楚国，报了自己的杀父之仇。阖闾死了，他又帮助阖闾的儿子夫差治国，使吴国强大起来，在诸侯中很有威望。

可是，吴王夫差自从得到了西施以后，沉迷酒色，不问国事。夫差还听信奸臣伯嚭的谗言，命令伍子胥自杀身亡。伍子胥死后，夫差还叫人将他的尸体装入皮袋内，扔进了西门城外的河里。老百姓听到这个消息，感到非常震惊，这么好的一个大臣，怎么就这样死了，非但不埋葬，还扔在河里，大家感到十分痛心。许多人赶到西门外河里去观看，只见装着伍子胥尸体的皮袋在河面上氽来氽去，大家很担心要被水底的蛟龙吃掉。于是，大家就将米麦豆类之物扔进河里，去喂蛟龙，不让蛟龙去吃伍子胥的尸体。有人说，米麦豆类扔进河里，撒落在河底，蛟龙根本吃不到，应当将米麦豆类裹起来扔，蛟龙才能吃到。

老百姓住在阖闾城内，安安稳稳，看到了雄伟的阖闾城，就会想起伍子胥，觉得伍子胥死得可惜，应当要怀念他、纪念他。大家就想起了当时用米麦豆类扔在河里的境况，有人在河边采来箬叶，将米麦豆类等裹起来，煮熟后扔进河里，算是对伍子胥的怀念。

可是，这裹起来的米麦豆类，叫什么呢？当时还没有名称。不晓得过了多少年，才起名叫“宗子”，这大概是有文化的人想起来的。为啥叫“宗子”呢？因为，“宗”有祖宗的意思。伍子胥是吴国的大功臣，也可

夏维淳　绘

称为吴国的“祖宗”了。说明这“宗子”是纪念祖宗的。另外，“宗”也有尊重的意思，对伍子胥应该尊重么！再后来，因为箬叶内裹的是米麦豆类之物，所以在“宗”字左边加一个“米”字，就称“粽子”了。

潘君明　采录整理

附记：

伍子胥（前559—前484），名员，字子胥，楚国人。其父因直谏被楚王所杀。他逃奔至吴国，投靠在公子光门下，协助公子光夺得王位（即吴王阖闾）。他参赞国事，建造阖闾城（今苏州城），治国强军，兵精粮足，开创了一个强吴时代。

乌米饭

(一)

在苏州东太湖一带地方，每年四月初八日这天，家家户户都要吃“乌米饭”。“乌米饭”是什么东西，这个风俗是怎样流传下来的？这里有段来历：

相传，古时候有个叫目连的孩子，他的母亲十分贤惠，一家和睦相处，过着欢乐的日子。后来，目连的父亲又娶了一房年轻美貌的妻子，便变了心，他勾通官府，诬告目连母亲不守贞节，把她投进了监狱。

平日，目连很孝顺母亲，他深信母亲绝不是那种不知廉耻的人，他为母亲含冤受屈感到愤愤不平。自母亲入狱后，他每天烧了白米饭，装进小竹篮，前去探监送饭。可是，看守的牢头禁子是个坏东西，收下白米饭后，几乎都独吞了，只把吃剩下的一点饭给目连母亲。

为这件事，目连又恨又急，整天想着对付牢头禁子的办法，可一时又想不出好办法来。四月初八那天，目连上山砍柴，随风飘来一股扑鼻香味，便逆风上前寻找，终于在向阳的山坡上发现一簇簇矮小的树木，叶子碧绿，油光闪亮，散发着阵阵清香。他想，要是用这树叶烧饭，也许芳香可口呢。于是，他采了一篮树叶带回家中，把树叶捣碎，挤出汁水。目连一看汁水，是乌黑乌黑的，这个烧饭，能吃吗？再尝尝汁水，有点清香。他想：用这种汁水和白米煮饭，饭一定是黑色的，倒可以瞒过牢头禁子。于是，他用这汁水和米烧饭，灶肚里的火势越烧越旺，饭锅里散发的香味也越来越浓。当熄火揭开锅盖时，只见一锅米饭全是乌色的。目连急忙抓一把放进嘴里尝尝，饭香而柔软，好吃极了。他当即装了满满一大碗，忘了自己肚子正在咕咕叫，直奔监狱去送饭。

牢头禁子照例要检查，一看这米饭，乌黑乌黑、脏兮兮的，真叫人恶心。牢头禁子不想要这饭了，就把这一大碗黑饭交给了目连母亲。从此，目连母亲在牢房里再也没有挨饿，而且吃得还挺香呢。

目连母亲问目连："这饭这么香，是用什么烧的，叫什么名称？"目连说："这饭是用乌树叶的汁烧的，看上去乌黑乌黑的，就叫'乌米饭'吧。"

后来，目连成了仙，本领高强，在天庭里是一员名将，不久就把母亲救出了苦海，母子团圆了。

目连救出母亲的日子是农历四月初八，为了纪念目连母子，大家就在每年农历四月初八，烧一顿"乌米饭"吃，一代传一代，直到现在，都没有中断。

徐文初　采录整理

（二）

太湖长沙岛上有个小山村，叫"施家浜"，村里有一个农民叫陈兴根，妻子叫彩娥，婚后多年没有生育，直到陈兴根三十岁时才喜得贵子，一家人非常高兴。

施家浜东面是太湖，西面是山。大家都住在紧靠太湖边的山脚下。陈兴根家是这个村上最南面的一家，他农忙种田，农闲撑船。陈兴根的父亲还上山采药，有一种叫"石蚕"的药材，是介于动植物之间的一种生物，吃了能治百病，包括各种顽症、绝症，很是名贵，也很值钱。一家人靠着勤劳、肯吃苦，家境慢慢地好了起来，竟然还造了一座小楼房。陈家生活好过了，也不吝啬了，遇有穷亲眷、苦乡邻有急难，都肯接济，所以人缘很好，口碑不差。现在，陈兴根三十得子，孩子满月的那天，村上人都来道贺，吃“剃头酒”，非常热闹。

这天是十二月初二，人们忙了一天都睡了，有的人已经入了梦乡。忽然间村子里灯笼火把铮亮，人声一片，又哭又喊：“强盗来了！”几十个强盗在月黑风高之夜，一手擎火把，一手持长枪，来到了施家浜。陈兴根是第一家，首当其冲。一伙强盗冲进陈兴根家，见啥抢啥，一抢而空，就连刚满月的婴儿手上、脚上的银镯头也没有漏掉，强盗临走还放火烧掉了陈家房屋。房屋没了，上哪儿存身呢？吃饭靠众人接济点，住呢？陈兴根的父亲想起一次采“石蚕”时，偶然间发现了一个山洞，于是，一家人就住到了山洞里。这个洞就是现在的“南仓洞”。

南仓洞在一个山崖下，南面十丈开外便是太湖，湖边长满茂密的芦苇，洞口有一大墩“刺力”藤盖住，所以一般是不会被发现的，连野兽也进不去。走进洞口，有一巨石撑住，好像特意将山洞夹成二间，里面地势高爽，竟然还有石床、石凳、石灶头。另外还有一个小孔直通山顶，像是老天故意为陈家安排了这么一个好住处。

这年农历四月初八，天气暖和，阳光普照，南仓洞外面的草地上坐了个衣衫褴褛、蓬头垢面的老乞丐，他一只手拄根拐杖，一只手拿只葫芦，浑身颤抖着在晒太阳，看见陈兴根从洞中出来，便向他乞讨。陈兴根立即进洞拿了一大碗粥出来，给这个乞丐，乞丐三下两下就吃完了，还要。陈兴根便把准备全家吃的中饭都拿出来让他吃，乞丐吃完，谢也不谢一声，却说还要到别处去，路上要一天时间，可有干粮给点他。陈兴根说没有了，要么还有点晚饭米，也拿去吧。说罢，就把家里的夜饭米给了他。可是，这个乞丐说不要米，要饭。陈兴根说：“好，我去烧。”老乞丐说：“不要去里面烧了，就在外面烧吧。”陈兴根便支灶拾柴，在露天给他烧起饭来了，米刚下锅，只见这个乞丐随手采了张树叶丢进锅里，说：“一起烧吧。”不一会儿，饭熟了，乞丐人却跑了，什么时候走的也不知道。陈兴根揭开锅盖，只见一锅满满的饭，绿中带乌，香气四溢，香得整个长沙岛都闻得到。人们从四处闻香而来，问是什么东西这样香，一看是锅内绿汪汪、乌滋滋的饭。大家说吃吃看，一吃又香又糯，精神一爽，原先有病痛的立即全部消失。这回真是碰着仙人了。

因为碰到仙人的那天是四月初八，四月初八据说是“阿弥陀佛”的生日，又因饭的颜色是乌的，大家为了纪念阿弥陀佛，就把这饭叫“乌米饭”。

后来，每年四月初八这一天，农村里的人都要吃“乌米饭”。吃“乌米饭”的习俗，正是从长沙岛传开的。

夏才新　采录整理

常熟鸭血糯

常熟的鸭血糯米八宝饭，是闻名中外的传统名点。鸭血糯烹制的点心不仅色泽殷红，糯软适口，而且营养丰富，人人爱吃。那么，为啥称“鸭血糯”呢?

相传，明朝嘉靖年间，倭寇经常骚扰常熟一带，烧杀抢掠，无恶不作，把个好端端的常熟城搞得六缸水浑，老百姓吃尽了苦头。当时，常熟的知县名叫王铁，他上任后，就带领百姓修筑城墙，亲自训练士兵，抵御倭寇。当地军民看到这个有胆有识的知县，无不从心底里尊敬他，信赖他。

有一年，一伙倭寇直犯常熟东门。王铁得到消息，立即带兵前往迎击。他登上城楼，拉开大弓，“嗖”的一声，一个倭寇被击中倒地。其他倭寇见势不妙，“叽哩呱啦”乱窜奔逃。第二天，军民同心，乘胜追击，把停泊在长江里的二十多艘敌舰烧成一片火海，歼灭倭寇不计其数。

第二年，倭寇又纠集了一批亡命之徒，偷袭常熟。王铁接到禀报，怒吼道：“倭寇如此猖獗，老夫不同他拼个鱼死网破，决不罢休！”于是，他立即率兵，乘着数十只小艇，悄悄地追到长江口的冶塘。没想到，诡计多端的倭寇已埋伏在冶塘四周，见王铁进入包围圈，就伏兵四起，把王铁归路切断。王铁眼看中计，仍领兵奋力冲杀。战斗中，王铁身受重伤，他忍着伤痛沉着应战，不料，在和敌人肉搏时，陷入芦苇泥塘中，壮烈牺牲。兵勇们见王铁阵亡，悲愤交加，一定要报仇雪恨。最后，终于消灭了倭寇。

老百姓得知王铁壮烈牺牲，都赶到江边放声痛哭。这时，天色已晚，江面上灰蒙蒙的。忽然远处飞来一群野鸭，“嘎嘎”叫着落在芦苇丛中。老年人看见野鸭，大声叫道：“啊！鸭！鸭！打死它，打死它！”

原来，常熟方言“鸭”和“倭”的发音相似。小伙子们听见老人们喊“鸭、鸭”的声音，一下冲了过去。大家燃起火把，“嗖嗖”地向芦苇丛中乱箭猛射，无数野鸭，应声落地。于是，人们把王铁的遗体安葬在江边，将数千只野鸭宰杀后祭奠。一时间，野鸭殷红的鲜血流淌满地。乡亲们心里痛快，这才挥泪离去。说来也奇，第二年，在宰野鸭的血地里，突然长出一种红芒矮秆的稻谷，谷粒皮呈紫颜色，脱皮精辗，米粒红得好像血珠。大家猜想，这种稻谷一定是祭奠王铁的鸭血变的。这件事一传开，乡亲们都从四面八方赶来采集这种红米煮饭。没想到，这种饭吃起来香糯异常，特别好吃。于是，人们就把这种稻米取名为“鸭血糯”，用它烹制八宝饭、炒血糯、煮血糯等风味点心。

杨彦衡　采录整理

河阳鸭血糯

常熟、无锡一带的酒席台上，有一只甜菜，黑里透红，又甜又香，十分可口，它叫“鸭血糯八宝饭”，是用鸭血糯做的。它的真名叫“河阳倭血糯”，为啥称“鸭血糯”呢？其中有一段来历。

从前，在长江边河阳山旁有个河阳镇，镇上开爿户部酒坊叫“河阳酒坊”，出产的河阳酒专供皇帝享用，故名“河阳圣酒”。为啥河阳酒特别好吃，因为是用这地方出产的河阳糯米酿出来的。河阳糯米又香又糯，所以，这里家家户户种着糯稻。

明朝时，江面上常有倭盗上岸，窜到河阳镇上来抢劫，烧房子，抢女人，弄得人心惶惶，集市也一天比一天萧条下来。

河阳酒坊里有上百个工人，其中有杨家弟兄三人，天生力气大，喜欢弄弄拳脚。杨家兄弟看到倭盗到处猖獗，就出头集中了一群做酒工人，练练武功，打打靶子。当时，常熟知县老爷叫王铁，他觉得河阳镇是常熟县的前哨，保牢河阳镇，就可保牢常熟城。于是，他亲自到河阳镇来，组织全镇青壮年，帮助操练，成立了河阳民兵团，由杨氏兄弟带领。有一年，从黄泗浦进来一只海船，一群倭盗想到常熟城里去抢劫，刚上岸不到半个时辰，就被杨家兄弟带领的民兵团团围住，杀个精光，只逃走了一个船老大。海上倭盗大王知道后，对河阳镇恨之入骨，一心想消灭河阳民兵团。

这年初夏，田里稻苗青青，倭盗大王带了十余只海船的海盗，气势汹汹地包围了河阳镇，想消灭这支民兵。黄昏时分，倭盗冲进镇上，发现是个空镇，街上店户关闭，货物均已搬光，一个人也没有。原来杨氏兄弟早有准备，河阳镇百姓全部搬到恬养庄去了。倭盗兽性大发，就放起火来。

顿时，一阵锣响，杨氏兄弟带领的河阳民兵已把他们围在镇中心，整整杀了三天三夜，杀死倭盗不计其数。杨氏兄弟也壮烈牺牲了。好端端的一条河阳大街，被全部烧光，四周的稻田里，全是倭盗的鲜血，一片红彤彤。

河阳百姓为了感谢杨家兄弟的救命之恩，就在河阳桥旁造了一座“三相公庙”，供奉香火。那年秋收时节，庙周围田里的糯稻穗沉甸甸的，都变成了鲜红色。人们就把红色糯稻称为“倭血糯”。若干年后，有位文人认为这个名字不雅观，又因在常熟话里“倭”与“鸭”同音，就改叫了“鸭血糯”。

过去，河阳镇属于常熟县，所以称为常熟鸭血糯。其实呢，鸭血糯产在河阳镇，就是现在的凤凰、西张、港口地区，正统的名称是“河阳鸭血糯”。

包文灿　采录整理

腊八粥

很久以前，甪直保圣寺里来了一位少林寺和尚，叫虎子，年纪二十来岁，五短身材，腰圆背宽，脸色黑黝黝，头光光，常带笑脸，身穿灰色袈裟，身上还背着一只黄布乾坤袋。

他原本也是江南人，有一年家乡水灾，全家逃荒到八方。在他十岁那年，父母因积劳成疾相继而去。他成了孤儿，少林寺和尚收养了他，教他棍棒，他因而练得一身本领。长大后他听说江南有座名寺——保圣寺，一心想回江南，得到师傅允许后，便奔保圣寺来了。一个小和尚把虎子领到法慧方丈那里，方丈一手拿佛珠，一手五指合并，静坐在佛堂里，小和尚说："师父，他是从少林寺来的，想要留在寺院里。"方丈想，少林寺来的，一定会少林功夫，可以教教徒弟们，便点点头说："好啊！你会什么功夫？"虎子搔搔头皮说："我会棍棒。"方丈笑着说："你留下吧，早上教师兄弟们棍棒，空了到斋堂去做事。"就这样，虎子和尚在保圣寺里当上了教武功的小师傅兼"火头僧"。方丈给他取了一个法号叫慧力。

每天一大清早，慧力就到练功场上教师兄弟棍棒功夫，大家学得很认真。教罢，就到斋堂去干活。他从小手脚勤快，多做点事不在乎，又有个勤俭节约的好习惯，烧火辰光，只要看到稻柴上有谷粒，哪怕是一粒，也要摘下来，剥去谷壳，放进布袋里；淘米时，也不肯立即把淘米水倒掉，先要淀一淀，慢慢倒掉淘米水，看有没有剩下的米粒，如果有，就把米粒捞出来，摊在芦席上晒干，然后放到布袋里；在路上或地头上哪怕拾到一粒豆或一棵菜，也得洗干净，晒干或烤干后放进布袋里。慧力和尚总是身不离袋，袋不离身，日复一日，年复一年。经过三年多时间的收集，五花八门的食物少说也有三石多。

有一年阴历十二月初八，寺院里的和尚都到佛殿上去了，有的念经，有的忏拜，有的做道场，来做佛事的“香火①”也不少，单施主就有上百人。那天管粮的和尚也上殿去念经了，他一时糊里糊涂，竟忘记开仓取粮。这可把慧力急坏了，四五百人的吃饭问题要怎么解决？他先是等候，左等右等，都不见那个管粮和尚的影子。去喊吧，又不行，因为对和尚来说，佛法大如天，随便闯佛堂就是触犯佛法，轻则杖责，重则逐出山门。这个规矩，慧力是不敢破的。他抬头望望天，天空灰蒙蒙，满天飘起了鹅毛大雪。天色渐渐暗下来，时间紧迫，要是上街去买，又没有那么多银两，即便有银两，怕也要耽误几百人的开饭。他前思后想，真是巧媳妇难为无米之炊，没有个好办法！猛然间，他想到了身边的乾坤袋，要是把三年中积剩下的食物，倒入锅内煮一煮，不就救了这个急么。想到这里，慧力和尚高兴得跳起来。

过了一会，天黑下来了。“当、当、当”，开饭钟声敲响了，众僧排着队进了斋堂，大家心里都在想：今天是如来佛成佛日，一定会吃上一顿丰盛的素斋来庆贺一下。可是，走进斋堂一看，饭桌上只放着粥不像粥、饭不像饭、菜不像菜的食物。个个和尚的眼睛定住了，心里冒着火。可是，和尚吃饭有规矩：吃饭时不能说话，叫吃就得吃，不吃也得吃。于是，大家只好“闭拢了眼睛吃烂粥”。嗨！等到上口一吃，这粥倒是味道挺好，特别开胃，个个吃了还添，恨不得连锅也吃下去。老方丈也觉得蹊跷，便问慧力和尚：“这叫什么素斋啊？”慧力把事情的经过向方丈和盘托出，老方丈听后双手合十，说：“善哉！善哉！惜粮有根，慧力积福，功德无量。”大家一致公认慧力烧的粥好吃。

后来和尚们商定，平时大家都要爱惜粮食。由此，每年十二月初八都烧这种粥吃，并馈送给附近居民，大家把这种粥叫作“腊八粥”，也称“佛粥”，并成为习俗。据说喝了佛粥功德无量，可以消灾降福。

袁其德　采录整理

注解：

①香火：即烧香人。

枫桥白汤面

谷雨一过，就是立夏，天气愈加热起来了，苏州几家有名的面店，便挂出“枫镇白汤面”的牌子。说起枫镇白汤面，还有一段曲折的来由呢！

从前，安徽凤阳闹灾荒，有一对姓张的夫妇带着孩子逃荒来到枫桥，临时搭起一间茅草屋，开了一爿小面店，生意倒勿错。过了两年，又盖了一间瓦房，就经营起花色面来，尤以浓油赤酱的焖肉面最受顾客欢迎。

那时节，鱼肉米面、油盐酱醋都要进城去买。有一天，张老板挑起担子到城里采办原料，先买了米、面和鲜肉，再想到城隍庙边上去买酱油和醋。

张老板还没走到城隍庙，远远望见前面一个中年男子，边哭边用头去撞城隍庙前的石头牌坊。一打听，原来这人刚添了个儿子，好不容易向亲友借了几百文铜钱，准备买米回去给月子里的妻子熬粥。走到城隍庙前，只听得赌摊上一个人叫着：“要发财的快来呀！一个赚十个……”那男子将钱都押了上去，哪里知道一上手就输个精光，急得脸色苍白。过了一会儿，他才像做梦一样，大叫一声，把头向石牌坊上撞去，想一死了之。

张老板心里好生不忍，就从怀中取出仅有的三百余文给他，并向那男子说：“大哥，这赌是要败家的，以后千万别上当了。你就用这钱去买东西，快回家去吧。”那人感激得直向张老板打躬作揖，千恩万谢，方才离去。

张老板想回家去，可是酱油没有买，没有酱油，明天的焖肉面怎么做？但他现在身无分文，也只得挑担回家。

回到家里，他一五一十地将事情对妻子讲了，妻子没有责怪，反而拍手笑道："现在天气热了，浓油赤酱的焖肉面吃起来腻人，我们就用白汁原汤、白切肉配面，就卖白汤面吧。"第二日，两人就卖起了白汤面，碗里盛着又白又细的面条，上面铺着一块肥瘦适中的白切肉，面上还撒着切得极细的嫩黄色姜丝和碧绿碧绿的葱花，吃得人胃口大开，面一进到嘴里只觉得又鲜、又滑、又爽口，真是"色香味"俱全，不由人人称赞。从此枫桥白汤面出名哉。

城里几家面店，听说"白汤面"这么吃香，也派人来学了去。从那时起，一到夏天，城里面店就挂出"应时白汤面"的牌子。他们哪里知道，这是枫桥面店没有酱油，由张老板夫妻想出来的救急办法呢。

韩德珠　采录整理

昆山燠灶面

燠灶面是昆山传统的特色佳肴，风味独特，声名远播苏沪各地。可“燠灶面”是怎样产生的呢？有一个真实的故事。

清末民初，有位年轻的寡妇投身到昆山县城某富绅家中当绣娘。寡妇有几分姿色，东家少爷数次调戏她，她为了躲避东家少爷，要求去厨房当了厨娘。谁知东家少爷紧盯不放，欲行非礼，她拼死不从。此事传到了东家的耳朵中，所幸东家是个知书明理之人，知道儿子不肖，便叫儿子跟随堂叔到日本去经商。东家为安抚寡妇，要将一爿小店铺送给她，叫她自力更生。

寡妇叫颜陈氏，她谢绝了东家的好意，自己在半山桥西堍开了一爿小面馆，每天挑水劈柴，采办原料，剖洗烹煮，揉面擀面，灶上灶下全靠她一人担当。街上面馆比较多，竞争十分激烈。颜陈氏为求生存，凭自己心灵手巧，琢磨特色，创制了“红油爆鱼饺”“白汤卤鸭饺”“碗烫”“面烫”等几个特色品种，味道鲜美，赢得顾客的青睐。颜陈氏的小面馆生意日渐兴旺，引起同业人的嫉妒，有人中伤她以色相勾引客人，还有人指责面馆不洁，地痞流氓更是三天两头上门纠缠滋扰。

可怜颜陈氏日间辛劳，无人相帮，夜阑人静，她想想自己一人孤立无援，便夜夜哭断肝肠。由于她是个寡妇，不讲究衣着打扮，也不涂脂抹粉，更由于她忙里忙外，油腻污渍涂满衣衫，蓬头垢面，邋里邋遢，不多时年轻寡妇竟成了个老太婆。从此，小面馆被人叫成了“懊糟馆”，那特色的面也被讹传为“懊糟面”。

再说，半山桥头生意人中有个叫季金昆的，四十开外年纪，人高马大，自小习武，说话不多，是“懊糟馆”的老顾客。颜陈氏受地痞恶少欺凌的情状，他一次次看在眼里，心里愤恨，很想打抱不平。一日，几个地痞恶少吃了面不付钱，还污言秽语羞辱女店主。季金昆前去责问他们，将他们一顿痛打。从此，季金昆成了“懊糟馆”的保护神。后来，他索性与发妻了断姻缘，与颜陈氏开始了夫妻生活。

季金昆进了面馆，面馆的生意越来越好，颜陈氏也年轻了许多。后来，面店扩大门面，修建一新。在请书法家写招牌时，因“懊糟”两字不雅，遂用谐音写成“燠灶馆”。从此，“燠灶馆”就成了昆山一家著名的面馆。

潘兰言　采录整理

乾隆吃燠灶面

有一年冬天，乾隆皇帝又下江南，微服私访来到昆山大街。有家面店飘出了一股氽爆鱼的香味，直钻他的鼻中，十分诱人开胃。乾隆深居宫中，从来没有闻到过这种催人食欲的香味，不由得走近面店一看，只见狭窄的堂座里，等着前客让后客。送到桌上的面条都是红汤，油水足，酱色浓，盖着的面浇头有鱼有鸭。顾客津津有味地吃着，一口又一口地连面汤都喝了个精光。

堂座东面半间又黑又矮的厨房里，掌勺的是一位五十来岁的女店家。可能是忙碌，女店家顾不得梳妆修饰，额角上头发蓬松，衣服邋里邋遢。

乾隆皇帝想：这爿脏得要命的面店，怎么会有这么多的吃客？他要弄个明白，就坐了进去，也准备品尝一下这种红汤面，看有什么特色。他坐得离厨房较近，发现女店家除了在灶上油锅里氽爆鱼外，还时不时到灶下去送柴烧火，一个人实在够忙的。

女店家忙中不觉疏忽，竟将一束受潮的柴草塞进灶膛，顿时乌烟直冒，熏得人眼睛都难张开。那个女店家随手拍拍乾隆的肩膀说："客官，请你帮帮忙，拿火筒吹吹旺柴火，水沸了好下面。"

乾隆望望女店家，心中不愿，但也只好从命，拿起火筒吹旺了火，方始坐回原位。乾隆吃了一碗红油爆鱼面，发觉味道十分鲜美，很有特色。现在是冬天，那碗面不仅面条烫，汤烫，连碗也烫。一碗面吃到肚内，浑身饱暖舒服，乾隆感到称心满意，便咂嘴称赞，问："这是什么面呀？果然好吃。"

收拾碗筷的堂倌告诉他说："这叫懊糟面。懊糟是江南方言，邋遢的意思。不过，这是老吃客开玩笑说说罢了。只因小店生意繁忙，老板娘顾不得换衣服梳妆，几个老吃客爱说笑话，把燠灶面说成了懊糟面。”

乾隆听得似懂非懂，笑着说：“燠灶面很有特色呀！”

堂倌听到赞扬，劲头来了，侃侃地介绍说：“小店的燠灶面，就奥妙在三个地方，一是面条切得又细又薄，切口里都有眼眼……”乾隆问：“什么叫眼眼？”堂倌笑着解释：“客官是北边人，这眼眼也是本地方言，就是小孔的意思。”乾隆会意，点点头：“请说下去。”

堂倌接着说：“面条切口有了小孔，鲜美的汤汁便渗透到面条里去，吃起来格外有味了；二是面浇头的原料十分讲究，专用大青鱼氽爆鱼，还用五斤以上的昆山大麻鸭做鸭浇；三是面汤更有绝招，老板娘宰杀大青鱼时，将一片片铜钿大的鱼鳞收拾洗净，用线串起来下锅熬出鱼鳞汤，配进素油、酱油、白糖、青葱、生姜等调料，这碗面汤就非比寻常，格外鲜美可口了。”乾隆还是第一次听说用鱼鳞熬面汤，不禁赞美说：“物尽其用，确有绝招。”

堂倌高兴地指着厨房内的三眼灶说：“这个灶头终日保持燠热，下出来的面条可以做到三烫，除了面烫、汤烫外，连那碗也都浸在‘发镬’里保暖，用时从热水里拿出来。所以，面碗也是烫的。”

乾隆听得入神，忘情地脱口而出：“朕要是在宫中也能天天吃到燠灶面的话，那该多好啊！”

堂倌一听，心里突然一惊，原来是皇帝伯伯来吃面，慌忙跪下来磕头。乾隆怕发生意外，赶紧跑掉了。自此以后，“乾隆皇帝吹火筒、吃燠灶面”的新闻，一下哄传开来。

女店家当然深感荣耀，特地请了一位举人老爷写了一块金字招牌，正式经营起燠灶面的生意。随着民间传说的流传，燠灶面也久传不衰，成了昆山很有名气的风味食品。

邱维俊　采录整理

松花团子

苏州西郊七子山南麓的吴山岭、尧峰山等几个山坞里，立夏日要吃松花团子，这个习俗源远流长。若问它的来源，有个故事。

吴山岭与尧峰山之间，薛家湾和张家桥两个村比较大，有点名气。吴越春秋时期，薛家湾有一个名叫薛巧妹的姑娘，嫁到张家桥一户姓张的人家做媳妇。转眼到了来年清明，巧妹回娘家扫墓祭祖，看望父母，回来时带了一篮青团子。

第二天，巧妹带了青团子到山上去斩“鹿角枝”，就是把枯死的树枝树干砍下来当柴烧。到了山上，巧妹把小篮往松树枝上一挂，动手做起活来。山上轻风阵阵，枝头画眉鸟欢呼雀跃，做了一会，巧妹人有些累了，肚子有些饿了，就准备坐下来歇歇，吃两个青团子再接着做。小篮子拿下来一看，青团子变成黄团子，拿在手里也不粘了，一闻倒挺香。原来是松树花蕾上落下来的花粉，沾满了青团子。沾了松花粉的青团子吃起来味道和以前的大不一样，有点香气。巧妹想，不如让我采集些松花，下次做团子派用场。她采了一篮松花，弄好柴就下山回家了。

日子过得真快，立夏日到了。这时候，越国兵打了过来，拿吴国百姓不当人，非但强迫他们没日没夜挖河，还把他们吃的东西抢光。巧妹的男人经不起奴役，又累又饿，不久就病倒了，在工地上一命归西。噩耗传到张家桥，巧妹哭得死去活来，稍稍平静下来后，她想到工地上的叔伯兄弟们，不愿悲剧在他们身上重演。俗话说：人是铁，饭是钢。必须想办法让民夫肚里有食，他们方能挨过这段苦难岁月。但是，送吃的东西去，又要给越军抢掉，怎么办呢？

巧妹想呀想呀，想到了那一篮松花，眼睛顿时一亮，有了，不如做些松花团子送去，说不定能瞒过越军。巧妹将自己的主意向村里的婶婶嫂嫂、姐姐妹妹一说，大家都觉得这是个好办法。

张家桥的女人们紧急动员起来，有的上山搜集松花，有的在家磨米粉、蒸团子，蒸熟的团子再滚上一层松花，用箩筐盛了，送到工地。越军不识货，问这是什么东西，巧妹回答说："这是糠菜团子，我们的男人吃了这种团子，才有力气替你们开河，还可以省下米粮让你们做军粮。"越军一听蛮高兴，看看这些团子，黄兮兮的，像糠屑做的，他们才不屑吃呢。所以，挥挥手，让女人们把团子送到民夫那里去了。

民夫们有了松花团子果腹，总算没有像巧妹的男人那样饿死在工地上。七子山一带的村民感激巧妹做的救命松花团子，以后每年立夏日，家家都要做松花团子来纪念这件事，一代代地传承下来，直到现在。

朱振华　采录整理

太仓糟油

相传清朝辰光，在太仓城厢镇有一家李记酒铺。店主叫阿李，有一手好的酿酒本领。一天，正逢元宵佳节，快近打烊[①]的辰光，店外来了个穷困潦倒的老人，饿昏在地。阿李夫妻俩急忙放下手中活计，出门将老人扶进屋里，又端上热气腾腾的白米饭和香味扑鼻的菜肴。老人吃光后又要求阿李拷些新酿的酒给他喝。阿李便去作坊拿酒，一打开酒缸盖，阿李惊呆了，傻立在那里一动不动。

原来，阿李最近做的透明见底的佳酿酒，竟变得浑浊暗红。夫妻俩见此情形号啕大哭起来。说也奇怪，那老人却笑了起来，还打趣说："怎么不拷了？莫不是变成了糟酒不像糟酒，酱油不像酱油的东西了？我可是专为喝它来的啊！"

这时，阿李夫妻俩"扑通"一声，双双下拜，口里连呼："请老伯指教！"

那老人收敛笑容，弯身扶起他俩，说："你们要记住，害人之心不可有，防人之心不可无！"接着，老人便将新酿之酒如何变坏的经过告诉了他们。原来，离此地不远处还有一家奸商开的酒铺，但奸商的酿酒本事远不及阿李。前几天，奸商派人深夜摸进阿李的酒作坊，在每只酒缸里头都投进一勺酱糟，然后照原样封好，想让阿李破产关门，他好独家经营。

阿李夫妻听罢，气得牙齿格格作响。老人从怀里掏出一包丁香、甘草、宫桂、陈皮、花椒、茴香等香料和药材，交给阿李夫妻，说："把这些捣成末子，混合后在每只酒缸里撒一些，隔一年之后再开缸，你们能卖大价钱的！”说罢，飘然出店，一晃不见了。

阿李夫妻照做了。一年过后，阿李夫妻俩开缸尝酒。缸盖一掀，只觉一股醇香扑鼻，再用勺拷一点一尝，鲜美无比。夫妻俩好不喜欢，想起老人说的这东西是糟酒不像糟酒，酱油不像酱油，那么就叫它糟油吧！

第二天，李记酒铺挂出了一块牌子，上写："出售上等调味佳品——糟油。"前来尝新的人蜂拥而至，李记酒铺的生意比以前更兴隆，后来那糟油竟成了人们赠送亲友的高档礼品。

以后，太仓就有了糟油店。又因阿李的名字叫李意诚，故后人便把他开的店叫作"老意诚糟油店"，并一代一代传承下来。

陈奎鹤　王大经　采录整理

注解：

①打烊：苏州方言，关闭店门。

九、百年老店传说

乾隆私闯松鹤楼

苏州观前街上，有一爿中外驰名的“松鹤楼”菜馆。算起来，它已经有二百多年的历史了。但它本来是一爿无名的小饭馆。它之所以会出名，还得从乾隆下江南说起。

有一次，乾隆皇帝下江南来到苏州。他青衣小帽乔装改扮，在城里到处游逛，走到观前街，看见前面有一爿饭馆。这饭馆虽然铺面狭窄，外表简陋，店堂里却是熙熙攘攘，座无虚席，还有不少顾客挤不进店堂，只好捧着大碗阳春面，跑到马路边吃。乾隆看见别人吃得香喷喷的，自己肚子也咕噜咕噜地叫起来了。他凑上前去，也想买一碗尝尝。可是人来人往，挤进挤出，把他挤到一边，怎么也买不上。正在急不可耐的时候，他发现店堂里边的墙上写着“楼上备有雅座”，于是，乾隆便径直登上了小阁楼。

楼上只有四张小桌子。乾隆找了个干净的地方，坐了下来。店家请他点菜。他一眼看到菜谱上写着一道“全家福”，心想很好，出门就要讨个吉利，于是，随口说：“就要这道菜吧。”不一会儿，菜端上来了。只见那菜烧得浓油赤酱，色香诱人。乾隆用筷子蘸点儿汤尝了尝，挺鲜，又夹起一片鱼肉，向跑堂的问道：“这是什么？”

跑堂的回答说：“这是乌龙肉。”

乾隆听了，心里有点不大舒服。他又夹起一块鸡爪子，问：“这是什么？”

跑堂的又回答说：“这是凤爪。”

乾隆一听，心里越发不痛快。他心想，我这个皇帝才是龙，我的皇后才是凤，这店里居然吃起龙肉、凤爪，成何体统。这叫什么“全家福”，简直是大逆不道！他越想越生气，就想要发发龙威。可是，他刚要拍桌子，又想起自己是青衣小帽的平民打扮，身边又无侍从保驾，一旦闹翻，有所不便，于是，只好耍耍少爷脾气，一定要退掉这道菜。无缘无故要退菜，而且，已经动过筷子，跑堂的哪里肯答应。三言两语，话不投机，双方便争执起来。乾隆说话是北方口音，跑堂的操的是地道的吴语，两厢语言不通，更是争执不休。旁边的客人也都觉得乾隆没甚道理，便替跑堂的抱起不平来，大家你一言，我一语，着实把这个乔装打扮的皇帝奚落了一通。乾隆被弄得面红耳赤下不了台，可又不敢露出身份，只得吃个哑巴亏，怏怏而去。

后来，不知是哪一个多嘴的走漏了消息，说这个北方吃客就是当朝皇上。于是，苏州城里城外传遍了乾隆在松鹤楼没吃好菜倒吃了亏的笑话。从此，人们为了领略一下“乌龙肉”和“凤爪”的味道，纷纷带着全家老小来品尝“全家福”，把个松鹤楼挤得水泄不通。松鹤楼的生意更加兴隆起来，不久，就用赚来的钱造了房子，变成了一家大饭馆。

翁洋洋　采录整理

附记：

松鹤楼，位于观前街。创建于清乾隆年间，乾隆四十五年（1780），在《重建苏州面业公所》碑上刻有松鹤楼资助的名单。

陆稿荐熟肉店

苏州临顿路上有一爿熟肉店，本是夫妻店，小得一眼眼，老板姓陆。这爿店里平日冷冷清清，没啥生意，夫妻俩穷得饭也吃不上。有一年四月十四日，陆老板清早起来打开店门，看到一个老叫花子躺在一条草稿荐上，看样子快要饿死了。陆老板看他十分可怜，便把老叫花子扶到灶间去，让他躺在灶门口，老板娘看见丈夫一早就把一个老叫花子接进门，嘴里唠唠叨叨地说："屋里柴也没有，生意也做不成，还要请位老神仙进门，叫我拿什么上供？"一边说，一边盛碗热菜汤给老叫花吃。老叫花也不客气，吃了菜汤站起身来，就走出门去了。

过了一会，陆老板出门去买柴，走过一家药材店，看见门外晒了不少药材，一阵阵香气扑鼻，他走上前去打听："这晒的是啥物事？"店伙计回答说："香料！"陆老板灵机一动，走进药材店，把身上带的铜钿一塌刮子[①]全买了香料，一根柴也没买，便回转来。

老板娘正在灶下等柴烧肉，老板回转来却把一包香料倒进锅里，没有柴烧怎么办呢？只好把屋里的破台子、三脚凳劈了当柴烧，可是烧了半日，火还是引不起来，陆老板忽然看见壁旮旯里丢着一条破稿荐，顺手用火钳钳起来，丢进灶膛里。

火引着后，不多久这锅肉香味出来了，满屋香是香得来，连街上过路人也闻到了香味，都停下来东张西望。一时引来不少人，大家都挤在店门口，十分闹猛。平日和老板熟识的老乡邻，便问他："今朝你烧的肉为啥这样香？"陆老板笑了一笑，话还没讲出口，那老板娘因为劳累半日，闻到肉香也蛮开心，举起手里的火钳，指着上面未烧完的半缕破稿荐，半开玩笑地向乡邻们讲："借着神火哉！"

这一讲，陆老板倒也想起来，接上去讲："对！对！就是烧了这条破稿荐的缘故。"还把碰到那个老叫花子，是他留下那条破稿荐的事，说了一遍。于是大家七嘴八舌，议论开了。有人计算一下说，今朝正好是四月十四"轧神仙"的日脚，这老叫花莫不是吕纯阳的化身？也有人不相信，争得面红头颈粗也辩不清楚。人群中有个穷书生，听见大家争来争去，一场无结果，肉店里的香气，倒馋得他肠胃里的酸水也要倒出来了！

"睡在你店门前的叫花子，啥个样子可记得？"穷书生问。

陆老板想了想，说："啊哟，这倒不曾留心，只记得这个叫花子，一直拿两只破钵头，口对口放在头下当枕头。"

"口对口？不是个'吕'字么？"穷书生说完后又问他，"老叫花子穿着怎样？"

"衣裳破得要命，腰里扎一条破草绳。"

"破草绳？绳，纯！不错，不错！脚底下着啥个鞋子？"

"一双破鞋子，破是破得来，后跟全烊脱②。"

"烊？阳！"书生一想，真是无巧不成书，三个字连起来，恰好是：吕—纯—阳！

大家一看穷书生望着肉锅两眼发直，样子怪吓人，问他在想啥。书生神气活现地讲："神仙来过了，吕纯阳！就是吕洞宾，肉店里得了仙气，哪能会不发出异香？"大家听说吕纯阳来过了，都想尝尝仙味，一锅肉一抢而光。不过，这锅肉放过香料，味道的确蛮好。

从此，这爿熟肉店的生意一天天好起来，陆老板赚了不少铜钿，就在观前街开了一爿大酱肉店，挂起金字招牌，就叫"陆稿荐"。

后来，"陆稿荐"出了名，到处都有"陆稿荐"了。

金煦　范佐寅　采录整理

注解:

①一塌刮子：苏州方言，全部的意思。

②烊脱：苏州方言，即磨烂了。

附记:

陆稿荐，位于观前街。相传创建于清康熙二年（1663），店主姓陆，原为熏腊肉铺，后做熟肉制品。

石家饭店鲃肺汤

苏州木渎镇石家饭店的“鲃肺汤”，名扬海内外。

“鲃肺汤”是用鲃鱼内脏烹制而成。鲃鱼鱼背呈绿色、带黑花纹，鱼肚洁白。如果对着鲃鱼嘴吹一口气，鱼肚会膨胀起来，犹如一只白色的气球，因而亦称为泡泡鱼。这种鱼生长在靠近木渎一带的太湖里，其他地方都没有，是木渎的特产。每年八月至十月上市，民

夏维淳　绘

间有“秋时享福吃斑肝”的谚语。斑肝即鲃鱼肺，故鲃肺汤亦称斑肝汤。

人们也许要问，这“鲃肺汤”是怎么来的呢？这里有一个小故事：

原来，木渎近靠太湖，水产丰富，以鱼入馔，习以为常。无论是一般人家，还是酒楼饭馆，都是“每餐必鱼”。但由于烹调方法大同小异，滋味差不多，因而这里的酒楼饭馆生意老是清淡。石家饭店虽然是乾隆时始创，颇有名声，但生意也不景气，连店里的开销都支应不起来了。当家的石师傅很着急，翻来覆去地盘算着要在鱼上翻翻花样。这天，他回到家里，妻子照常用鱼内脏（即鱼杂）炒了一个菜给他下酒。他一边饮酒，一边吃着天天吃的炒鱼菜，细细地琢磨着生意该怎么做。吃着吃着，他觉得有些口渴，便叫妻子弄碗开水来。开水来了，他喝了一口也觉得没味——真是心烦样样不顺口，便随手把炒鱼菜倒进开水里。接着，他又有心无心地端起这开水泡鱼杂喝了一口，咦，味道还可以。他突然想到：何不将鱼的内脏做成汤？

那时正是初秋，鲃鱼上市。第二天，石师傅就到店里，把鲃鱼的内脏切成片，做了一道汤，一尝，肉嫩汤清，味道果然鲜美。由于制作别致，口味不同，来品尝“鲃肺汤”的人一天比一天多，石家饭店的生意也就兴隆起来。一道鲃肺汤，使石家饭店扭转了局面。至今，木渎还流传着“先有鲃肺汤，后有石家饭店”的说法哩！

“鲃肺汤”经石家饭店几代名师的传承和发展，更以独特的风味——清爽、鲜嫩、肥而不腻，赢得了广大宾客的赞美和外宾的欢迎。1929年中秋佳节，国民党元老于右任先生和社会知名人士李根源先生在游览太湖观赏桂花的归途中，特意到石家饭店就餐，专门品尝鲃肺汤。食后，大家赞不绝口。于右任还即兴赋诗一首：

老桂花开天下香，看花走遍太湖旁。

归舟木渎犹堪记，多谢石家鲃肺汤。

李根源也挥毫为石家饭店写了“鲃肺汤”的匾额。据说，前些年于右任先生在台湾海峡彼岸，还惦念着他几十年前在木渎石家饭店吃过的鲃肺汤哩！

翁洋洋　采录整理

附记：

石家饭店，在木渎镇上，原名石叙顺，创于清代，19世纪20年代传至石氏重孙时改今名。

老僧资助生春阳

你听说过和尚开肉店的稀奇事吗?和尚六根清净,戒杀众生,怎么会开起肉店来呢?可是,真有这样一桩趣事,流传在苏州。

相传,清朝光绪年间,苏州城里有爿香烛店。店主姓许,做生意很呆板,弄得年年亏本。店主的儿子许瑞卿,倒是个八面玲珑的后生,自从接替了他父亲的店务后,经常出去兜揽生意。

有一天,他来到兴隆寺,只见庙宇年久失修,几个泥菩萨也被雨水淋得斑驳陆离,很不像样子。这时,有个老和尚出来招呼他说:"施主,你要烧香到别处去吧。小庙的菩萨早就不受香火了!"

许瑞卿心里想:"和尚总是欢迎香客的,怎么会有灶膛里烧火撤出木柴来的奇事?"他正要质问,老和尚又开了口:"唉,这座庙破落得这个样子,叫我拿啥铜钿来修?可越是不修,越是破烂,香客就越少,弄得我薄粥也难糊口,看来只好还俗了。"

许瑞卿支吾了一声,心想:"我们做香烛生意,靠的就是庙里的菩萨。如果能够设法帮助老和尚把兴隆寺整修一新,香火兴旺了,我店里的生意自然也会兴旺起来。"于是,许瑞卿同父亲一商量,拿出了一笔钱,借给兴隆寺老和尚修殿宇,又给大小菩萨开了光,施了彩,还把一批香烛赊销给当家和尚。这样一来,兴隆寺果然兴隆起来了,整日里香烟缭绕,香客不绝。不久,当家和尚手头就攒了不少钱,一天到晚乐得像尊弥勒佛。

再说,当时观前街上有爿很有名气的生春阳火腿店。店主想到自己年老多病，就去兴隆寺求签，求菩萨保佑他，还求菩萨保佑他女儿找个好夫婿，来接替他的店业。这件事，被兴隆寺当家和尚知道了，当家和尚想起了许瑞卿，就在生春阳老板面前说好话，让菩萨做了现成媒人，成全了这桩亲事。许瑞卿时来运转，香烛店靠了兴隆寺发了起来；新婚后，又当上火腿店店主，真是人财两得，喜上加喜。可是，许瑞卿的那股高兴劲儿没过多久就消沉了，为啥？因为生春阳对面有家叫"大东阳"的火腿铺，生意远在生春阳之上。许瑞卿心里明白，大东阳的火腿都是从金华等地定做的，货色吃香。可是，自己本钱短，无力到产地进货，真叫"巧媳妇难烧无米饭"，许瑞卿心里直犯愁。

有一天，许瑞卿在路上碰到兴隆寺老和尚，就把自己的心事说开了。老和尚爽朗地说："过去，你帮了我这么多忙，使兴隆寺得以复兴。如今，你有困难，是我报答你的时候了。我手头还有一笔铜钿，你可以拿去，放入店内周转吧！"许瑞卿喜出望外，连连向老和尚道谢。

许瑞卿店里资金一充裕，就亲往产地直接进货。他进货时严格挑选，销售时货真价实；又摸清新老顾客的脾胃，亲自送货上门。因此，生春阳的生意一天比一天好，很快就超过了对门的"大东阳"。一年后，店里赚了大钱，许瑞卿高高兴兴地拿了红利送到兴隆寺去。老和尚听说生春阳接到了财神菩萨，心里那股高兴劲就别提啦！不过，高兴之余，却又顾虑起来，他对许瑞卿说："宝号大盈，我也高兴。不过，老衲是佛门弟子，常年茹素礼佛，现在却做了火腿店股东，很不相宜。这事万一传扬出去，大家岂不要责难我吗？所以，这笔红利，我不能受，股金暂时也不想收回，你尽管使用好了。"从此，生春阳的火腿生意，真像春阳初升，海内外闻名。

杨彦衡　陆如松　采录整理

附记：

生春阳，明万历年间阊门内吴趋坊口有孙春阳南货铺，府志、县志中均有记载。光绪十七年（1891）改今名。

稻香村蜜糕

稻香村蜜糕，是苏州著名的土特产，家家欢喜，人人爱吃。

乾隆皇帝六次下江南，苏州的名山名水，都玩过了，名菜佳肴，都尝遍了。一日，乾隆换了一身便服，带了一个心腹小太监，悄悄地溜出了行宫，来到了观前街。观前街人头攒动，熙熙攘攘，好不热闹。乾隆玩了一个时辰，觉得腹中饥饿，想买点东西吃吃。一抬头，见前面挂着一块招牌——稻香村。乾隆想，这个店名倒很雅致，不知卖啥。进店一看，原来是卖糖果茶食的。乾隆看到一种雪白粉嫩的糕，不知名称，便向别人打听，晓得叫蜜糕，是用蜜糖做的；买了两块一吃，觉得嘴里软绵绵、甜津津的，十分好吃。

乾隆回到京城后，念念勿忘在苏州稻香村吃到的蜜糕，就下了道圣旨，要苏州知府进贡蜜糕。苏州知府领了旨意，不敢怠慢，立即差人把稻香村老板找来，要他做好送往京城。

稻香村老板挑选了手艺高超、经验丰富的做糕师傅，选用上等好米，磨粉细，配料精，用白糖、蜜糖和猪油拌和，再加上松子、桂花，做出来的蜜糕色、香、味俱佳，色是白粉雪雪白，香是桂花香喷喷，味是蜜糖甜津津，吃在嘴里软绵绵，十分上口。这种蜜糕因为做工特殊，时间放得长一点也不会发霉变质。蜜糕做好以后，装在漂亮的纸盒内，由知府专门派人送到京城。

乾隆吃着这种蜜糕，真是津津有味，越吃越要吃，不禁龙颜大悦，连连称赞，马上又下了一道圣旨，御赐稻香村一块葫芦招牌，上写“稻

顾曾平 绘

香村”三个大字。

乾隆皇帝吃蜜糕、赐招牌的事迹一传开，稻香村的蜜糕就出名了，买糕的人成群结队，大家都想尝尝呀。从此以后，苏州人都想吃稻香村的蜜糕，直到现在，仍然如此。

潘君明　采录整理

附记：

稻香村，位于观前街。相传始创于乾隆年间，前店后坊，供应自制苏式茶食、糖果、炒货。

采芝斋糖果

从前，开店题招牌，都有点行业特色。比如，茶坊、酒肆叫“××居”“××楼”，书坊、菜馆就用“××斋”“××阁”。那么，为啥苏州采芝斋明明是茶食糖果店，也用这个“斋”字来题招牌呢？说来其中也有点缘故。

相传清朝末年，观前街洙泗巷口有爿书坊，取名“采芝斋”，老板是个老秀才，满口“之乎者也”。可是尽管他肚才好，就是勿会做生意，店门口冷冷清清，很少有顾客上门。

有一年，有个糖果炒货店的小伙计被老板歇仔生意，他看中洙泗巷口这块地盘，就在“采芝斋”旁边摆了个糖果摊。书坊老板蛮高兴，心想，茶食糖果人人爱吃，糖果摊放在自己书坊门口，说不定也能给自己招来顾客，使店里生意兴隆起来呢。

糖果摊的小伙计有一手好手艺，他熬制的粽子糖，粒粒光洁透明，嚼嚼甜香松脆不粘牙，更稀奇的是，他炒的香草瓜子，香飘观前一条街，连不爱吃零食的人也会寻得来。糖果摊上生意日日兴隆。

小小糖果摊飞出了金凤凰，可它却帮不了隔壁“采芝斋”书坊的忙，书坊的生意仍然很清淡。老板闲着没事，就去给小伙计帮忙，日脚一长，两个人的交情深了。一天，老板对小伙计说：“伙计呀，我开这爿书坊，原想像采集灵芝那样采集天下文章之精华，所以这店的招牌就叫‘采芝斋’，没想到文章‘采’来没人要，看起来现在是才子少，馋嘴多。还是你的行当热门，大有前程。”

小伙计笑笑说：“老先生勿要取笑呀。”

老板摸摸胡子说："伙计呀，我倒勿是讲笑话。如今我活了这把年纪，眼看书坊呒指望哉，我想，不如把店面让给你，你看怎样？"

小伙计听老板这么说，高兴得跳了起来，连连作揖说："先生如此照应我，叫我怎么谢你呀！"

过了几天，老板当真把书店出空，让给了小伙计。糖果摊有了店面，当然要取个好听的店名。小伙计想，老先生说过，他这块"采芝斋"招牌的意思是采集天下文章之精华，现在我不妨就用他的现成招牌——采芝斋，今后采集天下灵芝宝草，做出来的糖果炒货，不是味道更好吗！小伙计与老板一商量，就把这"采芝斋"老招牌擦得金光锃亮，重新挂了出来。

小糖果摊搬进了大店堂，还挂上了金字招牌，顿时气派两样。原来勿到小摊头上来做成生意的乡绅大人家，现在也经常来光顾光顾，所以生意也就格外兴隆了。小伙计就想开啦：以前都是做小户人家的买卖，因此只能做些大路货，现在顾客来源勿对了，就要动些脑筋，做些高档点的花色品种，让各种顾客都能满意。于是，他就用胡桃、松子、杏仁等高级原料精工细作，今天松子粽子糖啦，明天猪油桃酥啦，后天又是玫瑰香草瓜子啦，一天一个新花色，做得店里顾客越来越多，生意越来越发，连官衙门里的太太小姐也经常差人来买回去尝个新鲜。后来，采芝斋还做了各式糖果、糕点，装进一只只漂漂亮亮的盒子里，作为贡品，送到北京紫禁城里去，连西太后吃了也非常满意。这消息一传出去，这块金字招牌就格外响了。

陆如松　杨彦衡　朱洪　采录整理

附记：

采芝斋，位于观前街。店主姓金，清同治九年（1870）在观前街东段设摊；光绪十年（1884）店主盘下"采芝斋"古董店铺，开设糖果店，仍名"采芝斋"。

叶受和和气生财

从前，苏州茶食糖果店的招牌，都有个“香”“芳”或“芝”之类的字眼，来炫耀店里制作的食品香甜可口，或者像灵芝宝草一样名贵。可是，观前街的叶受和茶食店，牌号别出心裁，一破陈年旧例，这是啥原因呢？

相传清朝光绪年间，苏州有个宁波籍富绅，叫叶鸿年。此人有财无势，到了晚年，就捐了个候补通员的官衔，在家里坐享清福。当时，观前街稻香村的肉饺现做现卖，味道鲜美，远近闻名。叶鸿年的家小爱食此物。有一天早上，叶夫人叫女佣到稻香村去买肉饺当点心，因为时间晚了一些，刚出锅的热肉饺已经卖完，女佣只好买些冷的送到太太房内。太太一看这些冷食，顿时眉毛打结，忙打发师爷去调换热的。可师爷回来，手中捧着的还是原来冷冰冰的东西。太太追问原委，师爷结结巴巴地回答道：“店伙说，肉饺出门，概不调换。如果你家太太嫌小店的肉饺味道不好，请你们老爷自己开一爿茶食店，这样全家就天天可以吃到烫嘴的热肉饺了！”

太太听到这话，肝火直冒，“啪”地在桌上猛击一掌，气得心口发痛，一下就病倒在床。

说来凑巧，这天，叶鸿年有个同乡好友来看望他，谈了半天，唯独不见叶夫人出来，就请叶鸿年代为问安。叶鸿年就把太太受到稻香村的怨气一事，一五一十地向客人说开了。客人听了愤愤不平，当即怂恿叶鸿年自己开店，创出货真价实、童叟无欺的好名声，为宁波人出口气，并表示愿为老朋友助一臂之力。不久，这位朋友就觅到了一位新从稻香村歇伙的师傅，介绍给叶鸿年。三个人越谈越投机，叶鸿年就委托此人做糕点把作师傅，叶的好友担任经理。

叶鸿年当即集资五千两纹银，在观前街筹办起茶食糕饼店来。为了和邻近的名牌老店稻香村争高低，他在店堂陈设上动了一番脑筋，柜台用黄澄澄的铜皮包裹，显得富丽堂皇，比稻香村冷冰冰、硬邦邦的石柜台好看多了。他还在门面上塑了一个“丹凤”商标，图中两只凤凰，衔着一枝稻穗，意思是“吃掉稻香村”。一切准备就绪，可合适的店名还没定下来。夫妻俩整日动足脑筋。叶鸿年对家小说：“我们这爿店开得多气派，青出于蓝胜于蓝，店名就叫‘又一村’吧。”接着，他就摇头晃脑地吟起诗来：“山重水复疑无路，柳暗花明又一村……”谁知这一吟，又触动了太太的怨气，只见老夫人兀自摇头：“又一村，又一村，又是一家稻香村，我们不能再走稻香村的路啊！依我看，我们这爿店是受了别人的气才开的，一定要显出让顾客受到和气的含义。再说，这店是姓叶的开的，店名就叫叶受和吧。”叶鸿年一听家小的好主意，拍手赞成，当即请名人写了块金字招牌挂了出去。

叶受和开张之日，叶鸿年亲临作场监制茶食糕点，创制出粉质细腻、甜性准足、油润酥松、具有宁波糕点特色的小方糕、芙蓉酥、豆酥糖，以及玫瑰、杏仁、松花糕点等新品种，深受顾客的欢迎。

杨彦衡　采录整理

附记：

叶受和，位于观前街。始创于清光绪十二年（1886），供应糖果、糕点等食品。

黄天源与苏式糕点

苏州黄天源糕团店以经销苏式糕点而名扬四海。苏式糕点，粉质精细，配料考究，上口糯而不粘，甜而不腻。说起苏式糕点的由来，就要从“黄天源”发家的故事说起。

相传清朝道光年间，苏州阊门都亭桥堍有家糕团店，专卖年糕、粽子、汤圆之类的吃食，由于价廉物美，很受顾客欢迎。可是店主故世后，传到儿子黄天源手里，点心的味道就大不如前，天天在走样。为啥？因为黄天源做糕点不肯下功夫，一门心思想多赚钱，就在用料上克扣分量。牌子一做坍，老顾客谁还愿意上门？再加上黄天源嗜赌成性，三日两头赌到深更半夜，做生意就更没有心思了。黄天源的家小见丈夫这样没出息，经常规劝他：“钱进赌场，人落法场，总有一天，你要走投无路，懊恼来勿及！”这些话，黄天源听得耳朵里生老茧，可老脾气就是不肯改。不出几年，糕团店关了门，黄天源家小只好摆个馄饨摊。

有一天黄昏，黄天源又赌输光了钱。他在回家的路上，偏偏又碰到了讨债人，还没说出“宽几天还钱”这样的话，“噼噼啪啪”就被人家一顿猛揍，他好不容易从地上爬起来，跌跌撞撞地走到相门附近，看见城脚边有个大窟窿，刚想坐下去歇歇力，猛然“啪”的一声，掉下来一块城砖，正好打在他的头上，他双脚一软，就倒在了地上。

这时，只见洞里走过来一个老人，白须白发，满面红光，腰里挂着宝剑，一个急步把黄天源扶起，问他为啥落魄到这个样子。黄天源满心惭愧，结结巴巴地答不上来。老人笑笑说：“肚子饿了吧？”说罢，随手拔出宝剑，把落在地上的那块城砖顺势一劈，“啪”的一下，城砖碎成数块。他拾起一小块，送到黄天源嘴边，说：“吃糕吧。”黄天源觉得奇怪，但经不住甜香扑鼻，就把东西塞进嘴里大嚼起来。说也奇怪，这城砖括啦松脆，又香又甜，比糖年糕还好吃。黄天源吃饱了“糕砖”，心里想：自己做了这么多年糕点生意却从来不晓得有这样好吃的东西。他知道老人一定是个“异”人，就“扑通”跪了下来，请求老人指点做糕的手艺。

老人说：“糕点我不会做，可懂得一些。”接着，就坐了下来，和黄天源谈起这种糕砖的来历。

原来春秋辰光，阖闾在姑苏称王，命伍子胥相土筑城。阖闾一心想征服邻邦，争做霸主。伍子胥眼看吴国日后定要遭受灾难，所以在筑城时，就暗暗关照部下，日后如有饥荒，老百姓没有吃的，可往相门城下掘地三尺，找到救命之物。

后来，吴国果然被越国打败，这年，又发生了旱灾，老百姓饿死的不知有多少。这时，伍子胥的亲信想起当年伍将军的嘱咐，带领百姓跑到相门去拆城掘地。大家把城砖敲碎一看，才发现这些砖头都不是用泥做的，而是用糯米磨成粉打烂后做成的，这才想到伍将军居安思危的预见。这样，苏州百姓终于度过了饥荒。黄天源此刻得到的，正是当年老百姓吃剩的糕砖。

黄天源听完老人讲的这个故事，好奇地问：“吴王筑城时埋下的糕点，几千年啦，怎么不霉、不裂、不出水呢？”

老人说：“米粉越磨越细，手艺越做越精。不怕事难，只怕手懒。”说着，就把怎样配料、怎样操作的技艺详详细细地讲了一遍。黄天源内心感激，跪下向老人道谢，又悔恨以前没有听从家小的劝导，把糕点生意做绝了，落得穷途末路，不觉眼泪直淌。他痛哭了一阵，头脑清醒不少。睁开眼睛一看，咦，老人不见啦，再看看身边，还有吃剩的糕砖呢！

他像得到宝贝似的，把糕屑装在衣袋里，一瘸一拐地走回家去，见到家小，就把方才在相门遇到的奇事，原原本本说了一遍，表示一定要戒赌，重操旧业，把糕团店重新开出来。

黄天源向亲戚借了一笔钱，把老店从都亭桥搬到苏州顶热闹的观前大街，并把自己的名字作为店名，遵照老人的指点，在色、香、味、形四方面动脑筋，使糕团越做越好，引来了不少顾客。

这年春天的二月初一，突然刮了一夜大风，第二天人们起身时，很多人都觉得有些腰痛，这时，不知哪里传来一个风声，说是昨天夜里的大风把虎丘塔吹得摇摇晃晃，眼看宝塔即将倒塌的千钧一发之际，有一位老人招呼苏州全城百姓去用力托正宝塔，所以人们起身后，都感到腰酸背痛了。苏州原本有在二月初二吃撑腰糕的习俗。于是黄天源灵机一动，做了不少撑腰糕，连天在店里出售。大家相传黄天源做的撑腰糕又糯又甜，味道极好，吃了还能治腰病，都争着去买，快把糕团店的门槛都踏破了。

这时，黄天源见财神菩萨上了门，得意地笑着对家小说："我黄天源名字里头有个天字，真是靠天吃饭哩！"

家小见他有些头轻脚重，拍拍他的头颅说："天源啊，靠天吃饭是假的，靠手吃饭才是真的。嗨，不怕事难，只怕手懒，你可不能忘本啊！"

黄天源经家小一提醒，连连称是，当即在"黄天源"招牌下面加了"人记"两字，意思是：糕点好吃，事在人为。

杨彦衡　采录整理

附记：

黄天源，位于观前街。始创于清道光三年（1823），店主姓黄，专供糕团食品。

马詠斋熏腊店

清朝咸丰年间，常熟古里南塘一户姓马的人家，生下了一个男孩，他就是后来成为江南熏腊业的名家，赫赫有名的“马詠斋”的创始人马詠梅。

南塘地方不大，却小有名气。因为这一带青山绿水，翠竹林立，桑园在望，风景独好，而更为诱人的是这里有座“铁琴铜剑楼”，是全国四大藏书楼之一。马詠梅的家，就在“铁琴铜剑楼”的斜对门。

马詠梅早年随父经营南北货店，但他嗜吃，父死之后，更加吃喝无度，不事生产，乡里人称他为“吃星”。常言道，“坐吃山空”，马家家道很快败落。于是，这位“吃星”的日子也就不好过了。他先让家小炒制糕片，提篮沿街叫卖，苦度光阴。后来，经一位名人指点，要他在“吃”字上做做文章。这位名人就是马家的邻里——“铁琴铜剑楼”的第四代主人瞿良士。

马詠梅是个聪明人，经瞿良士一指点，恍然大悟。他不但好吃，且擅长烹饪技术，从吃中悟出了一套“吃功”来。从此，他就在“吃”字上下苦功。开始他本钱小，先经营些红烩块鸡、卤蛋之类的熟食，提着篮子，穿街走巷，出入茶坊酒馆叫卖兜售。他烧制的食品，风味独特，色、香、味俱佳，服务态度又好，故生意不错。人们还将他烧煮的食品都冠以一个“马”字，一时“马鸡”“马肉”“马蛋”远近闻名。

马詠梅经营的熟食生意越做越大，但他觉得仅局限于古里这个小镇，没有发展的余地，故很想到常熟城里去设摊开店，但苦于城里无亲无眷，一时很难开张。于是，他又去找瞿良士相商。瞿良士先生是个热心人，答应帮他到城里去想想办法。后来在瞿先生的帮助下，他终于租到了北寺临街的半间店面。马詠梅带着家小儿女和徒弟四人进城。不久，一爿新的“马詠斋”熟食店开张了。为了开市大吉，在城里打开局面，马詠梅在食品烹制上更精心研究，下足功夫。一时间“马”字号的熏腊食品受到了常熟城里各阶层的欢迎，生意越做越活。过了一年，马詠梅感到小小的半间店面显得窄小不够用了，就在寺前街上买了一所房屋，迁入新址，前面做店堂，后面设作坊，从此就有了理想的经营场所。再加上“马詠斋”招牌是瞿良士所题，“马詠斋”熏腊店的名气就越来越响，不久就誉满江南。

1947年秋天，秋高气爽，风和日丽，寺前街上行人熙熙攘攘。突然从牌楼坊那里驶进两辆雪亮的小轿车。那时，常熟城里难得看到这样漂亮的轿车，行人纷纷让路，停步注目。突然，这两辆轿车在“马詠斋”门口停下。“马詠斋”主人马钟奎连忙奔到店门口去迎接。车门打开，轿车内走出了两位仪态庄重、雍容华贵的中年妇女。随后，后面车上走下一位中年男子，身穿绿色西服，雪白衬衫上结了一根玫瑰色领带，气宇轩昂，仪表不凡。他紧随着那两位妇女走进店堂。走在前面的一位妇女道：“好香啊！”另一位妇女道：“嗯，这爿店很干净！”看过之后，二人走出来回到前一辆轿车里去了。那位男子俯身对跟在后面的一位随员说了几句，也回到了后一辆车子里。随员立即转身进店买了肉松、鸡松、野鸡脯等五六色食品。马钟奎见他一个人拿不了，就主动帮忙送上车。两辆小车开走了，不少人上来打听这些贵客是谁？可马钟奎自己也不知道。

第二天《琴报》一位记者专门来采访马钟奎，问他昨天下午有没有开着两辆小汽车的三位客人来店购货？马钟奎就将昨天下午的事一一道来，记者笑道：“你可知道这些人是谁？”马钟奎摇摇头说：“不知道。”记者说：“恐怕说出来你要吓一跳，那两位妇女是孙夫人和蒋夫人，那位男子就是赫赫有名的孔大公子孔令侃！”

“啊！”马钟奎惊得瞠目咋舌。

宋氏姐妹光临“马詠斋”，一时在常熟城里传为美谈，而马詠斋的名气也越来越响了。

李炎昌　采录整理

附记：

马詠斋，位于常熟寺前街，为著名的老字号卤菜店。清光绪末年，常熟古里村人马詠梅来城内设摊，至宣统二年（1910）开设马詠斋熏腊店。

山景园菜馆

山景园菜馆创于光绪年间，至今已有一百多年的历史。光绪三十二年（1906）秋天，管辖江苏、安徽、江西三省的封疆一品大员端方要到常熟福山港巡视江防。这是一件了不起的大事。常熟知县立即邀请昭文知县商议接待事宜，决定办“满汉全席”来接待他。当时常熟城里有几家名菜馆，但能承办“满汉全席”的仅山景园和钱馆两家。而相比之下，山景园比钱馆要强。经过反复商议，最后决定让山景园承办端方巡视期间的餐饮。山景园店主赶忙把所有厨师召集在一起，细细商量菜谱，如何让这位一品大员吃得满意。

端方巡视回城，在两个知县的陪同下来到山景园，面前一席“满汉全席”把他惊呆了。他没有想到，这么一个小县城竟能摆出这样的大宴席来。但他动筷吃了几口就不吃了。两个知县着了慌，忙问是不是菜不可口？端方微微一笑说：“菜做得很好，但我很想吃一点地方时新小菜。”山景园的厨师早有准备，马上做出以蟹为主的几个菜来，有“煎蟹斗”“氽蟹球”“炒蟹球”“炒蟹粉”“薄炒蟹黄”等，吃得这位总督大人连连叫好。

端方从常熟回南京后，逢人就称赞山景园的蟹宴，说常熟山景园的菜肴令人难忘。得到总督大人的褒奖，山景园的名声大振。

李炎昌　采录整理

附记：

山景园菜馆，位于常熟石梅坊东侧书院弄。清光绪十六年（1890），创始人黄培章曾随官进京做家厨，学得一手满菜制作技艺，回故里后造楼开设菜馆，其处因能观虞山风景，故名山景园。

附录：苏州四季风俗、节令食品名录

春季

春节（农历年初一至年初五）：年糕、汤圆、春卷（春饼）、开口果子、元宝茶、面条、馄饨、黄连头、腌金花菜、爆孛娄、粉团、油团、喜神酒、路头酒、年节酒。

立春：五辛盘（将多种生菜、果品、饼、糖混为一盘）。

人日（农历正月初七）：菜羹（用七种菜做成，也称“六一菜”）、赤小豆、豆粥。

春社日（农历立春后第五个戊日）：聚会酒筵。

元宵节（亦称上元节，农历正月十五）：汤圆（亦名元宵），有桂花汤圆、藕粉汤圆、五色汤圆、汤团。

中和节（农历二月初一，太阳生日，亦称“太阳节”）：太阳糕、太阳饼。

土地节（农历二月初二，也称“社日”）：春社酒。

春龙节（农历二月初二，俗称“龙抬头”）：撑腰糕。

春分节：白蚬、河豚、螺蛳、酒酿、酒酿饼、酒酿圆子。

百花节（农历二月十二，亦称“花朝”“百花生日”）：花粥、花茶、花酒、花酱、花卉菜肴。

上巳节（农历三月的第一个巳日，一般为三月初三）：“曲水流觞”。

蟠桃节（农历三月初一至初三）：风筝酒。

寒食节（农历清明节前二日）：冷食糕点。

清明节：青团子、荠菜团、荠菜糕、荠菜馄饨、塘鳢鱼、酱汁肉、野火饭、喜蛋、混蛋、茶叶蛋、虾籽酱油、炝鲜虾、笋烧豆。

谷雨节：新茶、龙须菜、桃花鳜鱼、燕来笋、香椿拌豆腐、鳖裙羹。

夏季

立夏节：乌米饭、麦芽饼、榆钱饼、腌鸭蛋、黄鱼羹、海蛳、芥菜、白笋、七家茶、饯春宴；金花菜、炒蚕豆、兰花豆、五香豆；立夏“三新”：樱桃、青梅、麦穚上市。

祈蚕节：蚕圆子、凉炒面、盘香饼、桑葚。

浴佛节（农历四月初八，传为释迦牟尼生日）：素斋。

神仙节（农历四月十四，俗传吕纯阳生日）：神仙糕。

夏至节：汤面、抻面、炒面、卤面、过汤面、珊瑚面、翡翠面、浇头面、两面黄、石榴、梅酒、麦芽饼、麦芽粥、七家茶。

端午节（农历五月初五，俗称“端阳节”）：粽子（豆沙粽、赤豆粽、火腿粽、白水粽、枣子粽等）、雄黄酒、五毒饼、凉药茶、枇杷、杨梅、水蜜桃。

素斋节（农历六月十九）：素斋、素什锦、白汤面、藕圆子、夏糕、西瓜、双馅团、双花茶、青蒿茶、薄荷茶、酸梅汤、绿豆汤、绿豆粥、莲子、茄子、煎面、冷拌面、制酱、麸豉瓜姜、薄荷糕、绿豆糕。

秋季

七夕节（农历七月初七）：乞巧果、乞巧酒、蜜饯、山楂糕、枣品（红枣、黑枣、天香枣、马眼枣等）、红枣莲子汤、红枣饽饽、红枣面糕、红枣粽子、枣泥麻饼、金丝蜜枣、赤豆汤、南瓜团。

中元节（称农历七月十五，亦称盂兰盆节）：粉团、油饼、施粥食、酒贺盂兰盆会。

地藏节（农历七月三十，纪念张士诚）：果酒祭地。

中秋节（农历八月十五）：月饼、芋艿、塘藕、慈姑、芡实、荸荠、茭白、生拌藕丝、菱（水红菱、沙角菱、馄饨菱、和尚菱等）、焐熟藕、素藕圆、莼菜汤、白果、石榴、鸭儿梨、糖炒栗子、菊花酒、菊花汤、菊花火锅、鲃肺汤、清蒸大闸蟹、蟹黄汤包、蟹粉馒、船菜船点。

桂花节（农历八月十四至十六）：桂花酒、桂花酱、桂花露、桂花茶、桂花糖芋艿、桂花汤圆。

重阳节（农历九月初九）：重阳糕、柿子、酸枣、菊花酒、菊花汤、良乡酒、菊花菜、菊花肉片、菊苗粥、吉祥如意汤、菊花火锅、秋蟹。

菊花节：菊花宴、菊花会。

下元节（农历十月十五）：素斋、熏青豆、腌菜、储冬菜、十月白（酒）、饴糖、烧卖、羊汤、羊羹、羊肉面。

冬季

冬至节：祭祖宴、冬酿酒、冬至饭、馄饨、冬至团、金银团、冬笋、南瓜（蒸南瓜、炒南瓜丝、鱼香南瓜条、拔丝南瓜块等）、红烧羊肉、韭芽、冻豆腐、烤红薯、药粥、萝卜粥、羊肉粥、枸杞粥、赤豆粥、冰糖葫芦、风干荸荠、柿饼。

腊八节（农历十二月初八）：腊八粥、腊八糕。

送灶节（农历十二月二十四）：送灶糕、送灶饼、送灶团、糖元宝。

年节（农历十二月二十四至除夕）：年糕（白糖年糕、黄糖年糕、猪油年糕、玫瑰年糕、赤豆年糕、水磨年糕、西施糕等）。

除夕（俗称过年，农历十二月最后一日）：年夜饭、暖锅、安乐菜、如意菜、水芹菜、蛋饺、八宝饭、元宝饭、年糕、盘笼糕、兴隆馒头、封井酒。

后　记

苏州是江南水乡，土地肥沃，物产丰富，人文荟萃，既是吴文化的发源地，也是民间传说的丰产区域。山川河流、文化名人、园林寺庙、街巷桥梁、百年老店、饮食菜肴等，都有民间传说的产生和流传。而且，无论是城市集镇，还是偏僻乡村，都能听到各种动听的、富有地方特色的民间传说。可以这样说，苏州这个地方，处处都有民间传说，好似潺潺流水，流遍在苏州这块大地上。苏州传统食品民间传说，是苏州民间文学中的一大类别、一个重要组成部分。

苏州传统食品，如菜肴、糕点、瓜果、茶酒、饭粥等，制作细腻，品质高尚，鲜美可口，早就享有盛誉。尤其是苏州菜肴，俗称“苏帮菜”，精细雅致，色香味美，更是名闻遐迩。因而，苏州传统食品民间传说流传众多，内容非常丰富，有讲食品的起源，有讲食品得名的来历，有讲食品制作的方法，有讲食品与名人的关系，等等，有不少传说鲜为人知，听起来十分生动，饶有趣味。

我从事搜集整理民间文学作品数十年，对传统食品民间传说也饶有兴致，常有搜集。因而，亲朋好友之间都知道我能讲民间传说。每逢节日、喜庆宴席，朋友聚餐，甚至家庭小宴，饭桌上摆满了菜肴，这期间，亲朋好友就要我讲有关菜肴的故事，譬如“松鼠鳜鱼”“酱汁肉”“响油鳝糊”“天下第一菜”等，一边吃，一边讲，即兴穿插，欢声笑语不断，不仅增加了菜肴知识，也增添了乐趣，更增添了食欲。一次次的聚餐，一次次的讲故事，我就有了一个想法，如果能将苏州传统食品民间传说搜集起来，编成一部书，付梓出版，传播四方，那该多好。

去年春上，我将自己的打算告诉了苏州市民间文艺家协会主席叶正亭，他很赞成我的想法，认为这对于弘扬和继承苏州的优秀传统食品文化，十分必要，不失为一件好事，并鼓励我着手编辑，争取出版。

于是，我认真搜集资料，包括常熟、昆山、太仓、张家港市（县）等在内，共搜得150余篇，经过筛选，得120余篇，按故事的内容，分为水产类、家禽类、飞禽类、蔬菜类、瓜果类、糕饼类、茶酒类、饭粥类等八个篇目，以及“百年老店传说”。有些传说因流传广泛，有多种版本，也一起收录。为方便读者起见，书中对故事中的方言土语做了注释，对有关物品和历史名人做了简介。可以说，这些民间传说，虽从各不同方面搜集而来，但有着共同的特点，那就是乡土气息浓郁，故事生动感人，语言简洁流畅，别有一番风味。这些特点，使本书俨然成为一部苏州地方的通俗读物。

书中附有“苏州四季风俗、节令食品名录”，供读者参考。

需要说明的是，由于时隔多年，许多同好已失去联系，凡本书中的采录整理者，可至苏州市民间文艺家协会或与本人联系，领取样书，并请转告。

书稿编成后，承蒙苏州市文学艺术界联合会、市民间文艺家协会支持出版，主席叶正亭为本书作序，副秘书长吴越晨为本书联系有关事宜，老友夏维淳、顾曾平、张晓飞、李昉、梅云为本书绘制插图，在此一并表示深切的感谢！

潘君明

2018年1月8日

时年八十又一

于苏州相门外东环新村角挂书屋